曹多勇作品精品集 **大河湾**

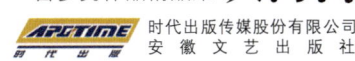

时代出版传媒股份有限公司
安徽文艺出版社

曹多勇，1962年出生于淮河岸边的大河湾村。现为安徽文学院专业作家，安徽省作家协会副主席。曾在《人民文学》《当代》《十月》《中国作家》《作家》《山花》《钟山》《大家》《天涯》《小说界》等国内文学刊物发表中短篇小说300余万字。已出版长篇小说《大河湾》（1999年版）、《寻父记》、《淮水谣》等，中篇小说集《曹多勇中篇小说精选》《悬挂立交桥上的风景》，短篇小说集《开口说话》《春天的欲望》，中短篇小说集《幸福花儿开》，小小说集《月亮眼》等9部。其中，长篇小说《美丽的村庄》（与人合著）获中宣部第十届（2003—2006年）"五个一工程"奖，中篇小说《好日子》获2003—2004年度安徽文学奖。

DAHE
WAN

大河湾

曹多勇◎著

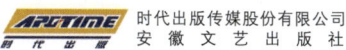

时代出版传媒股份有限公司
安徽文艺出版社

图书在版编目（CIP）数据

大河湾/曹多勇著. —合肥：安徽文艺出版社，2018.10
ISBN 978-7-5396-6149-0

Ⅰ．①大… Ⅱ．①曹… Ⅲ．①长篇小说－中国－当代 Ⅳ．①I247.5

中国版本图书馆CIP数据核字(2017)第173816号

出 版 人：朱寒冬　　　　　　　　策　　划：朱寒冬
责任编辑：周　康　　　　　　　　装帧设计：张诚鑫
....
出版发行：时代出版传媒股份有限公司　www.press-mart.com
　　　　　安徽文艺出版社　www.awpub.com
地　　址：合肥市翡翠路1118号　　邮政编码：230071
营 销 部：(0551)63533889
印　　制：安徽新华印刷股份有限公司　(0551)65859551
....
开本：700×1000　1/16　印张：16.75　字数：255千字
版次：2018年10月第1版　2018年10月第1次印刷
定价：42.00元(精装)
....
(如发现印装质量问题，影响阅读，请与出版社联系调换)
版权所有，侵权必究

献给一位母亲似的女人。她无名无姓,是一位土生土长的大河湾人。想象里,我端坐在淮河岸边,借用她的嘴叙述了大河湾近二十年的一些人和事。她给了我信心和勇气,并领着我的笔写完这部书的最后一句话。

目 录

第一章 命 土
001／1. 想办法分到那块龙脊地
011／2. 挖一条歪歪扭扭的地墒沟
023／3. 夏收夏种得多长时间
034／4. 种上那块河滩地
041／5. 这个闲冬该怎么过

第二章 搬 迁
051／6. 春天里有了大动静
059／7. 庄台坡插满柳树桩
068／8. 得跟煤矿人把理说清楚
084／9. 干一件垒堤坝挣钱的活
094／10. 谁的头脑有毛病

第三章 贩 炭
104／11. 春天里发生的说媒事

113 / 12. 俺家买了一条船

127 / 13. 眼睁睁钻进圈套里

137 / 14. 风风光光地遛一趟

146 / 15. 做一桩折本的生意

第四章　买　卖

158 / 16. 脚脖子疼出一桩买卖事

165 / 17. 盖起两间大锅屋

173 / 18. 想个整治人的办法

182 / 19. 这商店到底谁家开

190 / 20. 开一家没人愿上门的杂货店

第五章　吃　煤

200 / 21. 争着去当扒煤工

209 / 22. 换上谁来当村长

222 / 23. 夜里守住龙脊地

230 / 24. 好好地喝这顿酒

239 / 25. 小煤窑还能开多久

247 / 26. 结尾　静听淮河的述说

253 / 附录:《大河湾》创作札记

261 / 后记

第一章 命 土

1. 想办法分到那块龙脊地

还是从分地那年说起吧。

这一年春,大河湾村闹腾起分地。说起来,把生产队的土地按人头数一家一户分开也不是什么新鲜事了。别的村去年秋天土地就分割开了,可大河湾村的土地还是被跋拉揽进怀里不想松开。跋拉是大河湾的村支书,大河湾村的一些事得他讲话才能算数。

俺家男人,大名叫个政德,算是大河湾村明理的人。他说,国家政策是一天比一天紧,一时比一时紧,现如今分地的文件都下到公社里了,他跋拉想压能压得住?

村里人心急,面上也急,只是不当跋拉的脸面说。一些不好听的话,只得放在背地里说。

村人说,大河湾村的土地又不是你跋拉家的闺女,看你还能霸多久!

这一天,跋拉松下分地的口,说要带几个人去别处先取取经,回头就照办。

呼啦一声,就有几个人被召集去,都是跋拉的亲信。跋拉对这几个人说,你们回家拿点换洗衣裳什么的,俺带你们去个远地方。

几个人就跟着趿拉先坐汽车,后坐火车,咣里咣当一下出了省界。趿拉领几个人去分过土地的村庄走马观花遛一遭,就一头扎进城市里,尽吃尽喝尽玩。趿拉学习分地经验怎么跑大城市去了呢?

临回头,趿拉才对几个人说,这是俺带你们最后一次出来溜达了,以后只怕想挪出村半步都难了。

村人明白,说趿拉这么折腾还不是想把大队里的钱折腾光。

这一趟风光,俺家政德也相跟着去了。

趿拉原本是没打算叫政德去的。这么多年来他两人一直别别扭扭不对劲。趿拉是大队书记,政德是生产队长。按照道理说,趿拉管着政德是天经地义的事。可政德就是不服趿拉管。趿拉想卸下政德的队长还就是不容易卸。两人之间的这些弯弯绕,俺几天几夜也说不清。还是回过头,说这次外出参观的事。趿拉没招呼政德,政德是硬去的。政德跟趿拉说,旁的参观俺不去就不去了,可这分地的事,你没经验过,俺也没经验过。这是牵扯一家一户命根的事,弄乱套,俺这当队长的能对得住乡里乡亲的谁个呢?

趿拉还是没同意政德去,一只手爬上脑袋顶抓挠起来。政德懂得趿拉抓挠头皮不是头皮痒,是在想着推开他的话。政德不想让趿拉从他那糊涂的脑袋抓挠出言词来,急忙打口袋里掏出预备好的纸烟往趿拉抓挠的手心里塞。政德平常里抽老烟叶,趿拉也抽老烟叶。不同的是,政德口袋里从不预备纸烟,趿拉一年四季口袋里却是不断纸烟。趿拉这纸烟是为旁人准备的,公社里来干部啦,去煤矿上找人替大队办事啦,还有遇见一些比趿拉头面光鲜的人啦。只有敬别人的时辰,趿拉才掏出纸烟往自己嘴里塞上一支,算是跟着沾沾光。

趿拉这种做派,村里人都明晓。有时村人憋不住话也说趿拉,大书记,你口袋里的纸烟也掏出让俺们尝一颗香香嘴。趿拉当然不从。趿拉说,你也撒泡尿照照自己的脸盘相,看看可配。趿拉也觉得言语说过头,便改口说,这纸烟是大队里出钱买的,留招待上面来人,俺都没资格乱抽,莫说你们了。

足见纸烟在那时的大河湾村是多么稀罕。

这天,政德一颗纸烟塞到跂拉手上,也就把跂拉的一颗心塞活络了。跂拉说,政德,那你就回家收拾收拾一块去吧。

一门心思地扒就人,也不是政德一往的做派。政德回家跟俺说这件事,俺还不相信。俺问政德,你挺直多年的脖颈,怎么说稀软就稀软了呢?政德一副鬼鬼祟祟的笑,他不搭理俺。

俺心里明白,政德跟跂拉出门,不是单为游山逛水地鲜活眼,还有别的图谋。政德会有什么图谋呢?他不说,俺个女人家,还真头发长见识短,猜不着。

政德是个城府很深的人。他深藏的一些心事,你还真琢磨不透。有时候,俺被撇在一边,干着急,使不上力气,也生气。政德说,一个人呀活着得有许多想头,去思、去虑、去做。要是真没了这些呢,活着还有什么滋味呢?可光有想头就东嚷嚷西嚷嚷,不去思、不去虑,更不去做,到终了还是一场空。俺呢就是不想把一些空空的想头说出来,让你个妇道人家替俺操心,那俺还是个男人家?

政德心里要是揣上个什么想头,他不说,俺还是能看得出来的。其间,政德的一双眼睛跟平常不一样,一下点燃起光亮,夜晚蹲屋拐角里像只老公猫,一双眼贼亮贼亮的。这一刻,俺就知道他心里一定揣上了个什么想头,去思、去虑、去做了。一连多少天,这想头都燃着火,烧得他茶不思饭不想觉不眠,两眼的光是一日比一日亮,一刻比一刻亮。忽然有一天里,政德睡下了,一夜不起,一天还不起,那鼾声像十八头猪睡一块,哼哼哼的声响震得屋墙都跟着呼扇呼扇地动。这时候,俺就知道政德的想头停止了,那思、那虑、那做便也相跟着停止了。至于那想头里的事情是成还是败,此刻对他都无所谓了。政德人躺床上睡得白天染黑,夜晚泛白。待哼哼哼的鼾声像被堵住决口的洪水,一憋一停,政德醒了,就见他的两眼迷迷糊糊像暮色四起的黄昏,两眼底燃烧多天的光亮是一丝一点也不剩。

有想头的政德跟没想头的政德就是不一样,有时候俺看政德就是两个人。有想头揣心里,政德才能活出一种精气神,才能活出一种神道来。

政德跟跋拉去南方一溜达十多天才回头,是一嘴的油光、一脸的油光、一身的油光。政德见识一趟世面,嘴巴也变得关不住话,枕头边是一阵一阵地往俺耳朵眼里刮。政德说,俺们去南方城市夜晚睡觉的地方不叫铺,不叫店,不叫旅社,不叫招待所,是叫宾馆。什么叫宾馆呢?就是住的楼里你找不见一处像茅厕的地方。跋拉能得像见过多大世面似的,领俺们一层楼一层楼找茅厕,临了还是没找见一处有尿味屎味的地方。最后还是俺想起问的女招待员。这些个伺候人的人都是大姑娘,个个长得细皮嫩肉,穿戴得跟天界的仙女一般,那身上还有一股股香气。这香味比俺大河湾村土地上开的花朵都香。面临这么样个姑娘,要不是尿憋得牙根都发胀发酸,俺个大男人家还真问不出口。这些姑娘真大方,一点怯人怯事的羞意都没有,领俺进一间房屋,搭手指指,说这就是洗手间。洗手间不是洗手的地方,就是茅厕。

俺们几个人走进去还是不敢尿。这间屋敞敞亮亮,雪白干净,布置得像个宫殿。地面上莫说没有粪坑,连一丝丝臭味也闻不见,倒是有一串一串的淡香味扑进鼻子里,像是无意间走进开满油菜花的田地里。俺们几个人就这么傻站着,两手捧着鼓鼓胀胀的大尿肚子。俺心里想,莫不是姑娘设下圈套,候俺们尿出来,再喊人逮住俺们惩罚钱?

俺们正迟疑着,走进来一个人,掏家伙冲一只白瓷盆尿起来。俺们看明白,这白瓷盆就是茅坑。这人尿完了,手指扯拉一下头顶的一条细绳绳,哗啦哗啦有水流下来。这白瓷盆被洗刷得白白亮亮。还等什么呢?尿吧!跋拉这咱子想摆出一副大队书记的派头也摆不出来啦,他自己哗啦哗啦竟先尿起来。尿完尿,俺们几个人还舍不得离开这间屋。跋拉带头往白瓷盆吐一口痰。其他人也学跋拉的模样噼里啪啦恶狠狠地吐几口。

最后,政德才说正题。他说,去那里农村,俺算是知道他个小舅子的跋拉为什么揽着土地不想分开了。分土地不光分土地,连锄耙、扬场锨什么的也分开,牛呀驴呀骡呀的牲口也分开,连生产队的几间牛屋、仓库什么的也保不住。你说说,这分来分去,临终了还不是把跋拉手里攥着的权力也分开了。他跋拉手里没了权,还能整天村前村后人物样地闲转悠?手里没了权,赶明天大河湾村谁人还敬重他,谁家还把他当个人物似的放心上?

十天半个月的说过去就过去了,可晃悠晃荡的,土地还是严丝合缝没分开。这些天,政德白天该吃饭时还吃饭,夜晚该睡觉时还睡觉。俺知道他无论白天还是黑夜,一颗心从没安静过。他跟村里人一样都等待分地的那一刻。这些天变化明显的是政德眼里的那缕光亮。这缕光亮最初就像是清早东半天的鱼肚白,后来又像傍晚时辰燃烧的云霞,现在呢,是血红血红的一道血光,像是阎王的一双眼。

这天大清早,政德爬起床说,俺要赶集看看去。政德还是条馋鬼,俺知道他赶集要紧的怕是得砍斤把肉回头打牙祭。也难怪,这么多天清汤寡水的茶饭吃下来,他相跟跋拉外出沾的那点油腥早消耗光啦。

政德赶集去得早、回得早。买的肉,买的鱼,还打的酒,晃晃荡荡半竹篮。俺一看一下买这么多吃物,心里有点气,心想买点肉解解馋还不就算了,怎么还买鱼、还打酒呢?这么多的好吃物一下吃进肚子里是你政德命里能消受得起的吗?俺瞧见他两眼的血光,还是没吱声。做女人呀就得这样,事事处处得忍着让着男人。这男人呀再不好,做得再错,他也是男人呀。天底下从来都是女人忍着让着男人的理,哪有男人反过来忍着让着女人的理呢?鱼呀肉呀烧熟了,鱼腥味肉腥味也就变成鱼香味肉香味。肉香与鱼香还不同,闻着这香味,莫说男人了,就是俺个女人家也忍不住想偷一块塞嘴里解解馋。细想想男人的好吃也不是好吃,实在是这些吃物好吃的缘故。只是男人们心里有什么想法爱外露,女人们忍着不说罢了。这么一想,俺心里窝堵的气理顺开。往正堂屋饭桌上端上肉、端上鱼,摆上筷、摆上盅、斟上酒,喊政德过来吃菜喝酒。不想他个死鬼正蹲在墙根一脸苦水地愁着事。俺一下明白过来,政德买鱼砍肉打酒,不是为自己,是想请客。

俺说,你准备请谁个还不赶紧喊,莫不要候过晌午西?

政德点点头,晃动晃动腰身,屁股还是没抬起来。

俺说,你吱吭一声喊哪一个,俺去喊,省得你搬山似的半天挪不动窝。

政德咕哝出一个人的名字,他说是跋拉。俺头脑当刻里咔嚓一响,闪电一般闪条缝又合上。俺不信自己的耳朵,问他,你说喊谁?

他还是说,跋拉。

为分地的事,跋拉一下得罪全大河湾的老老少少,他自己像老鼠一样整天龟缩个头,很少在村人脸面前抛头露面。村人表面上见他面还显得平静,其实内心里恨不能一人吐一口唾沫淹死他个狗×的。俺跟政德说,在这节骨眼上,你还去喊跋拉喝酒吃菜,这不是自己端屎盆往自己头顶扣吗?

俺还摆出道理给政德听,你先前要是跟他跋拉心眼一顺齐,这咱子请他也还能显示你做人的义气,可你跟他跋拉,这么多年什么时辰腿也没插到一条裤筒里过。

政德两腿硬拉硬拉站起身,说,你个头发长见识短的妇道人家知道个屁,俺想请跋拉喝酒自是有请他喝酒的道理。

俺嗓眼里的话咯噔一下咽回肚子里。俺退让一步说,你愿请你就请吧。

政德还是不挪步,两腿软拉软拉,又蹲下身,说,酒菜你收起来吧。晚黑里俺再去喊,省得大天白日招人眼。

这天挨傍晚的时辰,还没等鱼呀肉的上锅灶,政德就出门去了。俺自家里一等等到天色麻麻黑,连俺家门前那棵老柳树都漆黑一团分不出枝枝丫丫了,还是没见政德回。俺的心咯噔又一响,莫不是政德请不动跋拉,跋拉死活就是不给政德面子?

不一会,家院里响起呱嗒呱嗒的脚步响,俺一听便知是政德。政德走路就是这熊样,两膝盖骨不打弯,两腿像挂着的两支木拐棍,一戳一戳地捣着地面,地都相跟着一颤一颤地动。政德进屋里,脸色平静,两眼血光哗啦哗啦流出来。俺问他,跋拉愿意来?他点头说,待会过来。俺慌忙摆桌、摆凳、摆菜、摆筷。不一刻,跋拉还真的进了俺家。

跋拉今晚里走路没响声,只见堂屋门一明一暗,他便隐进来。十几天不见,跋拉又黑又瘦,胡子长多长,活像个牢房里跑出来的死囚犯。然后,政德跟跋拉两个人一人坐一边围着桌子围着菜就一盅一盅喝起来。喝半天吃半天,满屋光是嘴吃菜咕呱咕呱的声音,光是嘴喝酒叽扭叽扭的响声,就是听不见两人说句话。要是不知情的人见到这场面,必定认为喝酒的是两个哑巴。两人不说话,这顿酒喝得时辰却不小。俺在里屋呼呼一觉醒了,听堂屋还有大动静,吃菜喝酒还能是件累人的事,两人费这么大的气力?这咱子俺是怎么也睡不着,老是觉着似有两头猪冷不丁地跑进屋里来。俺下床,轻手轻脚地偷瞧瞧。你猜猜怎么着,两人都瘫坐地上,酒呀菜的摆地上,还你一盅他一盅地在那喝呢。

……

政德一觉睡至隔天太阳西才醒过酒,复还政德一个原先的模样。这一刻俺才察觉他眼底的血光比昨个天更浓更亮。不知昨个夜,政德喝醉酒眼底的血光是个什么样呢?政德人醒过,把押进肚皮里的旧话题翻出来。他说,俺昨天去请跋拉先是去他家,不在。跋拉老婆翠花说,跋拉吃罢晌午饭出去的,到现在还没见他的人影子。俺问翠花,跋拉会不会去公社里开会?翠花摇头说,跋拉才不会去公社呢。这些天公社左个会右个会,会会还不都是分地的事。跋拉去开会还不是自己找难堪?俺跟翠花说,那俺去大队部找一找。

俺走进大队院子，满院黑灯瞎火，不像有人的样子。俺刚想磨转身。黑漆漆的大队屋里传出一声咳嗽。时常里，跋拉是权大气粗，咳嗽、打喷嚏什么的，半个村都听得见。这咱子的咳嗽声像个新过门媳妇放出的屁，零碎碎的还拿腔捏调。俺悄手悄脚摸过去，轻轻地喊，书记，书记，俺是政德呀，俺烧妥肉烧妥鱼温热酒候着你过去喝一杯呢。你猜猜怎么着，黑屋里走出来的不是跋拉，还能是头驴？

政德还说，喝过昨夜的一场酒，俺总算明白过来他跋拉揽着霸着土地不是为着手中的权，也不是为自己的脸面子，是心里害怕这个形势。你想想这土地呼啦分开来，还不就变了天，还不就是有权有势有脸的势利也得变过来。不然这天还变个什么呢？跋拉这些天争着拗着一股劲，就像害腰痛病的人遇上刮风下雨天总要疼上几天是一个理。

俺问政德，经你这么一说，跋拉是同意分地啦？

政德摇头，说，看来他还想顶几天。

你没问他什么时辰分？

问这干什么？

你个死鬼呀连这都不问，俺家鱼肉还有酒不是白白糟蹋啦？

看你说的，这分地人人都有份的事，俺还能为这请跋拉？

那你又为着什么呢？

政德眼里的光亮闪几闪，还是不愿说。

日子不紧不慢，晃晃悠悠又过去几天。政德像个生不下蛋的母鸡，有点沉不住气。这天早上，政德又上集去买鱼买肉买酒，不过这回不让在俺家里烧。政德说怕是跋拉不好意思再过来，还是候晚黑里提他家吃喝妥当些。这天挨傍晚，政德就真的把鱼肉提往跋拉家。俺心想这顿酒肯定又得喝到昏天暗地鸡打三更鸣，不曾想天上星星还没出齐全，政德就牵着自己的一副黑影子早早回来了。俺没瞧见他脸红，也没闻见他身上的酒气，还心想他没摸着跋拉家门槛呢。政德哈欠连天直往床上拱,说,事情办妥啦。他说着话,两眼的光亮嚓啦熄灭掉,就像无意间碰翻了两盏灯。政德留下一句话的话尾还压舌头尖上没吐完,鼾声就响起来了。俺没听懂他的话,推摇他说,你醒醒,你醒醒,是什么事情办妥啦?政德翻翻身,停断呼声,总算把压在舌头尖上的话尾吐出来。

他说,明天分地啦。

隔天一早天色麻糊亮的时辰,大河湾村的大人孩子吵吵嚷嚷就起床了。这些村人像麻雀一般村东村西欢叫个不停。村人说,跋拉发出话,早饭后就召集生产队长们开会,琢磨分地的事。俺只得再次摇醒政德,说,你赶紧吃早饭,待会还得去大队开会呢。他人是被俺摇醒,可身子骨睡床上不愿起。他说,困死人啦,俺才睡半觉呢。俺也知他的困积攒了不少,这咱子才睡够个零头呢。

大队院落里,跋拉召集人开会一下开到晌午西。会开这么长的缘由是大河湾村的地不好分。大河湾的土地大部分在淮河堤坝内,少数一点在堤坝外。堤坝外的土地叫河滩地,紧邻淮河,无遮无拦,淮河水容易爬上地里。一年里能平安收季麦算是大恩惠,秋季里就什么也指望不上了。河滩地算是大河湾最差的土地。堤坝内的土地也不一样,紧挨村庄的一截地,村人种这地离家近,可鸡鸭牛羊这些畜生离地也近,这种地一年一年肯定收不安稳。还有一种地离村庄最远,叫洼底沟地,那里地势洼,遇雨水积得多,淌不利索,容易内涝。相比较,大河湾最好的土地不是离村庄最近的,也不是离村庄最远的,是不近不远夹中间的龙脊地。龙脊地的地势高,土质肥沃,还得风水。旱点涝点,它都能长出一季季好庄稼。这块地是大河湾人的命根子地。

大河湾村有这块龙脊地,谁家不想分到呢?

跋拉召集生产队长开会遇到的难题也就是龙脊地该怎么分。最后还是跋拉定的音,说龙脊地只一百零几亩,不能让几家分掉,也不能家家户户都分,说先定四十家,每家两亩半。人多的人家,地亩不够数,再用河滩地补。

大河湾村这么多户人家,哪四十户分龙脊地呢?不用跛拉再往下说,会场下面已齐声叫道:抓阄!抓阄是抓人的命。该谁不该谁,都是自个命定的。是命定的事,还能说个什么呢?

抓阄定在当天下午。

俺听准这音信,跑回家来跟政德说。政德像是睡床上不吃不喝还长肉似的赖着不起,俺两手摇他是一下比一下重,政德还是人醒身不醒,连个身子骨都懒得翻一下。俺说,跛拉,下午里就得分龙脊地。他眼不睁,话说出。他说,龙脊地不就是分四十家,一家两亩半,下午抓阄吗?俺的话咯噔一下停住。他人睡在床上,不是神仙,怎么会知道这些事情呢?

俺说,你知道你还不起来去抓阄?不想他还是说,你没见俺睡得正香着吗?抓阄你自个去抓就是了。他的困瘾要是没过去,你叫他做什么事情都做不成。

这抓阄的事确实不是女人的事。政德要是不困得扒不着床沿子,这事还能轮到俺个女人上前?下午里,俺换上件干净的衣裳,净过头脸,还专门拿胰子把两只手洗得滑滑净净的。人都说女人天生的不干净,抓阄碰不见好运气。俺这么拾掇一番,是图心里安泰些。

抓阄的地点在大队院落里,大河湾村一户一个白纸团,一百多个,花生似的装满半笆斗。这只笆斗此刻就在跛拉的怀里,村里一家一人排长队走近跛拉,从他怀里抓出一个白纸团,无论"有"还是空白,都交旁边的大队会计正田记上。俺排中间,轮上俺,龙脊地被抓走一多半了。俺个女人家怎么都是一副没出息的样,手伸出去,自己怎么也当不得它的家。那个抖呀,哗啦哗啦像风吹一树的枯树叶。好容易捏着个白纸团,展呀展的还是怎么也展不开。跛拉伸手夺过白纸团,交给正田。正田也没怎么展开白纸团,声调很高地喊:有!俺一旁里使劲挤巴挤巴眼,怎么也没瞧见白纸团上像有字的样。俺大字不识一个,一张白纸上有字没字还是能看出的。这到底是怎么一回事呢?

不管怎么说,俺家能分两亩半龙脊地还是件大事情。俺出大队院慌里慌张往家赶。这么好的事情不回家跟政德说说还能跟谁说呢?政德这回是不用俺推磨似的叫喊了,你猜怎么着?他自个起来了,这刻正坐在桌旁吃呀喝的呢。他没容俺说话,抢先说,俺看你那气色,俺家莫不是分到了龙脊地?俺当刻就呆愣住了。俺能觉着脸上的喜色像经雨的土坯墙一块一块往地上掉落着。相跟着俺心里就明白,这龙脊地根本不是俺抓阄抓着的。这么说来,政德心里暗藏多天的想头也就是得到两亩半龙脊地。这咱子他得到了,俺心里却空落落的,有一种被人哄骗的感觉。政德做这事也是为这个家,他还是俺男人,俺当他的面能说个什么呢?

政德吃饱喝足,又是一副精神十足的模样。他扛把锹要去大队里候着跂拉去丈量分下龙脊地。

这一年,俺家拢共分到三亩地,正好一人平摊一亩地。两亩半龙脊地,半亩河滩地。

2. 挖一条歪歪扭扭的地墒沟

这些天忙东忙西,光顾着分龙脊地,家里少人也没注意到。这天早上,政德一下想起懒瓜,喊,懒瓜,懒瓜!等等,没回音。他问俺,这些天分地不分地的,生产队停下农活,懒瓜吃饱饭都干些什么呢?

经他这么一提醒,俺也不知懒瓜这些天没踪没影的都在哪里呢。

懒瓜到底躲哪去了呢?其实,懒瓜这些天正干他懒瓜爱干的事,在屋里扯呼睡大觉呢。

俺家是两间堂屋、两间锅屋。堂屋是土坯墙、秫秸笆、麦草顶;锅屋也是土坯墙、秫秸笆、麦草顶。只不过堂屋宽些、高些、敞亮些;锅屋呢,窄些、低些、阴暗些。这些房屋一溜排盖在堤坝上,堤坝呢,是面临淮河。大河湾这样的房屋布局,跟淮河两岸许多村庄都一样。俺家两间堂屋住着政德跟俺两个人。锅屋一间烧锅,一间铺张床,睡着懒瓜。这天俺去烧锅,也就是这一刻,才听见锅屋里懒瓜扯呼的动静响。懒瓜扯呼跟别人不一样,是哼叽哼叽,还带着一串哨音。不清楚的人还心想是只发瘟的鸡躲屋墙角挣命呢。这呼声是从政德身上传下的,你说说你政德身上什么不好传,这瘟鸡似的呼噜声怎么可足劲地往下传呢?

俺是有气不打一处来,浑身上下长足劲,两只手一齐扑过去,左手扯掉懒瓜身上的被子,右手扯住懒瓜头上的耳朵。懒瓜痛得歪鼻斜眼,说,娘,你也晚点叫醒俺,俺睡梦里刚刚坐上桌,红烧肉夹筷子上还没塞进嘴里呢。

懒瓜嘴上还真扯拉下不少口水呢。

俺还说,懒瓜,俺家分到两亩半龙脊地,怕是你还不知道吧?

俺说,懒瓜,分到两亩半龙脊地,也就是分到两亩半地的庄稼活。

俺还说,懒瓜,这两亩半地庄稼活分俺家就得俺家人自己做。

俺还说,懒瓜,赶明个你再这样懒,非抽掉你的懒筋不可,叫你身上的懒筋一天也长不住。

懒瓜,这年刚够十七岁。你来大河湾村想找最懒、最笨的人,村人准把你带俺家,手指点着懒瓜的脑门心说,就是这个人。懒瓜的笨是天生的,懒却是后天的。

懒瓜小的时候,手脚一时一刻不愿闲,摸摸这踢踢那,你要是想知他在哪地场玩,只要听哪里有叮叮当当的响声就可以了。懒瓜的脚手不听他的话。锅台上放两只碗,一只大碗,一只小碗。俺说,懒瓜,你把那只大碗拿过来。你就等着瞧吧,他懒瓜拿过来的,一准是只小碗。莫以为懒瓜是跟你较着劲,别着来。懒瓜就是这么个手脚不听自己使唤的孩子。那年懒瓜八岁了,八岁的懒瓜也如同别的村孩子一样乐滋滋地背个蓝布书包去学堂上学。懒瓜去上过一天学,上过两天学,第三天里,教书先生就托人带口信回,说你家懒瓜不用上学啦。

原因是他懒瓜捏不稳铅笔,写不好字。

政德还不信懒瓜会笨得连自个手指头都不知长哪里。隔天一早,他亲自牵领懒瓜去学堂。他当着教书先生的面看着懒瓜拿铅笔。政德、教书先生,还有懒瓜,三人六只眼一齐盯着懒瓜的右手和铅笔。笔是一杆笔,右手是五个手指,可这五个手指愣是管不住一杆铅笔,铅笔横手里像有千万斤似的。懒瓜捏不稳,也抓不牢。不一会子,懒瓜摆弄出一头一脸的汗,像使出好大力气,累得呼哧呼哧喘。就这,懒瓜还像遭受多大委屈似的,眼泪汪汪地哇啦哇啦哭起来。

政德气不打一处来,大耳刮子灌满风扇到懒瓜脸上,说,懒瓜你个狗杂种,俺看你吃饭捏筷子怎么比谁都稳当呢?

政德弯腰捡起掉到地上的铅笔重新塞在懒瓜手里,说,写呀,写呀,写!

临终了,还是俺去学堂拉回一把鼻涕一把泪的懒瓜。俺跟政德说,你们家祖祖辈辈没出一个识字的人,还不照样娶妻生子、睡觉吃饭、过日子?

懒瓜不去上学,跟左邻右舍的孩子玩不到一块去。那年春天里,懒瓜单人在坝塘里玩。坝塘的春天里长有水草,长有绿苔,还长有蛤蟆、蝌蚪。水草是随风在水塘里摇,绿苔是随风在水塘里漂,蛤蟆、蝌蚪是随风在水草、绿苔间游,一阵一阵黑油油的,真像是教书先生无意间倒进水塘里的墨。懒瓜瞧见这些蛤蟆、蝌蚪,是眼奇心奇手也奇。懒瓜抓耳挠腮的结果是从坝塘边柳树上折断一根枯柳枝使劲地在坝塘里搅、在坝塘里打。蛤蟆、蝌蚪被搅得消失踪迹。懒瓜自己空着两手,一只也没得见。懒瓜剩下还能做什么呢?哭。懒瓜蹲坝塘边冲自己倒映水塘里的影子一抖一颤哇啦哇啦地哭起来。邻舍有个孩子叫二侉。二侉听见哭声跑过来,他瞧见懒瓜这副模样,还心想是什么东西掉水塘去了呢。懒瓜当着二侉面,鼻子唔哝半天才说清他想要几只坝塘里的蛤蟆、蝌蚪。二侉哈哈笑起来,说,懒瓜,俺叔,你真是笨死人啦。

二侉脱下鞋,挽起裤角,进水塘,两手合拢像只大水瓢,三下两下,一点黑一点黑的蛤蟆、蝌蚪就张嘴摇尾晾在水塘边干地上了。

这一年,懒瓜九岁,二侉七岁。两个孩子一块玩,除懒瓜个头高点,其余的事都是懒瓜听二侉的。二侉反倒像个不长个头的叔叔,懒瓜像个光长个头的侄子。就这,二侉时常里还不愿跟懒瓜玩,说懒瓜笨,跟他一块什么也玩不好。

也就是九岁这一年,没人愿意跟他玩的懒瓜找到一种消磨时间的法子——睡懒觉。懒瓜的懒也是从这年开始像染上牛皮癣一般,一层一层地很快盖满全身。

后来懒瓜长大啦,也进生产队挣工分。不过,他从来不做技巧性的农活,只做粗活、笨活,只要舍得出一身臭汗就能把工分拿到手里的那种力气活。政德当着这个生产队的队长,别人能说什么呢?

现如今土地分到一家一户,政德忧虑起懒瓜的懒和笨。政德说,这次分地扑腾得动静这么大,听说全国大小地方的土地都责任开,看式样土地再合拢怕也是三十年五十年的事了。你想想,他懒瓜有俺俩活着招呼着几亩地,有他吃有他喝的,一旦俺俩闭眼伸腿不在了,他懒瓜不会耕田不会耙地,自己怎么养活自己呢?

俺跟政德说,看来这世上的一些事情还得憋着懒瓜慢慢一点一丁地学着做。

这些天缺雨短风,头顶的太阳是一天比一天热亮,脚底的麦苗是一天比一天旺绿。似乎只是间隔几天的工夫,龙脊地的麦苗都蹿长腿肚高了,啪啦啪啦日夜抽穗拔起麦骨节。这样的时辰,麦根是盘根错节的,麦叶是浓绿泛油光,一根麦紧挨一根麦覆盖住地皮,叫闪亮的锄也无法伸进去锄草。麦地的农活都被麦绿濡染住,你做庄稼的人还能干什么呢?

没有农活,政德还是领着懒瓜去龙脊地。懒瓜到地头选择块平整的少坷垃碌屁股的地方躺下懒身骨。政德手背身后踱碎步,绕麦地走一遍又走一遍。政德是希望从这厚厚铺展的麦绿里瞧出一丝一缕张牙舞爪的农活来。不一会,他硬是从麦棵间看到一种会攀藤的杂草,叫乐豆秧。乐豆秧细茸茸的藤绕麦秆旋转攀缠,开蓝花,结黑豆,豆有很浓的奇腥味。这种野杂草是小麦的伴生物,有斩不尽、杀不绝的本性。除此,他还在麦地里察觉不少貌似小麦的燕麦。燕麦怎么都比小麦高半头,一副瘦叽叽的样子,直到抽穗结籽,才露出终不是小麦的本性。这天,政德沿麦地查一遍查两遍查三遍,赶第四遍走回头,脸上布上不少喜色。政德走到懒瓜身旁说,活找到啦。俺爷俩得薅掉麦棵间的乐豆秧,还得薅掉麦棵间的小燕麦。

懒瓜想睁眼,太阳一亮一闪刺得睁不开。懒瓜两眼一团漆黑睁不开,嘴却冲政德问,你当队长这些年几时薅过乐豆秧、拔过小燕麦?

政德心一提拎,眼一睁,咦一声,吸口大气,说,你懒瓜这说的是什么话,原先乐豆秧、小燕麦是长生产队地里的,俺不说薅,谁人能去薅?现如今这乐豆秧、小燕麦长俺自家麦地里,俺瞧见它们不顺眼想薅就得薅。

懒瓜侧翻身,避过头顶太阳光的直射,睁开眼瞧见政德真是一手薅棵乐豆秧,一手薅根小燕麦。乐豆秧、小燕麦都吝吝细细地在风里战战兢兢地抖。

懒瓜咧开黄牙笑,说,俺看你这是精明人干的蠢笨活。

政德没理懒瓜的话茬,自个领头尖手尖脚进麦地查找乐豆秧、小燕麦。懒瓜随后,他做不出蹑手蹑脚的样,大大咧咧牛一般地撞进麦地,一溜麦棵噼里啪啦倒下去。政德心痛得嘴咧开,说,懒瓜,赶快上去吧,丁点活没干,踩倒一大溜麦。照你这样,小燕麦、乐豆秧没薅尽,麦却踩死光啦。

政德自己也不能保证不踩断无辜的麦子。连锄都伸不进的麦地能插下两只脚？

政德还是不甘心，动这么一番脑筋找见的活，不想轻易撒开手。他瞧见俺走过来，两眼盯着俺的两只半大脚。政德两眼不扭弯，盯瞅得俺脸一阵一阵起红意。瞅够了，看够了，政德半伸出舌头哈嗒哈嗒地笑，扭歪头跟懒瓜说，俺看你娘的这双小脚下麦地薅乐豆秧、小燕麦最合适。

俺总算明白政德瞧看俺小脚的缘由了。

俺挪动两只半大脚进麦地，有麦棵牵牵绊绊的，还真是一副弱不禁风的样。不想，一棵开满碎蓝花的乐豆秧没拔起，俺扑通坐麦地上，惹得他们爷俩在地边上一浪一浪地哈哈笑，招惹得四邻地里的村人都扭动脖颈往这里瞧。

政德说，看来小脚女人也干不了这笨活。

这地怎么单捡没有农活的时辰分呢？

接下来，连下几天雨，雨是箭杆雨，韧韧地不紧不慢，下透天，下透地，下透人心。霎时里，天地间汩汩流淌的都是水。这样的天，村人还真想起一件非干不可的农活，那就是得往麦地撒一遍提苗肥。

往年里，这件事是队长催着去做的。化肥是化肥厂计划给公社，公社计划给大队，大队再计划给生产队。化肥一袋袋运回，堆放生产队的仓库里，单等这样的透彻雨，一干劳力挨排排走下地，把化肥撒到麦棵里。小麦抽穗、灌浆到成熟开割，一直肥劲很足。

这样一遍化肥催下去，少说也能多收成把成。

这场雨是下得透而又透，村人想起追苗肥，可化肥哪里去了呢？土地分散开，生产队肢解开，大队还存在。政德一路淋雨去大队，找见跛拉的人。跛拉闲着无事，扛头扛脸扛眼，数雨点。跛拉说，现如今还轮得上俺操心化肥的事？

政德丢掉一身雨，又染上一身雨，政德风风雨雨一口气到公社。公社领导右手爬头顶，横呀竖地抓出不少纵横交错的印道道，才想起化肥这茬事。这领导也说,往年化肥厂都有计划拨下来,今年这化肥厂的化肥哪里去了呢?

村人没有化肥,这麦苗还能就不催肥了吗?

不想政德清早上茅厕一泡屎还没拉完便想起了好法子。

政德一年四季醒眼的头件事便是往家后的茅厕解溲,多年养成的习惯,雷打不动。茅厕坐在堂屋后,清早里政德起床裤带都不系,还得一路小跑着去。一家人都让着他,错开上茅厕的时辰。就这政德每早还是不放心,醒眼还得问俺,茅厕里没人吧?

这天清早,政德去家后茅厕,也只是前后脚的时辰,他个死鬼就喊俺,懒瓜娘,你快点来呀。俺锅屋里忙着早饭,还心想政德没醒透神掉茅坑去了呢。俺紧赶紧地跑到家后,见他好好地蹲茅坑上,一脸笑嘻嘻地乐着呢。

他问俺,你闻见了什么呢?

俺说,这茅坑里除去一股股臭味,还能有个什么呢?

他说,对呀,俺这么多天怎么没想到这一茅坑的尿屎呢?

原来政德想到这满坑尿屎泼龙脊地做催苗肥。

这天清早,俺家的茅坑一下不得安宁了。懒瓜担粪桶往麦地送,政德在麦地持一把大粪瓢舀泼,俺呢,家里担清水往粪坑里掺稀,一浪一浪的臭气卷扬开,往村庄四周洇漫过去。

这天清早,村里人家闻见臭味,先是皱皱眉头、皱皱鼻子,待知道俺家是往麦地里送追苗肥,眉眼都舒展开。家家仿效,叮叮咚咚粪桶粪瓢慌乱起来,一团团更浓更烈的臭味追随粪桶运往麦地里。很快,屎尿臭味从村庄到麦地连成一片,还往更高更远的地方扩展开。

这天清早,大河湾的村民喜气洋洋地穿行于屎尿的臭味里。这场雨似乎专门为大河湾村人家清理茅坑预备的。赶家家忙清这催苗肥的事,天也喀啦一声晴朗开了。村人闲开手,直起腰,舒出长长的一口气,总算为新分到手的麦地做了一件大事情。

接下来，村人再不愿去臭味没散的小麦地，整天窝家里，无事睡大觉。懒瓜因着一口气担十几二十挑粪水的功劳，四肢叉开横床上更是睡得理直气壮、心安理得。叽扭叽扭鼾哨音，一气一气往房梁上跑。

政德也睡，睡不长，爬起身坐床上，一愣一愣思谋事。政德一口气呆愣到晌午头，俺就知道他又是在虑料一件大事情。俺个妇道人家，只管全家的烧刷洗弄，其他的大小事全赖着他。想想，做个男人也是不易的事。

果真，虑料妥当的政德跟俺说，琢磨着家里得买头牛，要不这几亩地赶明犁呀耙的指靠什么呢？

生产队原先有七八头牛，分龙脊地的人家不能再分牛。俺家分龙脊地没分牛，只得十几块钱牛钱。这点钱，加上家里几十块余钱，离买一头牛还差几大拃呢。

俺说，讲起来做庄稼的人家没头牲口不行，可哪有买牛钱呀？

政德说，明个俺去北集找瘪瞎，他当着牛行行令，看可能赊一半的账牵头牛回来。

俺说，这家是你当着，也是你顶着，主意还得你拿定。

瘪瞎是政德的旧朋友。生产队时期，政德找他帮生产队买过两回牛。现在想赊半头牛回家，也只有这条路。

隔天一早五更天，星星还密麻麻地布一天空，政德就起床往北集赶路了。北集离大河湾村少说也有一百五十里，政德五更里起身也得走半夜路才能到。

不想，政德前脚去北集，后脚麦地里又凭空生起一件农活。什么农活呢？挖地墒沟。

自古来，有土地就有地墒沟。地墒沟是土地顺水的沟道，更是地与地的地界。分地的当天就有人想起地块与地块间该挖出地墒沟。一条地墒沟少说得一铁锨宽。纵纵横横算起来得挖掉不少长着的麦。挖地墒沟得毁麦，村人心里一揪一揪地疼，舍不得，才罢下手。可这挖地墒沟的想法没灭去。闲下时右思想左思想，这地墒沟没挖出来，没沟没界的地还是不像分开似的，夜里的觉就睡得恍恍惚惚，不扎实。白天里，地邻的两家人头碰头，协商说还得挖，毁掉点麦算什么呢？这土地分到自家的名下，还不就图个安稳？

张家看李家，李家看王家，大河湾村家家户户都觉得这地墒沟非挖不可了。

俺家的地邻是个叫大先的人，这人活大半辈子了处处怕吃亏。大先扛把锨在龙脊地里候半天，没见俺家的人影，便找上门。大先是个身长腰细的人，走起路，腰　扭一摆地像个风浪的女人。大先脸色有点不好看，见俺面说，懒瓜娘，大家轰轰烈烈地挖地墒沟，你家难道不知道？

俺回话说，还心想你家不愿糟蹋麦子呢。

大先脸色缓过不少劲，说，不挖地墒沟，赶明个割麦没个准头，两家割多割少闹红脸不就寡味了？

俺去锅屋里喊懒瓜。懒瓜自然是十二分不情愿。懒瓜说怪话，这不是勤快人做的蠢笨事吗？长着好好的麦干吗要挖出一道道沟呢？

懒瓜扛把锨追大先去龙脊地，不到两袋烟工夫，又回头了。一把铁锨干干净净没着一丝土气。他自然是一锨地墒沟没挖。懒瓜懒回家，还懒出一大堆委屈，说，俺娘，你自个去瞧瞧村人是怎么挖地墒沟的吧。

俺做庄稼做了大半辈子，难道挖地墒沟能挖出西洋景不成？俺怕大先待会又找上门，只得扭着小脚紧赶紧地去龙脊地瞧个究竟。

还真怪，要是你不亲眼瞧见村人是怎么个法子挖地墒沟的，你还真想不起来。怎么一个法子呢？先是地界两端木桩上拴上细麻线绳拉直做标记，再下锨挨麻绳正中间挖下去，不偏不倚，挖出空沟，中心得正好咬住麻线绳。麦子经过几天雨，又经一遍粪水催，已打起芽苞。这样，挖地墒沟毁一溜麦不算，这挖出的土放进麦地，还得压一溜麦。

有精明的人家便舍不得土压麦,把土挖出装筐里,运地头坟墓一般堆那里,等收过麦种黄豆时再把土撒进地里。相邻的土地属两家的,地摘沟也是属两家的。这公有的地摘沟得两家人挖,一家挖一半,挖出的土块各自家堆各自家的地头,属各自家所有。俺走进龙脊地瞧瞧西家是这么挖的,瞧瞧东家也是这么挖的。俺手捂嘴,看看、笑笑,再看看、再笑笑。可他们自己挖得较真、卖力,人人都是一头一脸的汗。

　　大先挖地摘沟也是这么挖的,不过地南地北拴的是套被用的白洋棉线,大先一锨紧一锨挖得正起劲。大先见俺说,你家懒瓜真是懒,扛把锨随俺来地里像个富家公子似的,摇啦摇啦扭一圈,回家了。

　　大先还说,你家的半截地摘沟该不会候俺去替你家挖吧?

　　晌午后没用俺催逼,懒瓜扛锨下地去了。看来,懒瓜也认准挖地摘沟的活是非干不可了,肉肉蹭蹭挖不完,过两天还得挨政德吵。

　　挨傍晚,懒瓜回头天都半黑了,俺眼瞅他肩头的那把锨,还是干干净净不像干活的锨,懒瓜嘴里倒是一路哈欠吞吞吐吐地不断线,像是一副觉没睡好的样。

　　俺问懒瓜,这一下午你莫不是扛着锨睡觉去了?

　　懒瓜笑眯眯答话说,怎么可能呢。这下午该干的活,俺早干完啦,才抽点空闲睡一觉。

　　俺说懒瓜,你干活得紧着点。地摘沟的活该不会留政德回家再做吧?

　　隔天一早,懒瓜还是早早扛锨下地去了。他那一副自觉自愿的样子,任你横看还是竖看都不像个干活偷懒的人。

　　这天晌午懒瓜回头,还是锨面干净,两眼塞满眼屎。懒瓜这回没用俺问话,他自个说,地摘沟总算找到人挖啦。

　　俺问懒瓜,这两天你真的一锨土都没挖?

　　懒瓜还是一副笑眯眯的,说,有人愿替俺挖,俺还出那份臭力不是傻瓜蛋?

懒瓜的话俺自然不相信。俺问懒瓜,这大河湾村上千口人谁个不比你精明。自己家的活你都不愿意做,谁愿意替你做?懒瓜说,你下午去龙脊地看看就知道了。

一天半的时间,大先家半截地墒沟算是挖妥当。大先一把铁锨舞手中,左呀右的看怎样把刚挖好的半截地墒沟修整得更像地墒沟。懒瓜过来了,他身后还跟着大队书记跛拉。这咱子,俺还不知懒瓜找来跛拉做什么。

跛拉对大先说,是懒瓜去大队里找的俺,他说你挖地墒沟偏向他家地里有尺把远。

俺瞧见大先两边的腮帮子先是猛然抖动几下,才有火星刺啦刺啦闪在眼里。大先瞧瞧俺,瞧瞧跛拉,后挪向懒瓜说,凡事得有个真凭实证。俺人再老眼再花,也不会把地墒沟挖到你家地里去。

懒瓜不回嘴,一副悠闲自在吃饱没事干的模样。

跛拉说,这事还不好办吗?拉条线量一量还不就眼明了。俺不知懒瓜搞的什么鬼名堂,让几十岁的大先气得头脑没处搁。

俺说,跛拉,你莫听懒瓜瞎胡说,俺家就是让他大先往这边地里多挖一根头发丝,他大先也不会。

大先指手画脚的不愿意,说,俺口袋里现成的线,当着跛拉的面拉量一下让天地都看看。

大先还说,懒瓜,这两天你光在麦地头睡大觉,你也该想想怎么替你老子娘做点活。

懒瓜这回说话了,他说,大先,你还是快点量吧,怕是这地墒沟天地也看着挖偏了。

当着跛拉的面,棉线头在南北界桩上一搭一扯,沟还真偏俺家地里一锨地。

大先的脸挂不住色,说,懒瓜,你肯定偷偷地动了这界桩。

懒瓜这回可有点理也直气也壮了,他说,俺能动地面界桩,该不能动地下界石吧。不信你挖界石看看。

界桩是插界石上面的,界石埋土里,都是大先经的手,谁轻易动弹它,能瞧得出。大先一把锨一股气挖出地南界石,也挖出地北界石,都是丝纹未动的样。

大先的气力像是一下用精光,一屁股拍地上,说,这是怎么回事呢?

跋拉处理这事容易得很。北半截,大先多挖俺家一锨地;南半截,俺家再多挖大先家一锨地。可以想得出,这条南北地墒沟挖成后也不会成一条线,地里的雨水再大也顺不出。可这咱子,两家谁管这些呢?

俺心里知道大先地墒沟挖偏的原因,肯定还是懒瓜偷动了界桩。大先肯定也想起这茬理,可他哑巴吃黄连有苦说不出。你想想这人世上有这样往自家地里动地界的人吗?

陡然里,俺心里一亮堂,明白过来懒瓜动地界桩的用意。他大先再想三天三夜,也不会明白懒瓜的诡计。

果然,懒瓜来了力气,也来了精神,他像一头公牛横进麦地。一锨土没挖,麦苗倒下不少。这断裂的麦当然是大先家的。

大先心一拎一拎的痛,他说,懒瓜,你的手脚不能轻点吗?

懒瓜还真听大先的话,一双手一双脚拿捏得小心又小心,结果失去常态的脚踩倒更多的麦。

大先进麦地做出挖土的样,让一旁的懒瓜照着做。

这回该轮俺说话啦。俺就跟大先说,懒瓜干活笨头日脑的,你又不是不知。俺看不如你帮着干,赶明收麦天叫懒瓜帮你家割麦、运麦什么的,不就两清啦。

大先没想俺会说出这种话,惊奇地长长吸进肚里一口凉气,说,你家的地墒沟怎么能让俺挖?

俺说,政德赶北集不在家,俺个女人家这活又干不动,懒瓜手脚又笨重。你说说这条地墒沟该怎么个挖? 懒瓜不停手,拼一股牛力,一锨接一锨地挖,麦是一溜一溜地倒。懒瓜这小杂种不知这咱子跟谁学出的精明劲,也把一双脚踏进自家麦地,做个样子踩几棵,这是叫大先迷惑眼,遮拦住心里的诡计策。

懒瓜干着活,话语多起来。懒瓜说,俺心想挖地墒沟活多难干呢,还不就一锨一锨挖土吗?这不跟玩着差不多。

懒瓜还说,照俺力气干这活,半天里一条笔直的地墒沟保准挖出来。

大先再也憋不住话,说,懒瓜,你家地墒沟这么挖,俺家麦子赶明个也不用收啦。

大先气呼呼的,一副不情愿的样子接过懒瓜手中的锨。

几天后,政德从北集买牛回家。俺一五一十把地墒沟的事讲给他听,政德先是笑呀笑呀,舌头像风箱一般,扇乎得啪啦啪啦响。笑过后他说,没想到懒瓜笨头笨脑还会动这么一副鬼脑筋。

政德还说,跟大先这样的人家做地邻,想点法子整治他一下也好。
又经几天日月精华的滋润,满地小麦扬花灌浆了。

3. 夏收夏种得多长时间

夏收夏种是一年里最忙最紧的农活。一年里,庄稼人也就指靠这夏季,夏收能收多少?夏种可能按时种下去?农历四月底,几场东南热风吹过,遍地麦子嚓啦一声褪去绿色,红黄红黄地燃烧起来。这种时辰,夜里躺床上都能闻见成熟的麦子香味。这样的夜人能睡着觉,镰刀也睡不着觉呀。一旦动手开割,一地熟麦催促手,哪还能论早论晚的,割过运,运过打场。连续多少天,总算把土地腾出来,剩一地齐刷刷的麦茬,炫耀虚有的丰厚。

有时地里的麦铺还没来得及运完,天哗啦哗啦下起雨。这雨是雷暴雨,有点叫人毫无防备。庄稼人就这命,即便你知道半阴半晴的天要下一场雨,也不可能躲到家里,把一地农活扔出去。更何况这雨是土地和人都期盼着的呢。

有了这场透彻雨,庄稼人似乎不再安分地等把收下的麦铺脱出粒。他们把眼光一下拉得很长,漫进长长秋季的黄豆地里。这咱子,种黄豆似乎比收清麦粒还重要。实际上也这样,多少辈人种庄稼种下来,什么时辰该种什么庄稼是知道的,还知道什么庄稼可早可晚,什么庄稼只能早不能晚。同一块地种黄豆,前半截上午种,后半截下午种,这样的一块黄豆你就等着瞧吧,哪怕晚种的那半截肥上得再足,锄得再勤,似乎到收割时都有个界限。

麦子不这样,有个长长的冬季占着,早种半月迟种半月都一样。

大河湾紧依淮河,土质沙性,存不住雨水,插不下稻秧,一年只种一季麦、一季黄豆。麦占地八个半月,黄豆占地三个半月。赶黄豆种子种下地,黄豆苗长出来,能伸进锄,锄一遍,锄两遍,锄三遍。终于有一天,黄豆苗长得掩实地,锄头握手中不知往哪里伸了,这时,长长的夏收夏种才算结束掉。

闲下心掐手算一算,夏收夏种少说也得一个月。

其实夏收夏种并不是从拿起镰刀割断头一棵麦秆开始的。月底,麦秆一片绿色,麦叶有些枯黄的时辰,政德便开始操持做麦场了。原先生产队的麦场设在牛屋旁边的大块庄稼地里。大麦比小麦早熟半个多月。这块留作麦场的地种上大麦,早早收,早早腾出土地做麦场,不耽误收割其他地块的小麦。秋季里,这块做场的土地还是不能种黄豆,点种上绿豆,绿豆秧还泛青,村里人摘下黑色的熟豆荚,一把镰刀挥舞去,嫩豆连带着青豆秧割下来,运牛槽里喂牛,又早早腾出地做秋场。

现如今土地分开来,家家都得有麦场。这麦场若用老方法做在地头,一家一户的地能有多宽呢?一个场摊不下多少麦,石磙还磨不开圈。俺跟政德说,要不你去大先家说一声,俺俩家合一块做麦场。

政德说,大先那种人能沾? 赶明个还不知惹多少闲气生呢。没地点做麦场,一身力气派不上用场,干着急。还眼见着小麦从根至梢一天比一天黄亮开。政德热锅上蚂蚁似的家里待不住,手背身后村里村外瞎转悠,回头跟俺说,俺瞧见村里这么多户人家还没几家做麦场的呢。俺不信大河湾村的麦子还就剩俺一家打不出麦粒。

俺也埋怨政德急性子,说,你这是当生产队长落下的毛病,地里活你比谁操心都操得早。

政德嘴里话是这么说,实际上一颗心还是日夜不宁的。没个地方做麦场,家里有几亩麦等着,的确不是可以撒手睡懒觉的事。

不想这天大先找上门来,他也是愁做麦场的事。大先不绕弯子,说,你家那点地做麦场不够宽,俺家那点地做麦场也不够宽,不如两家合一家共一个麦场。

这事政德心里早虑料过,他冷着脸没点高兴色。政德说,地里的麦粒还一包水,做麦场还早呢。急什么?

大先有点急,说,就怕等麦黄芒太阳下炸得啪啪响,再做麦场就来不及啦。

政德说,要不你家地里的麦子先拔掉候着,俺家的麦子还得长几天。

政德的话音里是不愿同他合伙做麦场,这大先也听出话音。大先脸色有点挂不住,说,没想到会摊上你家这么个好地邻。

政德说,俺家地比你家多半亩,共一个场,俺是怕你家吃亏。

这天傍晚的时辰,政德回家说,大先领家人拔麦呢。他还说村里其他人家也这样做的麦场。他的话音里对推辞大先有点后悔似的。

政德叹口气,话语又狠起来,他说,俺倒要看看大先家那拃把宽的麦场,怎么把麦粒打下来。

又一天傍晚,政德一脸喜色回家来。那喜色像唱戏女人涂上脸的粉,皱皱眉头都能哗啦哗啦掉一层,俺知道他这是找到做麦场的地方了。政德说选择的地点在渡船码头边。俺眼一亮,心相跟也一亮。

摆渡船码头紧挨一片河滩地,这片地不种庄稼,盖个草庵留过渡人躲雨避风,草庵旁还有几棵大柳树。这片地宽敞,还得风,做麦场是再好没有了。可就是这么一块亮晃晃摆着的地点,村人怎么就没想到做麦场呢?

俺跟政德说,那还不赶紧去做上麦场,占住地方,免得被旁人占上先?

政德一副不急不躁的样子,说,大白天的能去吗?那地场是公家的,大白天显鼻子显眼的,别人不跑大队支书那戳断你的脊梁骨?

俺说,那就准备夜晚摸黑偷偷地做。

这是农历四月底的夜,天空花花搭搭布上星星,就是照不出多少亮色。月亮呢,大白天升上半天空,赶夜晚需要亮光的时辰,它早已西坠落往黑得瞧不见嘴脸的八公山间。吃罢晚饭,喘口气,候村人麻雀似的都归拢家里摸上床睡觉。俺、政德、懒瓜,一家三人都去了。这块地临近淮河,有河水映照着还是光亮亮的一片明,一点也不耽误干活。

做场的法子是这样的,一遍是锄头刨一遍,这是把地面刨平整;二遍是石磙轧一遍,这是把地面轧结实;三遍是撒上碎麦草,泼一遍水,这是把碎麦草与地湿透彻;四遍是石磙再轧一遍,扫除多余的碎麦草,这麦场也就初步做好了。

这片河滩地很大,怎么看俺家也用不掉十分之一。麦场靠河沿做,担水省劲些;麦场靠堤坝做,运麦铺路近些。最后地场还是俺定下的。俺说,依俺看应该定在大柳树下,你想想,赶明个打麦天多热,树荫下也好有个乘凉的地方。政德笑笑说,这夜里做麦场,俺是没想起凑树荫下。懒瓜已困得不能行,恨不得能站靠树干睡一觉。这咱子懒瓜听见俺们说话激灵一醒,唔哝鼻腔说,俺早想到啦,你们没见俺站在大柳树下吗?

夜晚里,时间过得快,活干得也快。刚过午夜时辰,一大片湿汪汪的麦场就做好了。

　　隔天一早，俺们一家人都伸直两腿睡大觉。小晌午，政德爬起身，是想去瞧看瞧看昨天夜里麦场做得怎么样。不想，他刚磨过屋墙角，又缩回头，身子一抖一抖笑得死去活来。政德笑得这么厉害，话是一个字都吐不出口，他只得抓住俺往家后边扯。

　　一个人笑与不笑就是不一样。政德狂笑起来，身体扭形，五官挪位，怎么看都像个一脸傻气的人。相比较，政德还是思谋事情的时候更像政德。这种时候，政德的精气神全集中在眼睛里，转一圈，又转一圈。

　　俺被政德扯过屋墙角，也是一下乐起来。码头河岸拥进那么多村人，要是猜不到那是在争地盘做麦场，就一定心想那地场撒了一地的钱，这一刻，村人正拼命争抢呢！

　　遥远处，俺似乎听见村人相互打听身旁这块早已做好的麦场是谁家的。村人只得相互摇头。他们谁会猜得到呢？

　　有了这块麦场，麦收似乎快多了。俺家两块地，三亩麦，分作两天干。头一天上午割倒两亩半龙脊地麦，下午连点晚，麦铺运到麦场上。隔天上午割倒河滩地半亩麦，不用连晚，麦铺也运出来。第三天尽等着摊场打麦啦。三亩麦摊两场，一天一场轻轻巧巧的还不觉得累。第五天连二遍麦秸轧一场，麦粒清清楚楚全部归拢麻袋里。

　　忙过夏收忙夏种，接下单等一场透彻雨便可耕地耙地种黄豆。可这几天的日头一天比一天毒辣，像个上足炭的火炉，炉膛里红得发白。太阳底下无遮无拦，晒得人头皮直炸。天呢，还静得不见一丝风，偶尔天空有一朵白云，还是一动不动。看看这天色怕是三天五天也不会落雨。

　　就是这么个太阳晒得麦茬着火的天，还有人想着俺家里新买的一头牛。头个张口的是大先，大先张口是一脸难为情的相。俺瞧着大先眼底的血丝，能猜到大先想用俺家牛犁地已不是一天两天的了。

大先说,你家不犁地牛闲着也闲着,不如借俺使天把犁过麦茬地,省得赶明个落雨种不上黄豆干着急。

政德做梦也想不到大先旱天里要犁地,脑筋一刻两刻还没转过弯,不知怎么回大先的话。

大先说,你家龙脊地南半截地墒沟还是俺帮着挖的呢。

大先还说,俗话说远亲不如近邻,近邻不如地邻,赶明个你家地里有什么活要帮手的,吱吭声不就照(行)了吗?

大先也是个不善言语的人,这两句话结结巴巴吐出,额头上豆粒似的汗一串一串往下滚。

政德不答话不行。

政德说,俺还没赶集买小犁头呢,俺家这头老得只剩一把骨架的老母牛哪能拉得动大犁头?

大先就不说话了,他也料想到政德不会轻易借出牛。他大先想到这茬事不讲出是自己的事,说出口,政德不应允是政德的事。大先事情说出,政德软软拉拉地回绝也好,真的是因着没有小犁头也罢,反正大先这当刻红着一张脸可以回去了。大先长长地吐出一口气,这气憋闷在心口窝少说也有三四天啦。

第二个想借俺家牛的是跋拉。现如今,分开土地,跋拉手里的权从手指缝里真是漏下不少。他当政德的面说话,还是一副原先大队书记的派头。

政德遇上跋拉是在村路上,跋拉老远就招呼政德,说,赶明个下透彻雨,你帮俺家那两亩地种上。

跋拉像是一副有急事的样子,说话的当口脚步没停下。可他的脚步又是不急不缓的,看不出有急事的样子。

政德连想都没想,就答应下。政德说,这事还用你操心,俺起个早贪个晚的,还不就顺带种上你家的两亩地了。

政德说完这话,觉得这话似乎不该从自己口里说出来,想改口,跋拉不急不慢的脚步已走过去一大截。政德冲趿拉的背影说,俺还没上集买小犁头呢,俺家的牛是个放屁都零碎的老母牛……

政德这话说是说出口了,可话语很轻,自己一双耳朵都听不清,趿拉当然是一点音没察觉。

政德呆呆愣愣地站在村路心,自己问自己,俺现如今不当生产队长了,凭什么还听他趿拉的指派?

政德自己又替趿拉找理由,说,你不是欠人家两亩半龙脊地的人情吗?

政德自己又替自己辩理,说,为两亩半龙脊地俺倒贴他两顿酒,两下还不早扯平了?

政德冲更远的趿拉脊背吐出一口痰,还是没能吐出趿拉压在他心里的阴影。这阴影是有重量的呀!

第三个来俺家借牛的是豁牙二奶。

政德起小老子娘死得早,是豁牙二奶眼看着长大的。豁牙二奶老两口膝下无一儿半女,这些年就依赖着政德,有些什么事就过这边来跟政德说一说。可政德毕竟不是她亲生儿子,她央求政德办点事,话语间还是隔着一层皮。

豁牙二奶跟政德说,俺是先来跟你招呼一声犁地的事,你望望俺老胳膊老腿的还分一亩地,赶明个指望什么种呢?

连续有三人说起牛的事,政德心里的火苗一蹿一蹿地按不住。政德跟豁牙二奶说,你去瞧瞧那头老母牛,就拴锅屋边的牛槽上,两天没吃下一抱牛草,俺还愁自家几亩地怎么犁呢。

豁牙二奶眼泪汪汪起来,说,这也不知是谁生发出的点子分开地。要地吧,自己干不动;不要地吧,还能嘴扛肩膀上喝西北风?

豁牙二奶先是眼泪后是鼻涕,然后搭手一抹拉脸,哭了起来。

俺上前劝她说,赶明个上集买张小犁头试试,这牛能犁俺家的地,就能犁你家的地。

豁牙二奶走后，政德话还没说完。政德说，你买牛的时辰莫说帮你垫几块牛钱，连个什么价钱都不问一声，赶犁地的时辰倒是一下想到了。在他们的眼里，这牛像是顺淮河淌来的，一分钱都没花。

　　政德自打算买这头牛就没少生是非。他去北集的时辰，口袋里没揣多少钱，根本买不起牙口好膘肥体壮的牛。可他也没想买这头骨头蒙层皮的老母牛。政德临离家跟俺打算，买头差点的，要是钱不够，就让北集做行令的朋友卖个熟人面子欠点牛钱，过个年把几月的手头缓缓劲再给。

　　政德去北集先把自己的想法跟行令说出来。这当行令的朋友把胸脯拍得当当响，说莫说还给点钱，就是一分没有照样把牛拉回去。

　　行令拍一下胸脯说一句话，把政德一颗心安稳当。行令是个街油子，光棍一条，连个安身的窝都没有。政德去北集还得住街店里，晚上店里的酒菜钱也得政德付。政德来家跟俺解释说，他当行令的朋友人热情，吃过菜喝过酒，喊着付钱的声音高，可手就是不往口袋里掏钱。政德说，俺早看出他不是不想掏出钱，是口袋里空，想掏掏不出。你想想挣一个钱当两个钱花的人，口袋里怎么能存住钱？

　　北集是大集，方圆百里的牛、马、骡大牲口都来这里卖。大清早，牛蹄、马蹄，还有驴蹄，就一串一串踢响街面上的青石块。逢集天，这朋友起得早，他先去街上干他行令该干的事。瞧瞧牲口的多少，问问牲口的价格，回过头再去街店里叫醒政德。他跟政德说，你真是个走运的人，有一头牛正等着你去牵呢，这牛的价钱嘛就像白给的一样。政德随他的朋友走进牲口行，才知是头老母牛。这牛老得似乎连三两力气都没有。政德两眼不再看牛，他把他朋友的脸当作牛脸看来看去。政德是想瞧清楚朋友的话是真还是假。政德低声跟他的朋友说，俺买牛回家是犁地，不是烀牛肉汤。这朋友冲政德把一副眼乱挤，轻声回话，难道你没看出，这头老母牛怀犊啦，你这是花半头牛钱，买两头牛呢。

政德怎么也瞧不出这牛的肚皮里怀着犊,这朋友让政德把耳朵贴牛肚皮听小牛的心跳声。这朋友说,俺去把卖牛的人扯开,要不人家知道牛怀犊还不卖了呢。

政德就这么用口袋里不多的钱牵回这头老母牛。麦里麦外转眼近一个月,俺家人天天眼瞅着牛肚子也不见有大起来的迹象。政德有点沉不住气,找来村里的老接生婆仙人奶,让她瞧看瞧看这牛到底是带犊还是没带犊。政德心里想的是,北集牛行的那朋友怕欠牛钱担责任,有意拿这头老母牛糊弄他。

仙人奶那双哆嗦着的老手多年没接生孩子了,耳背,头脑也糊涂。她相跟政德进俺家,屋里屋外扭几圈,就是不往牛槽边靠。她问政德,你家里的人呢? 政德说,懒瓜娘下地去了。仙人奶一声"咦"字拖多长,说,你家里快生孩子了怎么还能下得地。政德知道仙人奶耳背没听懂他找她要做的事。政德捞住仙人奶的手去牛槽边,大声重新说一遍。仙人奶这回听明白,一张没牙的嘴呼啦一下黑开一个洞,猛劲地笑。仙人奶说,这村子里老媳妇小媳妇肚皮俺可是摸不少,经俺手接生的孩子少说也有好几百,就是没摸过牛肚皮,也没接生过牛犊子。

仙人奶嚓啦刹住笑,一张皱脸平坦许多。仙人奶想走开,说,俺心里也疑乎着你老婆五十出头的人啦,怎么还生孩子呢。

不管牛怀犊没怀犊,是牛就得犁地,牛力气总比人力气大。政德还是赶集买张小犁头背回家,准备安装上犁地。

买犁是清早的事,下午里就乌云密布,闪电打雷刮风。天像个死去亲娘的闺女,鼻涕、眼泪一齐流出来。不到两个时辰,土地吃透水,还哗啦啦地顺地墒沟流出来。大河湾土地是沙土地,能吃水,雨一停,隔夜就能套牛拉犁耕地了。

政德没指望这头老母牛能有多大劲,他扛犁牵牛,临下地叫上懒瓜,还交给懒瓜一条绳,说,待会犁地,你用这绳拴在犁上,帮牛使把劲,防着这头老牛的腿弄断了。

政德暗暗定下来，忙过夏种这几天，就把这头牛赶上北集退给人家。

政德跟懒瓜两人去龙脊地套上犁，还没及懒瓜的绳拴上犁，这头牛自己拉起这张小犁跑起来。政德没防备，一下慌张开，手扶犁往前撑。他毕竟也是一大把年岁的人了，一股劲使在两腿上，这手就歪歪斜斜扶不住犁。犁头出地面，一张空犁，牛拉着跑得更快，政德一步两步赶不上，手还舍不得松开牛缰绳。结果是双腿赶不上上身，身子骨往前趴倒地上，脸磕碰犁把上，当刻就有血流出来。政德搭手抹拉一手血，哈嗒哈嗒舌头拍打腮帮笑起来。

政德回过血糊拉拉的一张脸问懒瓜，这牛真是俺家买的牛？

懒瓜骇得魂不知往哪里跑，也不回答政德的话。

政德还问懒瓜，你说这头牛俺还退不退北集去呢？

最后懒瓜只明白这么一个理：有了这么一头牛，他不用像牛一样拉犁了。

这头老母牛两天里就松松快快种上俺家的三亩地。这两天里，政德的一张烂脸停止流血，结上疤，像是块荣耀向村人张扬着。政德问俺，你说俺脸上烂这块疤值不值？政德不用俺插话，他自己答自己，值，没想这头老母牛像头壮骡子似的性急，又有劲。

第三天，政德跟俺说，俺准备帮豁牙二奶把她的亩把地犁种上，这点地要是放开缰绳让这头牛干，还不是顿把两顿饭的工夫吗？

俺说，那你就赶紧去豁牙二奶家讲一声，让她准备种粮。

可政德待家里半天还是没动静。他还把自己侍弄在被窝里，不起床。俺心想，他政德莫不又想到什么事情啦。政德就是这么一种人，他想事情要是一刻二刻想不妥当，就把自己的头脑连同自己的身子骨都交给床，像个生不出孩子的女人，在床上乱折腾。要是瞧见他扑腾一下爬下床，这事情便算是有了结果。政德真的起床已是吃晌午饭的时辰。他起床不吃饭，先跟俺说事情，他说，俺躺床上思谋来思谋去，还是不能这么轻巧地帮别人家犁地。你想想,俺家买牛是花了钱的,俺家买犁也是花了钱的,他们家一分钱不花就使牛,天底下会有这么便宜的事吗?最后,政德说,你去豁牙二奶家,俺去趿拉跟大先两家。干什么呢?借钱。

俺还是不明白他的心思,问,借钱干什么?俺家又不买不卖的不急需钱,还空担个借钱的名。

政德啊哈啊哈清理净嗓子眼,说,借的钱也是钱,有钱什么不干,拿手里哗啦哗啦响,耳朵听着也舒服。

政德还交代俺去豁牙二奶家话该怎么说。你去豁牙二奶家就说,今早明晚时辰,俺就去犁掉她家的亩把地。先是叫她心里乐和一小会,你再说俺这些天装一肚皮糟心事。什么糟心事呢?还是欠北集人的牛钱,说好收罢麦送过去,现如今种黄豆还没送,还不就是口袋里没有钱吗?末后,你才说出借钱的事,多也不要,少也不要,就十块整钱。看她豁牙二奶愿不愿意借。

这一天,俺还没想明白去豁牙二奶家借钱合适不合适。政德出去顿把饭时辰已把钱借进口袋。政德乐滋滋的脸像钱是白捡到一般,拢共三张,都是十块票,这一刻夹手指缝里哗啦哗啦像风吹一树的枯叶片。

趿拉家借二十,大先家借十块。

政德说,亏得俺去大先家还不算晚,要不连十块怕也借不来。怎么回事呢?大先这两天领着家人趁地吃透雨,正搁麦茬地里点种黄豆呢。他家几亩地要是点种齐,还要俺犁地吗?不要俺犁地,大先还愿借钱?

俺听不明白政德论的是谁家的理,俺说,自古以来都是借钱还钱的礼数。这钱是人家借你的,又不是平白无故人家给你的,不用还了?

政德笑而不答。

这年冬天到了,大先、趿拉,还有豁牙二奶三家人想从政德手里把借出的钱要回去。政德把一张人脸拉多长,变成一张驴脸,说,俺替你们家累死累活犁地耙地,总不能一分钱不收吧?

原来,政德是提前收了犁地钱。

你说政德这个死鬼怎么会早早钻进钱眼里去了呢?

4. 种上那块河滩地

政德村东头出庄,赶头牛,扛张犁,沿河堤一直往东去。人老,牛老,犁也老。牛老,蹄迈得很迟缓。远处里瞧还以为牛是站堤坝上不动弹。人老,老在脊梁上,肩上挂一张犁,侧斜身显得更佝。犁呢是犁铧小、犁把细,还满身裂出一道一道暗裂纹,像老年人手上脸上的皱纹皮。

政德是去犁俺家东河头的那半亩河滩地。

大河湾土地有在堤坝内的,有在堤坝外的。土地围在堤坝里,淮河水一般淹不掉。这才是真正的土地,是大河湾人赖以生存的保障。堤坝外的地无遮无拦地紧挨淮河,一年里安安泰泰能收季麦就不错了,秋季里一般都荒着。

这地,大河湾人叫它河滩地,也叫荒地。

夏天连秋天,又恰逢是淮河无洪水的日子里,大河湾村东的河滩地长出一片兴旺的杂草。它们成了牛、羊,还有一切吃草畜生的乐场子。这些吃草的家伙整天在里边吃呀玩呀乐呀,没丁点忧愁的样子。放羊、放牛、放猪的孩子也不用管它们,只管站在堤坝上,把一张脸扛向半天空瞧望一朵一朵飘过来飘过去的云。这时候的河滩地除了不能生长庄稼外,村人说不出它半点的不好来。

庄稼地不长庄稼,还叫庄稼地吗?村人望着半腰深的杂草,想着这里长的要是秋庄稼就好了。疑疑乎乎的村人真是有点后悔秋天里没种上这块河滩地。

要是遇到连阴雨天，雨下起来又下个不止，淮河水就会慢慢悠悠爬进河滩地，牛呀羊呀还有人站堤坝上，望着河滩地上的杂草会一寸一寸矮下去，羊、牛对着淹没下去的杂草狂叫不止。这种时候，鱼呀虾的就溜进河滩地吃草籽、吃草叶。这是大河湾人逮鱼、吃鱼的好季节，村人随便拿什么在河滩地里都能逮住鱼。最蠢笨的人拿把锨站河滩地水里，往堤坝根旱地里随意攉几锨，也会有鱼虾银亮亮地飞出来。

这样的天，大河湾空气里到处是浓烈的鱼腥味。大河湾人吃着鱼虾，晾晒着鱼虾，鱼虾成了河滩地收获的一季庄稼。

这一年，大河湾只俺家政德一人秋季里还耕种河滩地。

村人笑，说政德，那点河滩地还能结出金豆豆、银豆豆？

俺也想阻止政德的这股糊涂劲，说政德，你在大河湾长几十年见过几回河滩地没淹水？

政德先是不愿意搭理话，末后才说，俺是见河滩地空着不长庄稼心里难受呀！

河滩地离村东两里地，够政德和牛走个把时辰。牛前边领路，政德后面跟随，牛缰绳软软地搭中间牵连着他们俩，都是一副懒懒散散的模样。弄不清是政德赶牛，还是牛牵政德。等走到河滩地头，政德说一声"喔——"。牛停下蹄，瞪一副大牛眼瞧政德。政德从牛屁股后走到牛前边，带头往河滩地里走。牛才相跟着转身，头低屁股撅，挺住蹄缓缓走下堤坝追政德。关键处还是能分出牛是受人支配的。

这咱子，政德还不急着马上套牛耕地。他知道牛和他，还有犁，他们三个老货都得歇一歇脚，喘一喘气。犁榫眼松开了，一路里趴政德身上吱呀吱呀不停歇地叫唤。政德还骂犁，说它是个沉不住气的家伙，俺知道你榫眼咧着嘴，不湿润湿润水，一拉保准散开架。牛嘴也哈嗒哈嗒扯黏水吐白沫，两里路走过来累得也不轻。政德也骂牛，俺知道你嗓眼里冒着火，得先去河里饮个饱。

政德、牛、犁三个老货径直往淮河里去。

政德两手捧起河水，一口紧一口咕咚咕咚喝一气；牛嘴触水面，伸开舌，一卷一卷，喝一气；犁干脆丢河里，先还有气泡一嘟噜一嘟噜往上冒，气泡漂水面待不住，啪嗒啪嗒消失去。

政德还是骂犁，你个老货还真能憋气呢。

政德还是骂牛，你个吃草的畜生饮水怎么站在河上游，俺还喝你喝剩的水？

淮河水这一刻还温温顺顺躺在河床里，波浪一叠压一叠，有条不乱地浪过来又浪过去。政德、牛，还有那只淹没河水里的犁构成一幅安乐祥和的田园画面。政德的心却开始一惊一抖的，他在这貌似宁静温顺的淮河水里瞧出洪水将要泛滥成灾的迹象。这迹象是几缕浑浊的泥丝，曲曲折折隐现在河边的水里摇荡流动，像几根无头无尾长长的丝线。其实，淮河水位高低并不取决于淮河两岸附近下多少雨，主要看淮河上游雨量大小。每年洪水季节的水都是上游地区的水汇合流下，七十二水归正阳后才一泻千里暴涨过来。这几缕浑浊的泥丝线就是上游水下来的前兆，就像夏天暴风雨过来之前的一阵凉风。

牛饮足水抬起头，润湿的嘴像涂抹一层油似的，又黑又亮。政德问牛，你说俺们这块河滩地是犁还是不犁呢？牛听不懂人话，两眼盯住水面瞅着什么又似乎什么也没瞅。政德一双眼从牛脸上磨开，有点失望。

政德想想又问犁，你说俺们这块河滩地是犁还是不犁？

政德问犁没见犁，这才弯腰伸手捞出犁，犁全身吃透水，多余的水还滴答往河面滴。这水滴像是回答着政德的问话：还是犁吧。政德一下高兴起来，说，你说得对，不能害怕淮河涨水淹河滩地，俺们就不种了，那还要河滩地干什么呢？

不知怎么的，政德感觉最通人性的是犁，不是牛。

这天上午政德犁过河滩地。这天下午政德又耙过河滩地。这天挨傍晚政德撒上黄豆种。一天时间，这块河滩地就暄暄腾腾像块饼被政德精心制作好，摆放在大河湾村东的淮河边。河滩地种齐后，政德在家清闲了五天。这五天里，他其实没闲着，夜夜梦见河滩地。白天里，政德就跟俺说这些梦。他睡不好觉还埋怨河滩地，说这块地像个守不住秘密的家伙，不在梦里把一些话告诉它，它自己夜里也睡不着觉。

头一夜，河滩地说，黄豆种被土里的水分泡胀开，正土里闹腾着呢。

第二夜，河滩地说，黄豆种长开芽伸出根须，正准备顶着豆芽瓣往外钻呢。

第三夜，河滩地说，黄嫩嫩的豆芽瓣钻出地面，正一颗一颗数着天上的星星呢。

第四夜，河滩地说，嫩黄的芽瓣经见一天的太阳都变成绿颜色，正急忙忙地吐出头一片嫩叶片呢。

第五夜，河滩地说，黄豆苗今夜长出的嫩叶片，不是一片，不是两片，是三片呢。

第六天清早，政德的懒觉再也没法睡安稳踏实了，他喜滋滋地跟俺说，他得扛锄去河滩地锄黄豆啦。

这天，政德荷锄归来，锄呢暂时还用不上。政德先是按着庄稼的生长疏密把黄豆间一遍，做一辈子庄稼的人还能不知道两棵黄豆苗相隔得六七寸，多余的必须连根拔掉吗？一地的黄豆苗按照这样的标准拔除的肯定比留下的多。辈辈种庄稼的人干吗撒下这么多的种子呢？那是怕种子孬，撒地里生不出芽。这一回政德是埋怨自己的手劲瓢，种粒没散开。政德拔着拔着，黄豆间距就缩短，变成五寸或四寸。政德也知做庄稼是件实打实的事，丁点马虎不得。政德对该间没间的黄豆苗说，让你们多长几天吧。

这回不间，下回还得间。

间过苗，政德才把扔在地头的一张锄捡起来，锄黄豆。这么小的黄豆照理说还不是该伸出锄头的时候,黄豆苗间光秃秃的,还不见一根草。如果你想做个庄稼人,你对庄稼细微处的了解就要胜过了解自己的胳膊腿。要不,你就不是个好庄稼人。俗话说,杈头有火,锄头有粪,多锄一遍庄稼,就是多肥一遍庄稼。河滩地的那块黄豆,政德是锄一遍、锄两遍、锄三遍,前后拢共锄四遍。政德还准备锄第五遍的时辰,黄豆的枝枝丫丫伸展开,阴凉厚厚地铺落到地面上,锄是想伸再也伸不进去了。

这些天正好是三伏中,太阳端端正正照耀在天空里,一道一道的太阳光火辣辣地洒下来,万物阻挡它能碰出金属般的响声和火花。树呀庄稼呀或是最耐旱的杂草都软枝耷叶往一团缩,软软沓沓像经开水烫过一般。这样的天,庄稼像要枯死了。可到了隔天一早,满地庄稼又会旺嫩嫩地缓过来,一些叶片上还亮晶晶地点缀着露水珠。

大河湾是沙质土,俗称夜潮地。不怕干,就怕涝。太阳毒烈的三伏天,夜里隐躲在庄稼根须下面的潮气也能一丝一丝地缓上来。隔天早上望着翠嫩滴水的庄稼,还心想是夜里偷下过一阵小雨呢。

政德没想到迎接他最后收锄回家的是一场大暴雨。

这天,太阳降落得快挨着大河湾西南的八公山顶端,一下被滚动的乌云迎接住。刹那间是黑上天黑下地。这雨叫迎头雨,迎头雨最恶。政德扛锄往家赶了一半路,这雨点就噼里啪啦砸下来。

这阵暴雨来得快,去得也快,去后还留下绵绵不断的细雨。这细雨像春雨沥沥拉拉多少天,韧韧地如悲伤过后的妇人,把这份悲伤丝丝缕缕扯得很长很长。连着几天,政德是躺床上过来的。下雨天,政德腰是酸的,腿是疼的。他的这些毛病是连续多天在河滩地上种庄稼落下的。他对付这些酸疼的办法就是躺床上慢慢地修整自己,好好地睡一觉、睡两觉、睡三觉。

这天,政德躺床上睡不安,他疑神疑鬼地从床上爬起来,问俺,你可听见有小孩落水的叫喊声?

俺心里一惊，静耳听一听，屋外除沙沙沙的雨声，什么也听不见。

政德说，俺耳朵边老是传过孩子落水的呼救声，远处的声弱，近处的声强，一声一浪地扑过来，听动静还不止一个孩子两个孩子呢。

这么一种雨天里怎么会有这么多孩子落水呢？再说，就是孩子掉落淮河里能有多大气力，叫喊声能这么远地传过来。政德最终还是听明白，这叫喊声是庄稼淹在水里喊出的。

政德一骨碌从床上爬起来，冒雨朝河滩地跑去。

河滩地是慢慢地坡向河面的，已有一半庄稼淹没在河水里。淮河水呢，早挣脱河床的束缚，汹汹涌涌地涨开来。麦草、瓜果、树枝、树叶之类的漂浮物铺展在河面上，顺河水向东流淌去。政德赤脚跑进黄豆地，他眼面前的那些被水没顶的黄豆苗还使足劲举着枝叶在河水里挣着命。政德站立的脚下原本是一处干地场，不一会河水就舔舔地漫过来，淹没他的脚面。政德只得往后退，骂河水说，俺是一棵会挪动的庄稼，你们想淹也淹不着。

这天政德站河滩地里，从他脸上瞧不出一丝愁苦。他去河滩地像是为着瞧看一个死去多日的仇人。政德额头的皱纹疏朗着，排列得错落有致。人世间万物万事于他都是一副洞察清楚的样子。这种局面，实际上他种下黄豆种的那天就隔着遥远的日子，瞧望得一清二楚的了。

淮河水没有无情无义地一下淹尽河滩地。这种暴雨催逼下的河水涨得快，落得也快，政德挪过一次脚，河水也就无力重新够着他的脚。河水失去势头，退下去。河水一寸一寸地退落，就像河面的波浪一浪比一浪弱下来。河水吞进嘴又吐出的黄豆秧是不存有一丝活着的希望的。很快，它们就蔫叶耷枝，往枯死的方向慢慢走过去。政德两眼瞅着这景象还是生出一丝疼，挪过头，一步一步朝堤坝上退回去。

政德回家蹲窝门槛边抽着烟，喘着气，还是慢声细语问犁，明个俺们还是去耕种上那块河滩地？

这张犁就摆放在政德脸面前的屋墙角。犁把的年岁肯定比政德还大,是桑木做的,犁头更换过五六个了。犁老了,得经常更换犁头,就像人老了得更换牙齿一样。这犁的年岁比政德大,政德对待它比牛多出一分尊、一分敬。

牛就不能跟犁相比了,它才十几岁的年纪就老得迈不动脚步,还整天一副看透世间一切事情的老成相。政德瞧见牛的这副模样就想笑,跟牛说,俺过的桥真是比你走的路还多呢。

政德从心底里器重犁、轻看牛,是有着上述原因的。

这天,政德跟犁说过两遍话,犁沉默墙角像是真睡着一般,不搭理他。政德先是糊涂,后是明白,脸上一下不好意思笑起来,说犁,俺没你年岁大,脑瓜比你糊涂得早,刚退水的河滩地怎么能下去犁呢?政德抬起一只手,啪啪拍打一下自己的脑袋瓜,说,那俺就自己一个人去河滩地里点绿豆啦。不用你犁跟俺去,也不用它牛跟俺去。政德嘴咕哝咕哝,掐指算一下节令,又说,点绿豆也算不上早绿豆啦。

点绿豆不用犁、不用牛,政德自己荷把锄,带上绿豆种,刨埯点种就行了。

又半个月后,淮河水才真正暴涨起来。这一次淮河水做得干净利索,绝情又绝义。洪水淹没靠近河岸的绿豆,也淹没远离河岸剩下的黄豆,一直抵住堤坝根。这半个月,绿豆是长出芽长出叶,拃把高的秧长满碎叶子。微风从河面悄悄溜过来,这些碎叶片翻摇不止,一副不经人事的傻瓜样。另半边河滩地里的黄豆秧是一下高起来、壮起来,一尺多高的个头呈现出一层一层的绿叶子,厚厚地铺一地阴凉。你觉得这么多的叶子不是长黄豆枝杈上的,像是被谁的手撸下来,一层一层铺在地上的。黄豆秧、绿豆秧现在一下都淹去。

这次政德不问牛不问犁,自己问自己,挨些天退下水还点绿豆?自己答自己话说,还点种绿豆。

这一年里,政德最后一次来河滩地已进腊月里。其间,他先后还种过两次绿豆、两次小麦。淮河水黄汤汤地赖在河滩地里进进出出就是不退下。这种情况政德还有岁数更大的犁都没经验过。村里有文化精事理的人说,这是太阳黑子干的事。政德不听这道理,什么白子黑子的,这是天要绝人啊!

腊月天寒地冻,政德出村往东,去堤坝上,还是没牵牛,没扯犁,扛一把大扫帚。河滩地经河水浸泡几个月,现在是晃晃荡荡得如铺一地的嫩豆腐。这样的地更是下不去牛,伸不开犁,政德扛把大扫帚是牛也是犁。政德脱下鞋咔嚓咔嚓踩碎河滩地表层的薄冰走进去。薄冰泥一下陷过小腿肚。政德挥动大扫帚挨排排拍碎泥冰,才撒上种。

这一次撒的还是麦。腊月天,只能种小麦。

政德毕竟是上岁数的人,又加上腿淤进冰泥里,那些刺骨的寒气也就洪水一般一浪一浪往心口窝那里卷。政德仍不罢手,不急不躁,拍一截冰泥,撒一截种子,再把麦种拍进冰泥里。政德的手不能停,怕这些拍碎的冰泥不一会又凝结起来。政德知道麦子种拍进冰泥里长不出芽,即使出芽,也会被冻死。

政德还是一点一点种上这块河滩地。

政德这天回家喝下俺烧的两碗姜汤,发出一身汗,躺床上睡起来。梦里的河滩地还真是长出绿绿的麦苗,长呀长呀,一个劲地往上长。他个死鬼是一个劲地笑呀笑呀笑。

全天下,有他这样种地的吗?

5. 这个闲冬该怎么过

这年的闲冬应该是从深秋开始的。节令早,赶过农历八月十五中秋节,大河湾地里的黄豆是光秃秃的一棵也没剩下来。干枯的黄豆茬尖尖地举在土地上,像土地一夜间长出一茬刺。这样的天,黄豆茬跟大河湾村人都等待一场透彻雨。牛拉着犁好走过来翻盖去黄豆茬,种上麦。

　　这样的天,大河湾村东河滩地里还长着一片绿庄稼,是花生。前一年,河滩地遭水淹,秋天麦种没种上,今年春地空着,家家都点上花生种。沙土地喜好长花生,锄与不锄、经管与不经管都一样,由花生自己长去吧。秋天八月十五过去,只管扛五爪钉耙下地起花生了。

　　这年秋,淮河水还就是安安稳稳归依河床里没出来,一溜河滩地点上花生没遭水,藤秧一下疯长腰眼深。村人收完黄豆等雨种麦等不来,男女老少黑压压地齐齐拥进来。俺家半亩河滩地花生,三个人三把铁钉爪围进地。才大半天,太阳黄亮亮地闪落西半空,半亩花生秧就起出来。春天点种的叫春花生,生地里时间长,一墩一墩刨出来,很少有水瘪子,一嘟噜一嘟噜牵动长根须,像是新式品种的洋葡萄。俺跟政德说,趁天还早,叫懒瓜回家拉辆架子车,把花生连秧运回家。

　　政德不让,瞪出一副牛眼说,你是没种过庄稼怎的,这半亩花生今夜里你能摘得完?

　　俺说,摘完干什么?拉回家消消停停地慢慢摘,还怕淮河发大水冲掉了?

　　政德说,看能的你,花生连秧堆捂一夜晚还不生热霉?

　　俺说,那别人家不是都连秧拉回家的吗?

　　政德鼻子哼出几声气,说,做庄稼跟做庄稼怎么能一个样呢?同样的一亩地收五百斤是收,收一百斤也是收,你就等着看别人家花生生霉点吧。

　　俺说,照你这么说,花生不往家里运,还能就扔在地里?

　　政德点头,说,连秧摊地里慢慢晒,还能长腿跑淮河里去?

　　俺说,你就不怕夜晚里孬心人进地里连秧掠个精光蛋?

　　政德说,俺大河湾怕是这种人还没出娘胎来吧。

　　这一天,村东河滩地刨花生的村人走光了,各家的花生秧连着花生也走光了,就是孤落下俺一家。

晚上吃罢饭,政德躺床上,眼闭上,心不安,怎么也睡不着觉。他问俺,懒瓜娘,你说花生扔地里该不会有事吧?

俺没好气地回他话,这事你问俺,俺去问谁呢?

政德的一颗心是更加不安,说,俺得到地里看着去,人心隔肚皮,别人心里想些个什么事,谁人也瞧不透。

政德就卷上条被子,卷上条席子,往地里去看花生。天气走进秋天,一夜比一夜凉,你说说你政德这么瞎折腾不是找罪受吗?

政德是个一头硬的人,他要是想准一件事,你拿十八头牛都休想拉回头。俺个女人家能说些什么呢?

政德河滩地里睡一夜,白天里还是往地里跑,拿把叉子一遍一遍晒花生秧。晌午里,俺问他,该拉架子车运回头了吧?政德还是说,不忙,挨傍晚看看干得怎么样。

晌午饭后,政德临出门,额头是紧锁着,像是去经见一件大事情。不一会,政德回过头,一大把岁数的人,腿一下硬朗起来,走动路还带起一股风,额头的皱纹呢,疏朗开,一脸小人得志的模样。他声音一抖一抖地说,懒瓜娘,你左邻右舍瞧看瞧看吧,那花生还叫花生吗?都捂得霉成了陈年的旧核桃。

俺说,花生壳生个把个霉点,内里的花生仁不还是红皮白仁一样吃。

政德说,俗话说,货卖一张皮,一样的花生卖跟卖价钱就不一样啦。

仔细想一想,你又不能说政德说出口的话没个道理?

这一刻,门外大先家里的就跟大先争吵起来,是为着花生生霉点的事。大先说,花生连着花生秧躺院里睡一夜,我也不知道会变成这个样,这就像人好模好生地睡一觉醒了生出病,谁也怨不上。大先家里的说,你是个种一辈庄稼的人,政德也是个种一辈庄稼的人,你还比政德长两岁呢,人家政德怎么就知道花生潮不能连秧往家里收?大先不耐烦地说,政德长着前后眼,俺没长行了吧。大先家里的还是数落说,你自己身骨懒,怕夜里去河滩地看花生,吃苦带受罪……

政德在家院里听见大先家里的夸他,笑起来,嘴合拢一条线,向两边一拉,拉至耳朵门。

俺家的花生连着秧摊河滩地里一连气晒上三个大太阳。政德说,这回能收啦,花生扔嘴里脆嘣嘣地响,差点没把俺的几颗老牙硌下来。

俺家人去河滩地,拉上架子车,带上叉,带上筛,带上麻袋,还带一只荆条编就的大抬筐。架子车是拉花生跟花生秧,叉是挑花生秧,筛是筛除花生里的零碎杂物,麻袋自然是装花生。带只大荆条筐做个什么使呢?当然还是摘花生用。怎么个用法呢?

政德说,地里晒干透的花生不用一个个往下摘,那样多费事。要是种个十亩八亩的,还不把骨头累散架。

政德到地里先做出个样子,一棵一棵把花生秧理顺齐,两手虎口掐住秧,空出一咕噜一咕噜的花生,往荆条筐里摔。花生晒干了,花生秧晒干了,连接花生与花生秧的须根也晒干了。晒干的花生须根,细细条条的,一摔就断,哗哗啦啦,花生一团一团地全落筐里边。三摔两摔的,秧上留下的也是瘪花生。

只个把时辰的工夫,花生跟花生秧分离开,一筐一筐的花生雪白干净聚一窝,简单地过下筛就装麻袋里去了。

这年的老天像是专门看政德脸色行事的。花生跟花生秧收回的当晚里,政德的一只扭伤过的脚脖子疼起来,疼得政德一张脸跟额头都撮皱起,像是能拧出一把一把的苦水汁。政德站不适,睡不适,如热锅里的蚂蚁乱扭动。一小会,政德脚脖子的疼像是一把鼻涕哗啦一声甩出去了似的,他哈嗒哈嗒笑出声来,说,俺这脚脖子一疼不是天要下雨吗?下过雨,不就能种小麦了吗?你看看俺这脚脖子疼得真是时辰,这是老天爷提前通知俺准备妥犁耙呢。

当天夜里雨真就下起来,沥沥拉拉,下一夜,下一天,又下半天,大河湾土地叫这场雨从外到内湿润得真叫透。雨停半天加一夜,地晾半天加一夜。隔天一早,大河湾谁家还不赶牛驱犁下地种麦子呢?俺家龙脊地加河滩地拢共三亩地,政德跟懒瓜爷俩赶牛扛犁去下地,起个早贪个晚,一天时间,三亩地犁上耕上撒上种,种齐了。

接下几天,政德扛把锨,懒瓜扛把锄,爷俩理清妥地墒沟,心跟手一下都闲起来。政德扳指头算一算,说,离入冬还有个把月呢。现在该不能就尽吃尽喝任啥活不干过闲冬了吧?

俺说,政德,你要是真想找事干,就去偷人家、抢人家。

政德笑笑的,一副身骨往床上挪,说还是睡觉比蹲班房舒坦些。

于是,大河湾男人们早早过起闲冬,一下变得没事干。女人们呢,没有地里活,还有家里活。找出大人、孩子该套的棉衣棉裤,还有农忙落下的针钱活,忙近年根底能忙清彻就算不错的了。俺是一边手里忙着针线,一边头脑想着这人世间的事。原先土地归生产队,土地里的农活也归生产队,一年到头总有忙不完的农活。秋天忙完黄豆、种完麦忙进冬天里,男女老少还得扛着锨扛着锄整理整理水渠,修整修整地墒沟。两只手好容易从天寒地冻的腊月天抽出来,闲冬天里还是闲不下。干什么?得动动头脑学习。白天学,夜晚还接着学。全生产队干活的人聚齐牛屋里,学书本,还学文件。俺们这些老百姓也要知国家的头头们讲些什么话,还有上边领导想些什么事做些什么事。那些年出奇地点子多,闹腾得百姓相随身不安。这样一学学进年根底,回家还是空米缸、空面缸。这样饿着肚皮瞎折腾,不是穷折腾人吗?

现如今是土地分开来,土地上的农活也分开,十个指头三抓两挠地里农活就干净了。剩下不睡大觉,这能干些什么呢?就这,地收一年麦子还够吃两年。秋季里收的黄豆、收的花生只管赶集卖出钱,做油盐花销用。国家政策稍微变点样,前后两年里相比较就跟改朝换代似的。

政德赖床上睡一天,睡两天,睡三天,头脑晕晕乎乎就睡不着。吃饱睡,睡醒吃,这也得是有能耐的人才行。政德大半辈忙忙碌碌为着自己的嘴,为着家人的嘴,哪能练就这番功夫呢?第四天他就不愿往床上躺,晕头晕脑走出门,一把锄扛肩头。几天没使唤两腿,他摇呀晃地都走不正一条线。地里会有什么农活呢?一把锄满地里想找一棵草芽也不会有。政德绕地走一圈还是又回到家里。

政德说,这次地里的土墒好,满地里连个拳头大的坷垃都找不到。

政德说,这次麦苗出得匀,一棵一棵地排列地面上,像麦种一粒一粒点种的一般。

政德还说,地里麦苗长得旺,绿油油的麦苗像春天里撒过化肥似的。

政德还说,还说……光说也不能把一天的空闲都填补上,政德还得找件事做一做。

这一天,政德拎桶水和团泥,泥里加上碎麦芒,准备搪一只烤火盆。俺家没有吃奶的婴孩,没有缺牙的老人,搪火盆干什么呢?政德说,今年的闲冬这么长,赶明腊月天,没个烤火盆,屋里清冷清冷的,想坐也坐不住呀。这应验了一句老话,叫着夏天热的是忙人,冬天冷的是闲人。

搪泥盆不累人,是个工夫活。政德搬过喂猪盆反扣院落平整的地方做模子,先是拿和熟的泥搭外面抹一层,不等泥晾干就得在泥上糊上一层麦秸草。这层麦秸草是泥盆的骨,也是泥盆的筋。麦秸草糊平整,糊匀溜,得等挺上劲,才能在麦秸外面搪第二遍泥。内层泥不挺劲,外面是糊一团塌一团。内层的泥也不能太干,太干,外面糊泥就与内里一层结合不紧,留有夹层,泥盆不经碰,一碰就碎散开。政德搪泥盆,一颗心是专一不二。泥盆内里搪上泥,又糊上麦秸草,喝茶抽烟蹲一旁里等。政德搪这只泥盆是从早饭后开始的,政德闲在院落里等候搪外层,一等等到正中午,饭顾不得吃,一口气工夫搪上外一层,这才洗手松气,吃晌午饭。政德说,别瞧它不起眼,还怪难伺候呢。

第一章 命 土

湿泥盆放当院里晾一天,又晾一天,第三天才见外表有一丝干燥气。政德也是这时候才轻手轻脚把泥盆翻过来,揭去内里的猪食盆。这样一个烤火盆的模样也就出来了,剩下的是更细的工夫活。盆内坑洼不平的地方,得用稀泥搪平;盆沿残缺不全的地方,得用稠泥补齐全。政德捏手捏脚,又是忙乎大半天。最后,政德还是轻手轻脚捧泥盆,把它摆放一处背静又得阳的地方,慢慢晾晒去吧。

政德做完这些抬头瞧瞧天,他心里清楚,到能用上这只泥盆烤火的腊月天,少说还有长长的两个月呢。

这些天地里没有农活,懒瓜反倒成了大忙人,门外处疯玩,一玩一整天,吃饭的时辰都见不着他的人影子。十七八岁的年纪,精神气正足,一夜两夜不合眼,疯玩劲也不会减到哪里去。村里一窝半大孩子,不定玩什么都能玩得滋味无穷。懒瓜虽然有点不合群,有时也疯跑一阵,有时自己找块地场宽敞处扛脸瞧看天上的白云散呀聚的,也能过一天。政德搪好泥盆还是闲得手发痒,心发慌,瞧见懒瓜疯玩出一身一身的汗,叹口气说,还是做个孩子日子好过呀。

离大河湾最近的街集叫祁集,村北五里远,还得过道淮河的支汊,这个集是逢双不逢单。政德上晚里躺在床上睡不着,问俺,明天是九月初六吧?俺说,你又没闺女要嫁、媳妇要娶,你问初六还是十六做什么?政德说,明天是双日子,逢集呢。俺就知道政德是想上集遛遛看看了。

隔天一早,政德赶集没空手,随便扛上一面袋花生。一面袋花生有多重,二三十斤吧。这么轻的货物压政德肩头上,动静却不小,走动路,花生躺面袋里不安分,哗啦哗啦响。遇路人,人家不用解开口袋绳也知里边装的是花生。

路人说,政德,这么早的天就去赶集卖花生呀?

政德也知还没到卖花生的时辰,说,俺随便去集上看看行情怎么样。

淮河两岸的土质沙性,宜种花生,也宜长花生,家家户户却种得少。吃花生,毕竟是吃饱肚皮没事干、口袋里又有闲钱人的事。家家少种的一点花生也得腊月天才赶集卖,卖给集上专门炒花生的人家,卖给赶年集的闲人吃。没种花生的人家,腊月天赶集也买个三两斤留大年节炒炒自家人吃。现在离腊月天还远,当然不是卖花生的时辰。政德这么早去赶集卖花生,路人还心想他是个沉不住气的家伙呢。

这天,政德扛一面袋花生是上集早,下集晚,挨过晌午西才回家。俺问他,是不是不好卖?政德说,买花生的人还真不少,就差没动手抢了。俺说,那你还卖到太阳偏西才回头?政德摇头,说是卖不上价。

俺问,最后扳价扳上去啦?

政德还是摇头,说,眼见街集散得没几个人了,还扳价,卖给谁?俺总不能把满满一口袋花生原封不动扛回家吧?

政德一面袋花生还是贱卖掉。

没料想隔几天逢集,政德收拾一面袋花生还要去集上卖。俺说,中间隔上三五天,集市上花生的价格还能就涨上去了吗?政德不说花生的事,他说,俺天天这么闲着闷家里,时辰长了还不闷出毛病来?

政德上集卖花生不是为着卖花生。

半亩河滩地拢共收三麻袋花生。政德隔三岔五地赶趟集,零零碎碎,一下卖进腊月里,三条麻袋算是空下来了。接着天下起这年腊月的头场雪。

雪是腊月初六下的。西北风刮过来,雪花跟随着慢慢飘下地。雪下得小,上午里飘一气,下午里飘一气,夜晚里停下来。西北风不减弱,一声强一声,静夜里怪声怪气地叫,像有无数只发情的猫。隔天里,政德起床的头件事是端进院落里的烤火盆。俺问政德,这就准备烤火啦?

政德说,下雪的腊月天不烤火,还能候开春暖和天才烤火?

政德从柴火堆抓几把碎豆秸压住火盆底。几股青烟着上盆,一浪一浪的热气也就相跟扑上来。政德吃罢早饭只管围火盆烤起火。不知怎么的,政德还一下讲究起来,赶集买回个细瓷茶壶,买回个细瓷茶盅,还买回一包茶叶。一壶开水冲进去,茶叶的清香味随热气一飘一摇地跑出来。接下来,政德就人五人六地一盅一盅地慢慢品开茶。

俺说,政德,大冷的天不出汗,清早里还喝过两大碗稀饭,你说你这渴是从哪里来的?

政德冲俺撇拉撇拉嘴说,口渴的人才不喝茶叶茶呢。告诉你,茶叶茶是留心闲人喝的,这喝茶也不叫喝茶,叫吃茶。

俺知道政德的这一套是赶集学会的。

俺说政德,你这么多天跑集上,就是跟街油子学会了吃茶?

政德笑说,你哪天抽空也去街集茶馆里瞧瞧,人家那才叫人闲心也闲,活出一种滋味呢。

俺说,你这烤着火,吃着茶,还不够滋味呀?

政德说,滋味个屁。俺这是人闲心不闲,心里整天空落落的,无抓无挠的,像个找不着窝生蛋的老母鸡。

俺细瞅瞅政德喝茶还真是喝得急腔急调的,少份悠闲劲。政德的一壶茶终究还是没喝完,就被村里一阵紧似一阵的锣鼓声勾引去。

大河湾自从地分开,锣呀鼓的就闷着声,没响过。今日里锵锵咚咚一阵敲,会有个什么事体呢?政德在火盆旁把茶停下来,说这锣鼓不是老班子人敲的,鼓点乱,还少章无序。

政德是村里敲鼓的老手。他的屁股有点坐不住。

政德说,俺去瞧看瞧看是个什么事,待会俺回头还接着喝这壶茶。

歇下的锣鼓咚咚锵锵又敲打出声。这回鼓点是齐整的,锣声是脆亮的。俺一听便知打鼓的人是政德。政德打出的鼓调叫"爬山虎",一阵紧似一阵的鼓声里像是有十几条凶壮的老虎,沿一条山道比赛似的往山顶爬。鼓点是越敲越密,虎是越爬越高。俺耳听鼓声,悬拎的一颗心都替那些虎担心,生怕它们没有气力爬到山顶,半山腰有个什么闪失从山道摔下来。这当口,远处的锣鼓咯噔停下来,俺的心也从悬拎的半空稳落在地,满世间只剩个静。

晌午吃饭的时辰,政德才歇下手里的锣鼓槌。政德回家来是脸笑、身笑,手也笑,像个塞满一嘴糖的孩子。

政德说,这敲锣打鼓的主意是村书记跋拉想出的。他说闲冬里闲着也闲着,不如敲锣打鼓热闹热闹。

政德说,跋拉还准备村里挨家挨户凑点钱买纸买布扎旱船、扎骡马、扎舞龙……

俺眼也相跟一亮,问政德,跋拉这是准备玩花鼓灯呢。这个闲冬里,政德总算找到一件自己喜欢做的事。这以后,政德跟他的锣鼓班子是白天敲,夜晚还敲,扭呀跳呀唱的,一乐乐到年跟底,过罢年还是接着乐。这年的闲冬被政德他们能拉多长呢?春天了,天暖了,土地里的麦子长起来,土地里的杂草也长起来,眼见地里的农活催着手,锣鼓不停不行呀。出正月到了二月初二这一天,锣鼓像疯了一般敲呀敲呀敲,村人也像疯了一般,扭呀跳呀唱。可隔天一早,也不用谁个吱吭一声,说声停下就停下了。

这么长的一个闲冬呀!

第二章 搬　　迁

6. 春天里有了大动静

这年的春天是在一阵稀里哗啦碎碗声里开始的。这一天,严封一冬的河面破开了一道一道的裂口子。

这是正月初十的清早,一些过年残留下来的肉味、鱼味还依附锅台上,没有洗干净。碗是大蓝边碗,刷好的一大摞堆放锅台边,俺两手捧起它们,准备往碗橱里放。俺先是觉得两腿哆嗦乱晃悠,后来这晃悠像水一样往两只手上流,再后来两只手上的碗也跟着晃悠开。俺的心一闪晃一闪晃地开始把握不住自己。这咱子俺还不知道是地动,还心想头晕病又患了。俺想喊堂屋里的政德来扶俺一把。俺说,政德,俺头晕病患啦。俺还说,政德,你扶俺进屋床上躺一小会。

一阵更强的晃动水浪一般打脚跟漫上来,俺这才觉察出是地动,不是头晕。俺的心刚明白这道理,手里捧着的那摞碗就离开手往下坠落。

哗啦哗啦,稀里稀里……

稀里哗啦,连续多少声,一摞碗摔成上百上千块碎片跳起又跳落地面上。没有生命的碗在碎裂过程中附着上生命,欢跳着快速逃向锅屋的每处角落。

怎么像打碎一摞碗似的？政德在被窝里被稀里哗啦声吵醒。

俺说,政德,这一回你猜得还真准,打碎的不是半摞碗,不是两摞碗,不多不少整整一摞碗。

地不动,俺的头也不晕啦。

政德不信俺的话,提裤子跑过来。他的脚被一地的碎碗片挡在外面,一双惊奇的眼大睁开,像是被人冷不丁地掐住脖颈喘不过气似的。

政德说,你个女人发疯啦? 干吗把好好的碗往地上摔? 俺说,刚刚地动啦,难道你丁点没察觉?

政德是一个不轻易相信别人话的人。事情非得亲手做或亲眼见,要不你说上一千遍一万遍,他还是说,俺凭什么相信呢?

很快河边传来一阵一阵的嘈杂声。河边的嘈杂声是源于河边的人。河边的人是瞧见冰冻的河面碎开横七竖八的裂口。这裂口又肯定是因为地动。完整的冰面破碎开,淮河死而复活起来,不易觉察的水流推动裂冰咯咔咔、咯咔咔运动起来。冰块与冰块相推搡,冰块与冰块相阻拦。冰叠冰,冰碰冰,咯咔咔的响声更大。满河的太阳光一下慌乱开来,依附在碎冰块上朝千千万万个方向闪动、跳跃。

这个冬天实在是太冷了,原先结满薄冰的河面还能行走渡船。后来冰块越结越厚,摆渡的人跟渡河的人,手握粗长的木棍站船头敲碎河冰,腾出河道,船才能前行。又经一场雪,河面像淮河两岸的麦地一样,全都暖暖地铺上雪。这样的天,摆渡的人跟过河的人都搁下渡河的念头,累得满头大汗,两臂酸痛也对付不了碎过又迅速冻结的河冰。村人叹口气说,看来只有等到过罢年开春裂冰啦。

这样的天,淮河是死河。河两边、河中心全蒙上死气沉沉的冰。

正月初十这天清早,头个听见裂冰的是摆渡人赖五。

赖五癞在头上,满头秃疮光油油的无一根头发。赖五的头秃秃得有点怪,他起小头发乌亮亮的,又稠又密,不知怎么的,二十岁左右的时辰,赖五头发开始秃了。村人都觉得奇怪,这就像门前的一棵枣树上突然结了一只癞葡萄。村里有人想做摆渡人的打算落空了。

赖五的大（爸）就是个摆渡人，赖五大不秃，是腿瘸，两腿不一般粗，也不一般长。淮河两岸的人管瘸腿叫神仙腿。淮河两岸村庄里还有一个风俗，摆渡人多有毛病，即使不秃、不瘸，多少也得有点疤癞、麻脸什么的。似乎没有毛病的人摆不好渡，或者没有毛病的人摆渡，过河人生不出同情心，会不给过河钱似的。这摆渡活属闲差，还有点摆渡钱的收益，连胳膊腿全好的人都争抢着做，莫说胳膊腿有毛病的人了。眼见赖五大一天天地老了，也一天天地喘，村里许多人眼便盯上这老神仙腿脚下站着的船、手里摇动的棹。他们指望有一天老神仙腿突然跌进淮河里爬不起来，或是他自己心甘情愿退出渡船走上河岸，他们去把渡船顺理成章接过来。就是这当口，村人觉察出老神仙腿儿子赖五的头皮开始生霉似的长一层白癣，后来头皮就有类似雪花一样的东西一片一片往下飘落。再后来赖五的头发便像一只破鸡毛掸掉毛似的纷纷脱落光。赖五的一颗头真的秃起来、亮起来。赖五头秃的那些日子里，村人从赖五脸上瞧不出一丝愁苦相。这秃头的秃像是赖五有意种到头顶上的，气得那些想摆渡的人牙根发痒，两眼滴血。这些人也知牙根痒或两眼滴血是没有道理。这世上哪有想秃就秃的秃、哪有想秃就秃的人呢？村人指望接手摆渡的想法哧溜一声熄灭去。

这只能说赖五天生就是一条摆渡的命。赖五命该摆渡，也喜欢摆渡，睡觉都在船上睡。不冷的天睡船舱板上，寒冷的天睡船舱板下，日久天长，他要是不睡船上，不经河浪一摇一摇地晃动，还睡不着。那年赖五娶亲成家，娶个老婆叫黄毛丫头。新婚头三天，赖五折腾得失去人形。村人心想这是新婚，两个人没白没夜粘做一处裹缠的。不想黄毛丫头一副苦相，说，俺还没听说这世上还有睡床上睡不着觉的人！赖五夜夜要俺摇晃着他才能睡，俺这是找男人呢，还是找个小孩子哄？

第四天，赖五就上渡船。这一天，赖五的鼾声像下雨天的乌云盘绕着河面久久不散。过河的人不愿惊醒赖五，他们还头一回碰到这么困的人。

这年冬天冻住河面,波浪凝固住,赖五没处睡觉,家里的床不能摇晃,河面的船也摇晃不了。白天,赖五两眼困得通红,村里村外到处乱跑,狂躁不安,像条发情的公狗。颠跑得疲乏了,夜里还是睡不着。赖五不跑了,蹲在渡船旁的河岸上,✕天✕地地骂。

天——俺✕死你的亲妈。

地——俺✕死你的亲妈。

河——俺✕死你的亲妈。

俗话说,人要是真困,站着都能打起瞌睡。赖五经过十天半个月的折腾,狂躁的一颗心慢慢平静下来。这天清早,赖五迷迷糊糊走上船,一跤跌歪船舱里睡起来。大冷的天,还在憋闷的船舱里,困劲撵得他连扯床被子盖身上都已经来不及。

也就是赖五刚睡实的当口,身子骨下的船连同冰、连同河动起来。动一下,动两下,动三下,赖五醒过来。接着裂冰的咯咔咔声在这片冰河上响起来。赖五却连眼都不愿意睁一下,还想接着睡,哪知碎裂的冰拥动船,船摇起来,也蹦起来。赖五的困也被摇晃得破碎开,浓稠的困意像雨后的乌云哗啦啦分散开。赖五自己奇怪自己,怎么船摇动起来反倒睡不着了呢?

这一刻,大河湾村人开始一拨一拨拥向河边,河面的碎冰也像不安的村人一团拥一团开始流动开,河面散乱的阳光抖动起来,晃闪着淮河两岸的一切景物。

正月初十这天清早,苦瓜家也出了件怪事。苦瓜家里的撅着屁股冲火盆烤火,一屁股坐火盆里。苦瓜家里的尖叫声连同衣服上的火苗同时刺溜一下冒起来。

说起苦瓜家里的原本是个正常人。前年里,一副粗壮的大腿一下夹不紧尿了。那地方像口泉眼,白天黑夜湿啦啦地往外渗。大热的夏天还好受点,衣穿得单薄,挤点尿,风吹日晒很快能晾干。大冬天,苦瓜家里的下身穿棉裤,裤裆内湿啦啦的得靠自己焐,一份难受的罪还不好说出口。冬天,苦瓜家的不愿轻易出门,整天围在火盆旁,指望火盆生发的一份热力减轻她的痛苦。

火盆是那种碎麦草掺泥巴糊就的泥盆,火是从清早烧饭灶肚里腾出的余火。按说这样的一盆火,苦瓜家里的跌坐里边也没事。偏巧这天清早,苦瓜家里的拾掇家务晚了,腾出的余灰火星稀,生发不出多少热量,苦瓜家里的便扯一把麦秸草扔火盆里。麦秸草茸,易燃火。一团火星一明一暗,麦秸草着起火。也就这时辰,苦瓜家里的两腿哆嗦着软下来,一屁股拍坐在火盆里,引着下身的棉裤,也引着一声尖厉刺耳的喊叫。

苦瓜家里的下肢烧伤后被苦瓜一条棉被裹住抬上渡船。这天,苦瓜家里的也就成为淮河解冻后头个过河的人。苦瓜家里的还不知她跌坐盆里跟清早的地动有关。

正月初十这天清早,政德见村人挨个地问,说,清早里,地动啦?

地动得像筛糠,俺是真真切切地试着的。村人回答说。

清早,还能真地动啦?政德还是问。

看你说的,地不动,这满河的冰能炸裂开?

这么说莫不真地动了呢?

政德问十来个村人,得到一片肯定的回话,才从心底里真正相信这回事。政德没心情瞧河面的景致,他两条软腿挺上劲,一阵旋风刮上庄台去。干什么?找村支书跛拉。

跛拉原先当大队书记,现今是村书记。跛拉大队书记变成村书记,人变得不合群起来。他这咱子孤孤落落地待家里边。跛拉人蹲在门槛前晒太阳,手指上捏根扫帚苗剔黄拉拉的牙花子。有不少血沫涌出来,跛拉一口接一口吐在脸面前。政德凑近问跛拉,清早地动了你没试着?

跛拉清理出嘴里的血沫,整理正脸上的皱纹,这才点点头说,俺那一会正蹲房后的茅缸沿上。奶奶的,差点闪晃下去呢。

政德脸面呈现奇怪相,说,大河湾遇见惊天动地的大动静,你还能悠悠闲闲坐得住身?

这下轮跋拉奇怪了,说,难道俺也像村人一样去河边看热闹?

政德知跋拉是没听懂他话里的意思,提醒他说,大河湾出这么大事情不去乡里汇报汇报?

跋拉脸上的奇怪一下消逝去,他折断手心的扫帚苗说,俺怎么没想到这茬事情呢?

挨近晌午,政德陪着跋拉两人才到乡政府。乡里领导听跋拉说完事,很看重,当即打电话问市里。市里的人也看重,跟乡政府领导说,你们等一会,他得打电话问具体分管地动的人。过一会,市里的电话真的打过来,说他们查过了,清早里不可能有地动,还说这是有仪器管着的,哪怕有一丁点地动的迹象,它都能察觉到。

跋拉跟政德两人傻下眼。跋拉跟乡领导说,难道俺大老远地跑这里胡扯一件没有影子的事?

政德跟乡领导说,这天清早俺家里的摔碎一摞碗,是真的吧?苦瓜老婆跌坐火盆烧得屁股不是屁股,大腿不是大腿,是真的吧?还有跋拉自己个差点掉茅坑里,也是真的吧?

政德、跋拉两人挂两脸苦水往回走。

政德回家后自己生疑问,他问俺说,清早里,你莫不是真患下头晕病?可头晕病是头晕,俺是腿哆嗦、身子骨哆嗦呀。

政德还是问,还能是乡里领导跟市里领导扯瞎话?

不想隔天村里来一帮人。这帮人直接走进村委会,有乡领导,还有国家大煤矿的工程师。乡领导叫跋拉喊过村里的大小干部,还喊过村里的党员,说开个紧急会。

什么事这么紧急呢?还是地动的事?

乡领导说,大河湾村地动跟别的地方地动不一样,别的地方地动是地震,弄不好得墙倒屋塌砸死人。大河湾村的地动是假地震。为个什么道理说是假的呢?还是让煤矿工程师说清楚吧。

国家大煤矿的工程师就接话茬。这工程师说,煤矿从上个月开始往淮河底下掏煤,下步就该掏过淮河扒大河湾庄稼地底下的煤啦。地底下不是矸石就是煤,不像地面上的土随便的一把锨就能挖得动。挖矸石、挖煤炭都得用风镐打上钻眼,装足炸药使劲地炸。地下炸出这么大的动静,还能不往地面传?你们昨天早上觉察到的地动就是这么一回事。

政德总算明白地动是怎么一回事了。可明白归明白,不等于说这件事从心里放下了。

这天夜里俺睡醒一觉,见政德还没睡,坐床上,两眼一闪一闪地睁多大。政德白天不离被窝想事情,俺知道。俺还没经验过他半夜三更不睡的模样。俺觉得他两眼犹如蛇芯似的露出一丝一丝的冷光。俺问他,心里揣上什么化不开的大事情,压得睡不着?政德说,俺这是听地底扒煤日弄出的动静呢。

政德一连三夜坐床上,他除听见遥远随风吹过的煤矿风井鼓风声,是任啥动静没觉着。

这天,政德还是找上跂拉。政德问跂拉话,你真相信前几天地动是煤矿掏煤掏出来的?跂拉笑说,莫不是你趴地上打喷嚏打出来的?政德还接话茬问跂拉,你就没想着乡领导、煤矿人是糊弄人?为啥俺静心静耳连续听三夜,丁点动静没察觉出?

跂拉的笑咯噔一声咽肚里。

政德说,村里发生这么大的事,依俺看还是得去问清楚。

这一天,政德跟跂拉两人又去问地动的事。这回,他俩没去乡政府,直接找煤矿工程师。从工程师脸上看不出丝毫骗人的颜色,他说,你们俩真想听大河湾地下掏煤的动静?工程师摇电话去煤矿井下核实准确扒煤的位置,又哗啦哗啦翻卷开一大张图纸。图纸上一浪一圈的像小孩的尿迹,趿拉跟政德两个人瞧天书似的瞧不懂。工程师手持一支铅笔点点戳戳地说,这里是淮河,这里是你们的村庄,这里河边一溜是前些年煤矿勘探队去埋下的水泥桩。现在我们井下打眼放炮的地点紧靠三十号桩。这些水泥桩,趿拉跟政德两人知道。水泥桩上红漆写着记号。趿拉说这个三十号水泥桩正冲俺村委会的大门口。

这位工程师对他们两人说了一种夜深人静听地下动静的办法,两人便神神鬼鬼地回来。是一种什么办法?他俩半个字也不往外吐露。

晚上吃罢饭,趿拉来俺家,伙同政德摸进锅屋,哗啦哗啦腾空水缸,把缸抬架子车上拉到河边去。没经这种事的人,任你想八辈子也想不出他俩拉水缸会做个什么事。

这一夜,他们两人也拉走趿拉家的一口大水缸,两人还顺带找两把锨,挖两眼坑,不偏不倚,把两口缸埋在直冲村委会大门的河沿边。一口缸空着,另口缸装满水。政德跟趿拉两人忙完这些事安静下来,像两条忠厚的狗守候水缸边一动不动。两人一人看着一口缸,政德分配的是空缸,趿拉守候的是满缸。政德歪斜身恨不能一只耳朵戳进水缸底。趿拉两眼直盯水面一动不动。这是个大月亮夜,一个圆圆的大月亮不偏不倚投进水缸正中央。

正月夜还很冷,又是河岸,风经碎冰河面哧溜哧溜滑过来,更加寒气逼人。两人呆坐个把时辰,冻手、冻脚、冻屁股、冻脸蛋,就有点支撑不住。政德问趿拉,煤矿上的工程师该不是拿俺俩耍猴吧?

趿拉不答话,两眼盯着漂浮水缸里的大月亮。突然,这只月亮活起来,像只没长脚的鳖,还口吐一道一道的水波纹。水面乱抖开,连同月亮自己也相跟着模糊起来。

趿拉抬起嘴,冲半天里吼叫,俺瞧见地底的动静啦!

地底的动静像是被趿拉猛然喊醒,紧依趿拉的喊声,政德耳眼里轰——通一声猛响,深埋地里的空水缸哗——啦碎裂开。

这夜,大河湾有许多村人听见趿拉的喊叫声跑下河边。这些村人瞧见两摊碎缸碴,还瞧见政德跟跂拉两个人的脸上贴满满足与欢喜。

政德跟跂拉两人把家里的水缸折腾碎掉了,还乐和什么呢?这谁能知道。

隔天清早,政德跟跂拉又结伴过河去办事情。这回又是什么事体呢?买大水缸。这居家过日子没个水缸怎么办。

有关这年地动的事最后还得交代几句话。

经过这件事,赖五睡觉的毛病更改过来了。也就是说赖五不再睡摇摇晃晃的船上了。赖五老婆说,现如今的赖五夜夜搂着俺睡,像是因着地动他才醒悟透俺是他女人似的。

苦瓜老婆夹不住尿的毛病也好了,只是留下几块疤。有人说苦瓜老婆的疤在大腿上,也有人说苦瓜老婆的疤在屁股上。这谁能脱她裤子瞧个清楚呢?俺想不论疤在哪里都比挤尿强。现如今不管是冬天还是夏天,苦瓜家里的走过俺脸面前,再也闻不见一股股臊气味了。

说来说去,还就是俺的头晕病没好。这些年,俺这头晕的毛病是越来越厉害。这是怎样的一个事理呢?要是嫌俺碗摔得还不算多,俺是宁肯再摔一摞的呀。

7. 庄台坡插满柳树桩

这年柳树泛青发芽的时辰里,大先在紧挨自家房屋的庄台坡栽上一溜一溜柳树桩。经三天五,这些柳树桩得着地气,生发出一粒一粒的嫩芽头,米粒大小黄嫩嫩的树芽像一只只幼虫趴在黑油油的柳树桩老皮上一动不动。不经意,这些嫩树芽又发出三两个叶瓣。风吹过,如同这些幼虫开始生长出翅膀似的一抖一颤,一颤一抖。

淮河岸边的柳树性命大,易成活,随便什么地方随便折根柳枝插下地,三年五年都能长出一片阴凉来。一只柳条编就的筐用一冬一夏散开架,扔坝塘水里浸泡上十天半月后,还能长出一蓬韭菜似的柳芽头。按说这是蹊跷事,见多不怪的村人走进坝塘洗脚、洗手瞧见这只绿茸茸的筐,没人张开嘴说句奇怪的话。还有这里人不把柳树当作树,原因是柳树不成材。柳树碗口粗便生"老水牛"树虫,一枝一杈地开始枯死。村人连树根拔出,开膛剖肚,能瞧见树肉里上上下下呈现一条又一条蛇体状的疤痕,这是"老水牛"树虫吃掉树肉空下的。

大河湾的柳树是不用人栽的。到了春天,柳籽裹在柳絮里棉花似的飞得到处都是。赶这些柳絮安下身,经雨水一滋润,大河湾的土地上尤其是沟沟渠渠潮湿的地面就长出一茬接一茬的柳树苗,像杂草一般。羊吃、牛吃、人割、斩断头,柳树苗半腰里伸出芽还长,先是麻线粗,后是手指粗,经夏经秋经冬,来年春发枝生叶继续长,一棵柳树的模样就有了。

任人斩,任人除,结果大河湾村长出最多的树还是柳树。夏日里,这些柳树枝接枝、杈连杈,浓荫铺天盖地。远处里瞧大河湾村,还心想一天的绿云堆在淮河边呢。

大河湾村的柳树不用人栽、人插,大先家栽柳树桩自然引发村人的奇怪。政德手背身后偷偷摸摸去大先家庄台边转悠一圈、两圈、三圈,还是没转悠出个头脑来,回家里问俺说,大先家栽那么多柳树桩是为个什么理?

俺说,你去问大先他自己。

政德泄下气,说,谁能从大先嘴里掏出半句实话呀。

大先就是这么个人,他不愿让别人知道的事,你拿根铁棍从他嘴里撬也撬不出来。大先牙口咬得紧,日常里办事、想事就细致、少破绽,连他走路,你都找不见丝丝闪晃的碎步子。

政德理不清大先栽柳这件事,还是不想丢下手。他把这事交给俺,说,女人对女人话好说出口,今早明晚的你去大先家里看看可能从大先家里的嘴里探出深浅虚实来。

俺打心底里有点瞧不上政德这种神神鬼鬼的做派,说,不就是几溜柳树桩，值得你茶不思饭不想？他大先要是乐意连房顶都栽上树桩，与你又有什么大相干呢？

　　政德吃饱饭的大肚皮使足劲往里瘪，长长叹出一口气，说，要不人们怎么讲女人是头发长见识短呢。你想想他大先是个什么人？他大先的女婿又是个什么人？俺总是觉乎着这件事跟大河湾村拆迁搬家有关联。

　　大河湾村拆迁搬家的事年里边冬天就提了，说是淮河南岸的国家大煤矿掏煤过了淮河，又过了庄台，现在正掏着大河湾的庄稼地。掏过煤的地底留下空洞是靠木梁支撑的，时辰久了，这些木梁撑不住劲，得塌陷，相跟着庄台也往下沉，会闹腾出房屋倒塌的大动静。这样一来，大河湾村的庄台还能住家？大河湾这么多户人家往哪里搬？说这一回搬得远，过淮河还得走上两里地。为什么搬这么远呢？说那块场地下的煤早扒空，塌落实了。搬迁盖房钱谁出呢？说是国家大煤矿按规定赔部分钱。大河湾村住家的房屋一律是土坯墙，柳树梁，秫秸笆，麦草顶。这样的土坯房拆迁能值几个钱呢？……村人好多事情都不知道。大河湾这么多人家搬迁不是一天两天的事，等到时候自然会清楚。

　　太阳跑进春天里，是一日一日地白亮，一日一日地暖和。地里的庄稼还有地里的杂草被暖风提拎着日夜不停地疯长起来。这些天俺跟大先家里的都在龙脊地里锄地。可怎么能把大先插柳树桩的问话传递过去呢？俗话说，有什么样的男人就有什么样的女人，还说女人是嫁鸡随鸡，嫁狗随狗。这话一点都不虚假。大先家里的跟大先一个熊模样，你莫指望能轻易拿话套住她，更莫指望从她嘴里轻易勾引出她肚皮里藏着的事。大先家里的是个三块豆腐干高的矮女人，浑身却有使不完的气力，同样是锄麦，同样一把锄，你莫指望锄她前边去。

　　日头从清早挪到傍晚，从日落又挪到日出，眼见龙脊地的两亩半麦地被大先家里的快锄光了，再不问话怕这问话的机会也会像地里锄断根的杂草蔫死去。俺假装去地头的沟坎里解溲,俺假装崴扭脚跌地上,俺假装疼得受不了,先是哎哟哎哟疼得两声、三声地叫,后面才冲大先家里的喊她扶俺爬起身。大先家里的名字叫巧莲。俺说,巧莲你两眼让裤裆捂住啦,还不赶快过来扶俺一把。巧莲放下锄,小个头牵动小身影走过来,一张脸笑笑的,咧嘴骂俺,摔叉你俺才高兴呢。

俺就是想让巧莲染上一脸的快活,俺就是想让她因快活松开心里守着的事。

俺跟巧莲说,俺这两天是中上邪气了,老摔跤。今个在地头沟坎摔一跤,昨个路过你家的庄台根被柳树桩绊了摔一跤。你说你家庄台坡插这么柳树桩干什么?拴羊呢还是拴牛?

巧莲的一张脸哗啦一声落下笑色,绕开俺的问话,说,大天白日你怎么能往柳树桩上撞?莫不想赖俺家睡着吃睡着喝?

俺的话还是没套住巧莲。俺还是问巧莲,听说你女婿近日调煤矿当官了?

巧莲的女婿叫歪头,头真歪。前几年他随勘探队来大河湾勘探煤,一来二去的不知怎么就勾搭上了巧莲的闺女大凤。歪头瘦叽叽的没个人物样,大先两口死活不愿意这门亲事。可终究是纸里包不住火,大凤的肚皮一日比一日吹气似的大。大先两口只得撒开手。为这事,大凤跟娘家两年没走动。年前里,歪头突然生出大出息,调煤矿当上官,吃饭下饭馆,动身坐小宝车(轿车)。车身上涂着黑漆,车轱辘转动起来,一身亮光乱闪晃,像条沟塘里的大黑鱼。这车开不上渡船、开不进大河湾村,歪头领着它三趟两趟到淮河边,还是惹得大河湾不少村人眼睛都亮开。大凤跟孩子两人的户口迁进煤矿,一下变成城市人。巧莲、大先两口子一百八十度地扭转过对歪头的看法。巧莲的一张嘴开开合合都是讲歪头的好处,她女婿头歪还歪出一大堆荣光来。

巧莲说,还是肚子里有点文化好,俺女婿有文化,心眼活络,三捣鼓两捣鼓真出息上了呢。趿拉当书记算什么官,莫说坐小宝车了,闻闻汽油味还得跑到煤矿上,人家开车的人允许才能闻见呢。

这天,龙脊地里,俺跟巧莲闲话扯出几大篇,可柳树桩的事巧莲闷肚里就是不吐出。难道大先家栽柳树桩真是听了歪头女婿的话,跟拆迁相关联?要是几间土坯房屋都赔钱,庄台坡上插柳树桩也赔钱又算什么稀奇的事体呢?

从龙脊地回家,俺把这些话跟政德说一遍。

政德说,管它是凤还是鸡,俺家庄台坡也插上柳树桩再说。政德是个说做就做的人,他做这事不在大白天正正经经地做,非候夜里偷偷摸摸地做。沙土地松软,一截柳树桩两尺长,插尺半露半尺,不用挖坑,两手蹭上劲,一使劲一按一根。百八十根柳树桩个把时辰就安插在庄台坡上了。俺提水桶相跟挨个浇上定根水。

政德说,这么多天没下雨,俺看还是浇点定根水放心些。

至此,栽柳树桩的事算是告一段落。

村人也长眼,瞧见俺跟大先两家庄台坡齐刷刷地栽上柳树桩,也想问个究竟。村人问政德。政德活动活动腰身,咧拉咧拉嘴说,年内年外俺这副老寒腰直痛,今年怕是要发大水。俺想栽点柳树桩赶明涨水好护庄台坡。

村人笑,说,你的老寒腰要是真有这么灵验,保准国家专门请你去看着长江,看着黄河,天天是吃香的喝辣的。

政德说,信不信由你们,到时淮河水淹到屋墙根,你们就知道俺政德的病腰是个宝贝了。

政德哪有寒腰病呢?可那些天他村里村外的活动腿,一副腰身还真是硬板板地拿捏劲,还真像是有十年八年的老寒腰。

转眼过去十天半个月,大先栽下的柳树桩抽出一茬嫩柳条,长一拃,又长一拃。可俺家的柳树桩枯枯萎萎发不出芽,还失绿泛黄再也不愿活的样子。莫说这柳树桩还插庄台坡的地里,就随便扔地上遇见一股潮漉漉的风,它也该抽出新芽头。政德皱眉苦脸想不透这个理。

他奇奇怪怪地说,这栽下的该不是铁棍吧?

这事任你白天想、夜里想,睡梦醒了还接着想,你都想不到这些柳树桩不发芽是有人天天夜里摇晃它。是哪个人干的好事情呢?

察觉这个人是俺半夜里巧了去屋后茅厕尿尿。俺是个很能憋尿的人,一夜到亮攒一泡尿,还隔天早饭后才去上茅厕消消停停地尿。这天晚饭没喝稀饭,吃两大碗面条,还就不少咸腊菜。就这样,半夜里一觉醒过来,尿胀起来,丁点时辰都不能憋。俺是裤子都没穿精赤身往茅厕里跑。也就是俺尿尿的当口,瞧见有团黑影朝俺家庄台走过来。

这世上俺是什么事都信,就是不信鬼呀神的。鬼神的事还不是人吓人生发出来的。俺蹲粪缸上一动不动,候黑影走过来。俺心想,不管黑影要做什么事,反正不会进茅厕。黑影一团黑地滚到庄台坡停下来,像月亮下的一蓬树荫不动了。俺眨眨眼,觉察黑影还是在动,动得很慢,弯腰佝背像是顺着庄台坡往上爬。俺头皮一夌一夌的,还真有点怕。两腿呢,麻乎乎软,屁股直往粪缸里坠。庄台坡不是庄稼地,更不是菜地,一个人趴在那里干什么呢?

后来就有呼哧呼哧的喘气声飘过来。俺的头脑一下亮堂开。这黑影是在晃动俺家庄台坡上的柳树桩。是谁个呢?自然是大先跟他家里的巧莲。大先大个头,这团黑影小,肯定是巧莲。

按理说,俺该当着巧莲的面跑过去,掐住她的手腕子。这半夜俺不明不白被尿胀醒,天意也是这么安排的。俺转念又想,为拔几根柳树桩逮她值得吗?再说这事说出去谁个相信呢?在大河湾村莫说拔你家几根柳树桩,就是砍倒你家的几棵大柳树又算怎么一回事呢?这事说出去,村人听见顶多会咧嘴露出大牙花笑一下。说巧莲半夜不睡觉乱折腾,还不如捡一块碎碗碴往河面打水漂有趣呢。

这事的症结不在柳树桩本身,是隐藏它身后的大河湾搬迁。这种事你能跟村人说吗?你跟村人能说得明白吗?

第二章 搬 迁

巧莲夜里干活跟白天一样麻利,一小会工夫,百八十根柳树桩被她挨个拔一遍。拔后的柳树桩还是好模好样插土里。柳树桩夜夜都被这么晃动一家伙,还往哪地方伸根发芽呢?巧莲干完这件事退身往回撤,她走比来快。俺一眨眼,她的黑影一下离去两丈地。俺牙根又酸又痒,心里难受起来。俺能这么不管不问轻易放过她巧莲?俺走出茅厕远远地跟上巧莲的黑影,俺想瞧清楚这人到底是不是巧莲。这辈子俺最注意的是两条:一条是不做亏心事;二条是不冤枉人。

巧莲走路像一张纸在半空里飘,俺个半大脚跟她后面怎么撑也撑不上,脚下三捣腾两捣腾,还扭出一头汗。黑影斜进大先家院门,吱呀吱呀一开一合两声门响便什么也没有了。嘈杂的大河湾顷刻跌进一片虚静里。俺赶到大先家庄台根,两腿一软,一屁股坐地上,嘴一张一张地大喘气。

天快近五更,一些睡过困的公鸡开始稀稀落落地打鸣。这时刻的天最黑,最静。俺晾干汗始觉冷,才知俺还精赤两条大腿,没有穿裤子。俺想还是趁天色没亮透回家吧。这大五更的天不回家又能干什么呢?

俺就这么爬起身,挪开腿往回走。走几步,腿站住不听俺使唤,俺劝腿说,你长俺身上不就是为走路吗?你不听俺的话,俺要你干什么?腿开始走动路,它不是不愿意走路,是不愿往家走。腿带着俺拐回俺坐下的老地方。俺明白腿的意思啦,她巧莲能拔俺家的柳树桩,俺怎么不能拔她家的柳树桩?这件事俺已虑料过好多遍,要是没有腿的这副拗脾气,俺下不得这狠手。大先家插下的柳树桩嫩枝条长有二尺长,想必根须扎得也不浅,俺两手吃住力还是拔不动,搭手三晃动两晃动,拔起来还是吃力。俺停住手,搭上脚,东西南北地狠劲踢几脚。这样有些须根吃不住劲断裂开。须根长地下,咯吧吧的断裂响声从地下漫上来,俺真真亮亮听得清。柳树桩须根断裂开,不拔它,它也难活成。可俺的一双手发痒,不伸出手拔出柳树桩再插进去,这两只手无抓无挠不自在。

　　天色渐渐泛亮,这刻的大先肯定搂着巧莲呼呼睡得又香又甜。梦里,他们家庄台坡上断了根的柳树桩,肯定哎哟哎哟疼得乱叫唤,还嘀嗒嘀嗒往外渗水汁流眼泪。俺紧赶紧地往家走。俺不怕大先跟巧莲两口子瞧见,也得防着早起的其他村人呀。

　　俺回家路经屋后的茅厕,见政德手攥拳头捏拿劲吭哧吭哧用力气屙屎呢。他瞧见俺这副模样走上庄台,连屁股也没擦提拉裤子撑出来,问俺,这么大清早的你出去做了什么事?不知怎么的,俺不想把这事情抖搂出来。俺说,俺清早里下茅厕尿尿瞧见庄台下有只兔子跑不动,撵兔子去了。不用照镜子,俺也知道自己糟蹋成一副什么鬼模样,是一头汗,一身泥,还光腿穿条裤衩子。政德睁一副大眼换一副小眼自然是不相信俺的话。俺说,你瞧瞧俺这副模样,总不会从哪男人的被窝里才爬出来吧?政德像是瞧见一个傻女人,自己也傻愣愣地重新回茅厕里。

　　俺回屋张开嘴连打三个哈欠,那些失散的困瘾像乌云盖过来。俺手都没顾及洗干净就倒床上睡起来。

　　俺一觉睡到挨晌午,被政德摇醒。政德喊叫说,懒瓜娘,俺跟你说一件大事情。俺眼似睁似闭没醒透,政德就连汤带水把话倒出来。政德说,你猜俺家的柳树桩为什么不发芽呢?他自问自答,是被人拔晃过。

　　俺假装什么也不知,说,你这是大睁两眼说梦话吧,谁个人没事干会去拔别人家的柳树桩?

　　政德说,这件事俺原先也不信,今早里听巧莲口吐白沫骂拔柳树桩的人,俺才想起去自家庄台坡瞧一瞧。你猜怎么着?庄台坡上的柳树桩没一根不松朗朗的。你想,这不是被人拔动过,还能是柳树桩自己蹦着跳着不想把根往地下扎?

　　巧莲还在骂,嗓音沙哑得像是有只手掐住她的脖梗子,骂声里还是一头一脸的劲。巧莲就是这么个骂死人不偿命的女人,平常里别人哪怕挨近她家的一根草、摘她家的一片树叶子,她都能村里村外刀剁木板骂三天三夜。这次,这么些柳树桩被拔掉,没个一年半载的骂莫想收住她这张嘴。俺心里憋上话想走过去跟巧莲说一声。俺想这居家过日子不能天天遭她巧莲骂。俺拔她家柳树桩,她能骂俺;她拔俺家的柳树桩,俺也能骂她。可这人骂人的事,俺不想跟她巧莲比试。俺就是想比试也不是巧莲的对手。俺得另想法子。

俺头脸修整修整朝大先家走去。大先家柳树桩上的嫩枝丫经半天风吹日晒,遭霜一般蔫耷下。树桩间留下深深浅浅的脚迹印,村人谁的眼都能瞧得出,柳树桩是被人拔掉的。可俺家的庄台坡上就瞧不出脚迹印。看来,巧莲这么个矮女人做什么事情你都莫想超过她。

俺调整满脸的笑,喜滋滋地迎着巧莲面走过去。俺冷不丁地跟巧莲说,今晌里俺宰鸡、杀鱼,还打酒。晌午你去俺家吃。巧莲咯噔停住骂,满脸满眼疑问色,她是摸不清俺讲话的意思。俺还是笑着说,听你这一骂,俺明白过来俺家的庄台坡上的柳树桩也是遭人拔过,至今连个芽尖都没发出来。看来俺两家的柳树桩是一个人干的,你骂他就是俺骂他,晌午里管你一顿饭不是应该吗?

巧莲这咱子肯定还是想着骂人,一时半刻还找不出话来回复俺。

俺不能在巧莲面前待得时辰长,候这个女人回过神,俺长两张嘴也休想讲过她的一张嘴。俺压低嗓音跟她说,俺今早五更天到家后解溲,瞧见俺家庄台坡有团黑影,俺还心想是跑来一头母猪呢,怎么的也没想到是拔俺家柳树桩的人。

巧莲的脸嚓啦白亮起来。

俺知道是该离开的时辰了。俺还是跟巧莲说,俺先回家准备菜、准备饭,待会你一定去俺家。

俺回转身还一脸的笑模样,心想,巧莲你不怕累就接着三天三夜地骂吧。可巧莲是一句没多骂。俺前脚走,她后脚回屋,再没出来。

这反倒惹得村人发奇怪,说巧莲这个骂死人不偿命的女人,今早怎么正骂着人不骂了,莫不是舌头根断下来,舌头咽进了肚子里了?

大河湾村拆迁的事真正等挨到秋天里才有点音信。煤矿人来挨家挨户丈量过房屋便开始数活树。政德整天相跟煤矿人屁股后头瞎转悠,扯扯皮尺呀报报树数呀,像个鬼子进村时的汉奸卖国贼。

结果,大先家庄台坡的那些死树桩被点上数,俺家的没算上。政德跟煤矿人翻过脸,非要问出个什么道理。煤矿人回答说,大先家的柳树桩是地底掏煤失去水气枯死的,这俺们煤矿当然得认账。政德说,俺家的柳树桩不也是你们煤矿掏煤失去水气枯死的?煤矿人说得更加在理,说,这事俺都调查过啦,大先家柳树桩长出两尺长的枝条才枯死的,你家的柳树桩根本就没发出芽,你政德想赖煤矿的钱也不是随便好赖的。

俺跟大先两家比赛似的插柳树桩的事,村人总算明白啦。事情的结果村人也理解,村人说,政德,你也不睁眼瞧清楚是跟谁个攀比,你家有个在煤矿当官的歪头女婿吗?

8. 得跟煤矿人把理说清楚

这年夏天,大河湾村被丈量过房屋,数过树木,搬迁的事还没落实,靠近堤坝内的一绺地就被煤矿人打过招呼要占用,说麦收后黄豆莫种啦,赶秋天里就派人来挖土垒堤坝。

这绺占用的地在村庄东二里,地四周已经用水泥桩标出来,南北宽五十米,东西长两里地,约有百十亩。煤矿人挖这块地的土垒这段地旁的堤坝,说是怕赶明个堤坝塌陷拦不住淮河水。这件事,煤矿人招呼过乡干部,乡干部来大河湾村招呼过村干部,村干部挨家挨户招呼过村民,算是定下来。麦收季节里,这块土地上的麦齐刷刷地被割倒,黄亮亮的麦茬便留那里没人再经管。下过一场透彻雨,大河湾村的其他土地都犁过来,种上黄豆,长出黄豆苗,在地里锄着黄豆苗的村人有事无事地往那块空地里瞧,怎么都觉着刺自己的眼。这天清早,政德牵牛扛犁去种上它。政德说,空着好好的地不种庄稼长荒草,俺是怕遭天谴呀!

有政德带头,村人家家扔下锄,牵牛扛犁去种上这块地。跂拉知道这件事,觉乎有点不对劲。怎么个不对劲法呢,他又说不出个道理来。跂拉说不出个道理还是走进地里问村人,这土地不是打过招呼不再种的吗?村人说,地是一家一户责任开的,煤矿一天不用,一天还是俺们的地,种不种怎能是煤矿人当家?跂拉还是说,在一块被占用的土地上种庄稼不是糟蹋种粮吗?可村人还是愿意糟蹋种粮,糟蹋种粮后的村人心安呀!

煤矿人真正要用这块土地已到伏天后。这些天,地里的黄豆枝杈开满碎蓝花还结满青豆荚,一蓬又一蓬浓绿的阴凉分割着天空与地面。这么一块旺嫩的庄稼很是喜悦人的眼目。村人没想到这种时候煤矿人会来。煤矿人呼啦一声来得很多,渡过一船又一船,拢共五船,三百来口人。他们带扁担、带荆条筐、带铁锨、带架子车,还带烧饭、烧茶的锅,还有一顶一顶遮风避雨睡觉的小帐篷。这些人像一群长着胳膊腿的蝗虫,齐刷刷地围住这块绿荫厚实的黄豆地。这些瞧惯煤炭的眼先是眨明眨亮,后是一道一道的血丝布上去。

村里最先围观这群煤矿人的是一窝孩子。他们屁颠颠地一溜烟跑过去,瞧个丁丁卯卯,又一溜烟跑回村。这些孩子跟大人们说,那些煤矿人像一窝傻瓜,围坐黄豆地边大眼瞪小眼瞧黄豆花,瞧黄豆荚,瞧黄豆根,还瞧黄豆叶,像是他们长这么大黄豆是个什么模样瞧都没瞧过似的。这些孩子还说,煤矿人支锅立灶盖房屋,像是要在俺大河湾住家似的。

经孩子们这么一渲染,村庄里的大人们也待不稳了。他们也想去瞧瞧这么一帮不是大河湾村的煤矿人。这么一帮人光坐不干活,来大河湾村干什么?

　　大河湾一五一十去的村人就多起来,先是远远地瞧着这帮人,后来再慢慢地靠过去。这些煤矿人长得白净,身穿得干净,手长得细净,横着竖着瞧他们都不像干活的人。这帮煤矿人,女人居大多半,老女人、小女人都有。这些女人围一窝说着、笑着,细声慢语惹得大河湾村的男人眼珠不转圈。

　　这是清早上半天里的事,这些煤矿人坐一小会,还坐一小会,天色到了大半晌午的时辰,走过一个半老男人。这男人是个官头头,挥拉挥拉手,说多少干会活再歇息回家。这帮煤矿人就散散拉拉站起身,摸铁锨,摸荆条筐,摸架子车。大河湾人一下把一双眼亮开光,他们想瞧瞧这帮不像干活的煤矿人是怎么挥动铁锨、抬动荆条筐,又是怎样拉动架子车的。

　　这帮煤矿人散散拉拉往黄豆地里进,旺嫩的黄豆哗啦啦抖动起响声,还有咔嚓咔嚓黄豆枝杈的断裂声。大河湾村人的脸色呆寒起来,黄豆是大河湾村人种下的黄豆,这些煤矿人凭什么说声挖就挖掉呢?

　　事情就是这么个事情,道理就是这么个道理。这事、这理大河湾村人谁心里都明白,就是缺少一个能把事理挑开的人。历朝历代都有这样的人,别人不挑的理他挑,别人不说的事他说。这人就是个人物。俺家的那块黄豆地挨边上,俺家的那块不是龙脊地、不是河滩地的地是补分的,有半亩。一帮人铁锨亮闪着光溜进地里,俺是个女人家能说些什么呢?俺就把眼光瞟上政德的脸。

　　政德两眼闪蓝光,牙齿咬出一阵一阵碎牙声,一句话没说伸过胳膊拦住煤矿人。大河湾村人心领神会似的呼啦一声都跑过去,村人手拉手挡住煤矿人的手脚,还有铁锨什么的工具。煤矿人糊涂一颗心,不知大河湾村人拦住他们是为着什么事。

　　大河湾村人说,你们煤矿人凭什么说挖就挖俺们的黄豆地?

　　这些煤矿人干活是受当官的支配的,从没想过干这些活还有什么理不理的。

　　煤矿人挖黄豆地受到阻拦后就退出黄豆地,重新坐下大眼瞪小眼,闲下一双手。刚才指使这些煤矿人干活的那个半老男人跑过来说,挖黄豆地是煤矿领导跟乡政府领导讲妥当的,乡政府领导又跟村干部讲妥当的,难道村干部跟你们没讲妥当吗?这个半老男人还说,天底下还有花钱买过东西不认账的道理吗?

　　村人说,莫说什么买不买的,俺们是一分钱没见过你们煤矿的呢。

　　更多村人相跟着吼叫,你们煤矿人的钱是绿的、是红的,俺们是连面都没照一眼。

　　这个半老男人知道跟这么多大河湾村人说理说到太阳西也说不出个头头脑脑来。这个半老男人舍弃地里围挤的大河湾村人,去大河湾村委会找书记跛拉。

　　这个半老男人跟跛拉说出大河湾村人拦他们干活的事,还说出大河湾村人拦他们干活说出的理,要跛拉赶快去解开围拥的人。跛拉抬起手掌啪啪拍响脑门,跟这个半老男人说,俺大河湾村人说得对呀,俺们没见你们煤矿的一分钱,你们凭什么乱挖俺大河湾的土地呢?

　　这个半老男人只得回头叫他们煤矿人撤离大河湾。这么多人来大河湾村半天是一锨土没挖成。

　　下午,村支书跛拉去了乡政府。跛拉是乡政府派人叫过去的。跛拉去乡政府见到乡领导,也见到煤矿领导。事情自然还是挖黄豆地的事。

　　乡领导说,煤矿占地的事乡政府是清楚的,也跟你跛拉交代过。这占地钱赔到乡政府,近些天乡政府的会计事情多没顾上往你们大河湾村送。乡政府领导跟跛拉说,明早让煤矿人先挖地,赔地钱挨天把天叫乡政府会计送过去。

　　跛拉明白钱是被乡政府霸着,跛拉还看出乡领导是想继续霸着钱不松手。跛拉说,俺回头没钱凭空嘴说话,谁愿意听呢?跛拉还说,煤矿人若硬挖,说不定还能挖个头破血流呢。煤矿领导说,垒堤坝不是一天两天的事,俺看还是钱发放妥当再挖土不迟,省得赶明个煤矿与大河湾村闹矛盾。

趿拉不松口让煤矿人挖,煤矿人也不急着挖,这样两张嘴往中间一挤,乡领导手里的钱哗啦松散开。乡政府会计会同大河湾村会计画表造册,按户按名按地分钱,一家派一人进村委会按上手指印便把钱领出来。钱是新钱,一沓一沓垒村委会的桌面上,会计手蘸唾沫,一张一张分展开,像麻雀翅膀似的扑棱棱一时三刻飞得满村都是。这一刻,大河湾村最不值钱的就是钱,满眼、满手、满口袋里都是。

赶村委会桌面上几沓钱都长出翅膀飞光的时辰,大河湾村人笑眯眯的一张脸还嫌钱少,他们问趿拉,煤矿赔俺们的这点钱乡政府没扣留?趿拉一肚子话咯噔被堵住。

乡是穷乡,雁过拔毛的事肯定有。至于煤矿到底赔大河湾村多少钱,趿拉也不知道。

乡政府在这件事情上不大不小耍弄趿拉一下子,趿拉的一颗心沉沉浮浮地不安起来。趿拉知道大河湾村跟煤矿打交道这只是个开头,要是事事都依乡领导说话算数,还要他这个村书记干什么呢?

这天晚黑,趿拉请几个人聚一块喝酒。酒钱是大河湾村里出的,喝酒要办的事也是大河湾村里的事。趿拉说,俺琢磨煤矿人来大河湾村挖地垒堤坝还是不能让他们挖。这几个村人没想到这么不讲道理的话会从趿拉嘴里冒出来。这几个喝酒的人也有政德。政德说,赔地的钱,煤矿人给了,俺们大河湾村人也拿了,再不允许人家煤矿人挖地,话怕是说不出口吧?

趿拉说,先前俺脑袋瓜想事情跟你们想的一个样,一直糊涂没开窍。你们想想,从今往后大河湾村的土地是一天比一天少,张嘴吃饭的人是一天比一天多,赶明个没有土地,大河湾人总不能嘴扛肩膀上喝西北风吧?

这几个人明白道理，说，那就让煤矿人多赔点钱，反正地攥俺们手心里，他们也不能买其他村里的地。

跋拉说，俺琢磨煤矿赔钱多赔钱少是小事，再说一亩地赔多少钱国家有规定。就算赔钱再多也不够大河湾子孙后代花的。

这几个人眼越睁越大，哗啦关闭眼，张大嘴问跋拉，你说这事该个怎么办？

跋拉说出他的想法，他说得向煤矿要工干。煤矿占用俺们的土地，俺们的嘴就得依靠他们吃，依靠他们喝。

跋拉是大河湾的村支书，站得高，望得远，虑事深。这几个村人听明白跋拉的话，放下酒杯，说，现在你跋拉就领着俺们去找煤矿人，问他们要一大嘟噜名额来，赶明个俺们都成矿上人，不种地也吃香的喝辣的，钱用不尽。

跋拉摆出一副官架子，说，这事得你们自己去办。俺轻易出头露面，事情办得有闪失，不大好收场。大河湾跟煤矿打交道得留条退路，万一有闪失，俺好去补救。

这几个村人又是把头哗啦啦点几点，说还是书记遇事虑料得透。

这天，大河湾村的几个喝过跋拉酒的人，由政德领着直接去煤矿找他们的领导。这几个村人说出的话都往自己身上靠，不沾村干部的边。这几个人说，俺们来是大河湾村上千口村人让来的，俺们说出的事是上千口大河湾村人的事，跟他跋拉的屁都相干不上。

煤矿领导听这几个村人一番话说出口，心里反倒更加清楚他们是受跋拉指使的。煤矿领导知道跋拉这咱子正坐在村委会的办公桌前，一手挥动大河湾村人去围堵阻拦挖地，一手挥动这几个人来缠事。

煤矿领导不气不恼，说煤矿招工的指标数随同赔地钱一同分给乡政府了，怕是乡领导给锁在抽屉里还没顾上分下去。

这几个村人听出煤矿领导的话音里有点对乡领导不快活。煤矿领导打电话找乡领导说出这件事，话语的口气很硬朗，说这件事还是快点解决妥,三耽搁两耽搁已经误去垒堤坝这么多天了。

煤矿领导还跟乡领导说,矿上招工是要货真价实的扒煤工,你们乡政府的孩子不能扒煤,煤矿也不能要。

乡领导再次派人喊跋拉去乡政府,把白纸黑字空着的表格递到跋拉手心里。跋拉见表格是一张,问乡领导,能去几个人?乡领导说,就这一个指标,你要是嫌少自个去跟煤矿领导要吧。乡领导见管这事管不出好处,便一推三六九。

跋拉去见煤矿领导,也见着大河湾村里其他几个人,煤矿领导很客气,说煤矿上进人也不是他说话算,这指标控制在上面领导的手心里,等新指标下来,再多给大河湾几个。煤矿人晌午里是一桌酒菜招待大河湾村人,没让他们回去。这种酒场除跋拉去乡政府开会经验过,其他村人还是头一遭。这几个村人敞开肚皮,猛劲吃呀猛劲喝。一时间酒桌上气氛暖融融的,煤矿人跟大河湾人像是一家人。大河湾村人话说得很敞亮,说,今后你们煤矿里有什么事只管找跋拉。跋拉答应下的话,村里没人敢去拦。

煤矿领导有酒顶着也很宽容,说,这招工的事,你跋拉看着办,只要你大河湾村送来长家伙的男人就算数。

这一天,大河湾村的这几个人事办得自己很满意。几个人去煤矿走一趟,带回煤矿招工的表格,还带回煤矿的酒气。

隔天里,大河湾村人真的没人去围黄豆地,任煤矿人的铁锹挖,荆条筐抬,架子车拉。这一天,大河湾村人干什么呢?呼啦呼啦的都去围村委会、围跋拉了。干什么?要招工表。大人孩子、男人女人都围拢去,把村委会的院墙挤得闪晃闪晃地不安稳。

——书记,俺想去矿上干扒煤工。

——跋拉,俺儿子安心这几天心不安啦!

开头,跋拉口袋揣上这张招工表还没察觉到是自找虱子放头顶上挠。因着这张招工表,村人眼睛一下都盯住他的脸、他的口袋,跋拉觉得随土地分开的权力,转悠几年又回到手心里。跋拉两手紧攥着这张表,心里能试着滋味无穷尽。村人你走过来探听一下音信,他走过去询问一下事理。跋拉的人脚走哪里,村人跟哪里、围哪里。跋拉紧皱一副眉头打不开,实则心里乐滋滋地甜着呢,他轻易不愿搭理村人,说话也只说一句。跋拉说,这事村委会还没研究呢,招工这么大的事情,俺能随便当家吗?

"研究"是跋拉跟乡干部学会的官语。大河湾的土坷垃里不长这种言词,可大河湾村人能懂得"研究"的厉害。其结果是挨家挨户攀比着请跋拉吃喝。

村人说,跋拉这种熊人,你不把他嘴丫抹滑溜,莫说办事情,一句实话也莫想他吐出口。

俺家的懒瓜也想去煤矿做扒煤工。俺跟政德两人合计,哪天也请跋拉吃一顿。政德算是精明人,说,请跋拉吃喝也是白吃白喝,大河湾村有半数人家都请他吃喝,只一张表格,你说他掏给谁?

政德话说得是在理上,可俺知他是心痛口袋里的钱。政德说,挨几天,看看风向再说吧。

懒瓜这些天勤快起来,整天收拾得头是头、脸是脸,满村乱窜溜。懒瓜溜达半天回头说跋拉的事,他说今晌午跋拉是在谁家吃的,喝光三大瓶叫"人不醉"的好酒。晚上跋拉又是在谁家吃的,吃的淮河里的新鲜肥王鱼。这鱼是专门跑黑龙潭逮来的。

这天大清早的时辰,懒瓜刚跑出家门就跑回头,说跋拉清早就在安心家喝上了,说安心家准备了几天菜,还专门请的厨子炒菜呢。

政德不相信懒瓜的话,说,他跋拉晌午喝、晚上喝俺都信,这大清早的还接着喝,一副肚皮还不喝爆炸?

政德亲自跑出家门去安心家瞧个究竟,远远地就闻见酒香、闻见菜香,还有"哥俩好、六六顺"的划拳声。政德的一双脚还用往前走吗?

跋拉一日赛一日地紧着挨家挨户地吃,吃得政德稳不住神,说看来懒瓜去不去煤矿都得请跋拉吃一顿。

俺说政德，那你就赶集买鱼砍肉打酒候(请)他跋拉一顿，要不赶明个见跋拉还真不好说句话呢。

政德这回不是心痛口袋里的钱，叫他为难的是请跋拉吃饭喝酒不是件容易的事。政德说，村里有人家买好酒请他跋拉，有人家买肥王鱼请他跋拉，还有人家专门请厨子摆宴设席请他跋拉，你说俺家该怎么办？

俺埋怨这件难心事是政德自找的，俺说，凡事做就做人前不落人后，前些天你要是信俺的话请了跋拉，也不至于现在还想着这件事。

政德说，饭场上的事你经验过几回？你不费点心思请他跋拉还不是白请，临了事情还是办不下。依俺看落在村人的后面还是件好事呢。只是这顿饭该怎么请得费俺一点心思。

政德左说有左说的理，右说有右说的理。不管是左理还是右理，反正请跋拉吃顿饭变成一件头痛的事。

政德一个人闷屋里，头皮哗啦啦麦麸似的抓下五六层，也没想出一个请跋拉吃饭的绝招。后来，政德还是走出门，说，俺去村委会见跋拉说说这件事。

俺说，你也是头脑急糊涂啦，他跋拉想吃什么、想喝什么，能当着你的面说出吗？

政德还是去村委会跟跋拉说出请客的事。不想跋拉一颗头摆得像个货郎鼓，一双手摇得像朵栀子花，说，你请俺客肯定是为懒瓜去煤矿干工的事。

政德说，不是他懒瓜想干工，还能是俺这一副老胳膊腿想干工？

跋拉话说得很干脆，说，政德，你真是为这事，莫说俺不能吃你家的菜，不能喝你家的酒，就连你家的门槛俺都不能迈进去半步。

政德老老实实说，跋拉，俺听不懂你说的话。

跋拉不答话，两眼死死地盯住政德的脸，说，俺不信这么简单明了的道理你不懂。你想一想俺迈进你家的门槛子,吃过你家的菜,喝过你家的酒,临终了你家懒瓜要是去不成煤矿当矿工,你政德不恨俺?

政德摇头,说,这怎么可能呢?就算懒瓜去不成,难道俺家以后就没事情要求上你跋拉的脸?

跋拉说,就算你家懒瓜能去煤矿当上扒煤工,你家人不恨俺,可大河湾村的其他想去没去成的人家还不照样恨俺?你想想你家的这顿饭,俺能去吃吗?

政德这回明白跋拉的理,反问他说,村里这么多人家请你吃饭你都敢去,为什么单单俺家不能去呢?

跋拉也认这个账,说,俺这些天是去村人家吃过不少顿饭。有时一天还能吃三顿,早、中、晚连顿吃一顿都拉不下。可没有一家是为去煤矿当扒煤工请俺的。

政德问跋拉,安心家请你是为什么事?

跋拉说,安心儿子剃满月头请的俺。

政德说,安心儿子都长一岁多了,还剃什么满月头呢?

跋拉说,安心家是补请的客,去年安心儿子剃头那天俺去乡政府开会误下啦。

政德还问跋拉,骡子家请你客,还专门去了黑龙潭逮肥王鱼,又是为个什么理呢?

跋拉的脸色有点不好看,说,俺回回去谁家喝酒是什么道理总不该向你汇报吧?就说你问的骡子家吧,还是前几年他定亲俺去吃席,喝醉酒后俺说他酒席办得差。这么多年过去了,骡子还记得这件事。前个天专门弄条肥王鱼请俺去吃,俺能薄他骡子的脸面吗?

政德的一颗死脑瓜总算闪开窍。政德说,跋拉,你不是不愿去俺家,是想让俺找个别的理由跟你说这件事。

跋拉哈嗒哈嗒笑,说,什么事该有一道窗户纸的时候,还得有一道窗户纸好,捅破见亮还有什么意思呢?

政德突然有点瞧不起跋拉这种赖吃赖喝的做派,可不请跋拉这个场又收不了。政德说,俺家里的替俺生下一个老儿子,想请你吃顿饭总算行了吧。

跋拉说,政德,你老婆多大年岁了还能生孩子?就算你老婆真的生孩子坐月子,俺也不敢去呀。

政德脸不是脸、腔不是腔地坐不住,说,俺这样请你还是不愿去?

跋拉说,你老婆再生孩子是第几胎啦?不罚你款就算客气啦,还去你家吃饭喝酒?

跋拉拍打拍打屁股站起身,说,俺这咱子还有点事得出去办。你政德回家想个什么好理由挨天请俺也不迟。

政德回来家,一五一十跟俺说出去村委会请跋拉吃饭的事。政德说,没想请跋拉吃顿饭变成这么一件难心的事。

俺跟政德两人就照着村里其他人家的做法,想找条理由再回头去请跋拉。不想,还没等俺跟政德两人找出好主意,他跋拉自己找上俺家门了。

跋拉村书记当得时间长,酒场经验得多,酒量也练得大,不管是哪种场合喝多少酒从没见他出过醉酒的洋相。这一点令村人很服气他。村人说,什么叫个能耐?这就叫个能耐。不信换别人试试,早大头朝地醉趴下了。

跋拉是晚上来俺家的,不知是赶过谁家的酒场,是一头、一脸、一身的酒气,从头到脚像是从酒缸里刚刚捞上来。可跋拉的头脑不糊涂,话语也利亮,一条舌头还能当舌头用。政德不在家,俺替跋拉端上茶,点着烟。跋拉话出口,你家懒瓜怕是不小了吧?

俺说,懒瓜虚岁二十一。

跋拉说,懒瓜二十一该说上一门亲事了。

俺说,懒瓜懒得自己脸都懒得洗一把,谁家闺女能瞧上?

跋拉说,依俺看不如先把懒瓜的定亲客先请掉,也好图一份吉利。

俺跟跂拉说,书记这是说笑话。现如今连个媒婆都没上门槛,你说该请谁家的客呢?

当时俺还心想跂拉是在说酒话。跂拉口出酒气一浪一浪往外笑,说,你怎么跟你家男人政德都是死心眼呢?你说懒瓜定亲请俺吃顿饭,俺还有个不来的道理吗?

俺的脑瓜这才慢腾腾转过弯,连忙说,俺家的懒瓜是准备定亲啦。

跂拉反倒替俺急出一脑门酒汗,他说,俺看你们家也是诚心实意想请俺吃一顿饭喝一顿酒,俺才替你们家想出这个好主意。你去村里其他人家问一问,俺费脑筋替谁家想过事,喝谁家的一顿酒急过这么狠呢?

跂拉下了大决心,说,俺替你家出主意就出到底吧。俺看懒瓜定亲的酒席要请就在煤矿上的饭店里请,看村里谁家能比过你们家的排场。

跂拉来一趟俺家把事情安排妥当,一浪一浪的酒气也就随跂拉的人回去了。

政德回来家,俺跟他说出跂拉来俺家说出的话、说出的事。政德两眼睁多大问俺,请客的事你答应下啦?

俺说,请客的事是你去村委会说出来的,俺什么话也没多插一句呀。

政德两只脚轮流往地上跺,说,你想想煤矿饭店里请一顿客得多少钱呀,跂拉这不是大睁两眼拿刀往俺脖颈上架吗?

最终,跂拉的这顿酒还是请了,也依照跂拉的主意在煤矿饭店请的。这顿客,跂拉去了,他还带着老婆、孩子一大家子。最终,跂拉口袋里的这张去煤矿的招工表被一个叫疤瘌的人拿到手上。疤瘌没请跂拉的客,也没见跂拉面说一些低三下四的好听话。疤瘌自有疤瘌的法子。是什么一个法子呢?

煤矿给大河湾一个招工名额,显然是僧多粥少的事。村里人碰见跛拉都把一双眼睛盯住他的口袋,村人知那地方的表格比跛拉的脸重要。其实,跛拉村里挨家挨户吃过村人家的菜,喝过村人家的酒,真想把这个名额落实下来也犯愁。跛拉一连思谋多天,采取的第一步是谁想去谁报名。这看似平等公允的做法,村人知道是糊弄人的。

村人说,你想去你就去啦,自个能做主还要他跛拉干什么?村人还把这种公允叫"老猫衔猪尿脬——空喜欢"。可报名的事一传开,村人还是拥挤去。疤瘌不去,自己拣一处人来人往热闹的地方玩刀子。这刀不大,也没什么特别的地方。可它随便扔到大河湾的哪地方,村人都知它是疤瘌的。这刀跟随疤瘌多年,村人都识得。

疤瘌屁股下垫块石头坐着,手里的刀霍霍往墙砖上磨着,目不斜视,一副专一不二的样子。村人打他身边经过,说,村院里报名了,你不去?疤瘌头不抬,眼不斜,仍往砖墙上磨刀。这样能磨利刀吗?红砖墙上的灰倒是一层一层飘下不少,血红红地散落地面上。村人眼里一片惊恐,紧走几步岔开身,骂疤瘌,这狗日的又磨上什么事了。

村人一点也看不出疤瘌心存去煤矿当扒煤工的心事。

报名自有许多条件,这条件是煤矿上定的。比如要二十至三十五岁的男人,还是没结婚没成家没老婆的男人。可跛拉掌管这条件是虚有其名,一张桌一张纸一杆笔撂村院里,谁要记名都记下。这个说,支书,你看俺这么矮的个头可管报名?跛拉冷眼瞧瞧个头矮的人,身旁的会计正田记下这个人名。那个说,支书,你看俺虚岁三十七,其实还不足三十五零一个月。跛拉再冷眼瞧瞧岁数大的人。旁边的会计正田还是记下这人名字。瞧得久了,被瞧的人便浑身不自在,哆哆嗦嗦往后退,似跛拉的眼神推着一般。

村人说,跛拉的目光毒。

半天下来,跛拉没拦一个人。可跛拉没遮没拦的宽容胸怀,使这些报上名的人并不安心,都不知下一步跛拉怎么行事。跛拉仍不多言,让正田另换一张大纸,挨个重誊抄一遍这些人名,一溜溜贴墙上。

趿拉还问围观的人,还有没有要报名的人?

趿拉自问自答,没有了,那就这么多,拢共二百四十九名。

接着,趿拉甩下村院里的人,双手背身后踢啦踢啦往家走。至此,报名的事告一段落。

这天,懒瓜也去报上名,报上名的懒瓜没围村委会,回家一头倒床上睡起来。懒瓜心里最清楚,这么多报名的人横排竖排也轮不到自己头上来。

隔天里,趿拉研究名单,采取的办法是逐个淘汰不够条件的人。趿拉做这件事还是在村院里当众公开做。

这一天,疤瘌仍不沾村院的边,像谁去当矿工谁不去当矿工与自己一点相干都没有。疤瘌还是坐在昨天的那条热闹的巷子里玩刀。今个疤瘌玩刀的方法与昨天有点不同,找截干柳棍拿手里,一片一片地削。刀很快,木肉一片一片削出像纸那样薄,有风吹来能见薄木肉哗哗啦啦树叶般地卷动四散。村人路经此地时跟他说,今个天趿拉是定人呢。疤瘌还是不紧不慢一片片地削,谁也不理。

村院里一时三刻拥满人,热闹起来。趿拉说,今个天当众乡亲的面,谁能去谁不能去得说说清楚。趿拉还说,人是大河湾的人,事是大河湾的事。这大河湾的人事就不能私私背背地定。

村人点头,说这样比较公平,就这么定。

接下,趿拉就挨名单顺序定,说,谁谁个头矮不能去,还没锨把高能干个什么活呢? 村人点头,说有道理。趿拉说,谁谁的个头高,蠢头日脑的,干活弯不下腰使不出力,你们说能去吗? 村人摇头说,这样的人不能去。趿拉说,谁谁的个头不高不矮正正好,可这人从前曾偷过公家地里的玉米吃,你们想想这样的人在大河湾偷点庄稼事小,赶明个去煤矿偷火车头就事大了。村人不用趿拉问话,一致否定下这个人。趿拉说一个离过婚的男人,你离了婚没了女人,也不能说明你未婚。你总不能说你没脱过女人的裤子,没跟女人睡过觉吧? 什么叫未婚？没跟女人睡过,是童男子才能叫未婚。俺们大河湾人不能睁眼说瞎话,跟人家煤矿人说你连女人的家伙都没瞧见离的婚吧？

这天懒瓜睡床上没去村委会。跛拉点到懒瓜的名,喊懒瓜,连喊三声,村院里没见懒瓜人影子。跛拉笑起来,说,懒瓜这咱子肯定睡梦里随猪八戒去高老庄相媳妇去了。跛拉笑,村人相跟也笑。跛拉像那些年开大会呼口号似的问村人,懒瓜这样的人合适不合适？村人齐声答,不合适！跛拉还问,懒瓜能去不能去？村人回答,不能去！问话、答话的声音都响亮,一团一团地往村院外面扩展开。

这天当跛拉否定了最后一个报名人时,村人冷静下头脑,傻下眼。村人说,俺们大河湾难道连个能扒煤的人都没有？说来说去就你跛拉够格,不高不矮不胖不瘦正正好,还能就你跛拉没脱过女人的裤子没×过女人,那你说,孩子是哪来的,难道是别人的？你跛拉整天戴着顶绿帽子不成……

其实跛拉也不知谁能去,谁够格。跛拉跟村人说,反正得有一个人去,也只能一个人去,谁去谁不去到时候还不就清楚了？

村人只是没想到这名额终究被疤瘌抢去了。

疤瘌是晚上去的跛拉家。临去跛拉家前他拐回家一趟,跟他娘打了声招呼。疤瘌跟娘说,村里别人不够格不能去,兴许俺够格俺能去呢。疤瘌这咱子刀削柳棍仍没停,半天下来半人高的棍削剩下寸把长。疤瘌娘管不住他,想想还得说。疤瘌娘说,不尿泡尿照照自己。疤瘌有耐心,说,俺还能连去跛拉家问问都不成？疤瘌娘心一惊,她知疤瘌手里的刀削起来停不下,迟早会削到人头上。

疤瘌去了跛拉家,跛拉正吃饭。疤瘌很尊敬支书的一副模样,慢声细语说,俺想当掏煤工。跛拉起初没把疤瘌当回事,咽下嘴里的饭,说,疤瘌你要当掏煤工怎么不报名？疤瘌斜倚门槛不进也不出,答话说,俺知道报名也去不了。跛拉说,你连个名都不报不是更去不成？疤瘌还是细声慢语,说,俺知招工表格揣你口袋里,去成去不成在你一句话。跛拉换上另副眼光瞧疤癞,他觉得今晚的疤癞跟平常不一样。这时候疤癞进屋来,嚓啦抽出刀放在跛拉饭桌上,话语重起来,说,你要是不让俺去煤矿当掏煤工只有两条路,要不你杀死俺,要不俺自个杀。跛拉被疤癞的话镇住,他在大河湾当这么多年村支书有谁敢对他这么讲硬话?跛拉一时半刻说不利索话,说,你这、这、这是干什么呢?

疤癞要说的话说完,要做的事做完,捡起刀转身走出跛拉家。

疤癞是大河湾玩刀的老手,对付世上能解决或不能解决事情的唯一办法就是刀。可疤癞玩刀与别人不一样的地方是刀不对付别人,专门对付自己。要不他身上就不会有这么多的刀疤了,要不他也不叫疤癞,改叫别的什么名字了。只是对付不同的事采取不同的刀法罢了。这次怎么办呢?疤癞感觉很为难。疤癞也知争着去煤矿是大事,不是三毛钱两毛钱的好处,拿刀随便在自己身上划道口,或割一块肉都解决不下问题。疤癞拿刀瞅看着自己的前后左右定夺不下。最后,他把眼光挪到自己的一双手上,他先是把右手平展桌面,后来觉得不妥又把左手平展桌面上,手心朝下,手背朝上,再后来疤癞就把尖尖的刀尖沿中指无名指的缝隙顺过去,这一过程很慢,疤癞做得很仔细,刀尖刺破皮渗出血,一滴一滴地顺手面往桌面淌。疤癞觉得冷丝丝的,像有股寒风灌进刀口里,之后才一点一点热辣起来。疤癞面色平静似乎不觉得怎么疼痛。刀渐渐有了阻碍,疤癞知刀尖已穿透手背挨近桌面。世上,刀最易对付的是肉。疤癞翻过手心,刀尖像树杈上的叶芽从手心鲜红地长出来。疤癞瞧看一小会,觉得还需要它长出一点才合适。疤癞又翻转过手心合在桌面上,五指弯曲使手心腾出一点空隙,要不刀尖挨桌面扎不动。这时候桌面的血已泅碗口那么大一摊。疤癞的血很浓,流出不多一会就变成紫黑色,不经意地望去就像谁泼上的一团墨。刀尖继续行进一大截又挨近桌面,疤癞才停手。疤癞右手松开刀,找出些布条从手腕一道一道裹住血脉。这一过程做完的时候,他从刀尖上一下看见跛拉恐惧的眼神,一些笑从疤癞的心底流出来慢慢堆放脸面上。疤瘌说,看你趿拉还敢不让俺去当扒煤工?

疤瘌端着一只血手抵进村院里,血手已成酱紫色。疤瘌仍倚门斜立,不进不出堵住门。趿拉见疤瘌的手,两眼蓦地睁多大。趿拉一下抖起来,说,疤瘌,你这是想要干什么?

疤瘌说,俺跟你说过俺要去煤矿,要不你杀死俺,要不俺杀死俺自己。

趿拉两眼躲闪刀,说,你难道不怕进班房?

疤瘌鼻子哼一声,笑一下,说,这犯什么法?天底下还没听说自己杀自己犯法的呢?

疤瘌说着话,用手动几下插着的刀尖,无声无息的,血就一滴一滴落地上。

趿拉的声音更是抖,说,你到底想要干什么?

疤瘌说,俺自己的刀自己的肉想戳几下戳几下。

趿拉的眼离开刀不敢瞧。疤瘌的脸上开始布上笑色,他觉得这种方法对付趿拉能办成事。

趿拉软下来,说,俺又没说不叫你去,可这大河湾的事也不能俺一人说了算,得研究一下吧?

疤瘌不松刀,说,别人同意不同意俺不问,俺只问你同意不同意。

趿拉抬眼见疤瘌还在动刀把,上上下下像拉锯。趿拉说,俺怎么能不同意呢,留下名额俺自己又不去。

疤瘌知还欠一丝火候。疤瘌说,今个天不拿出表格,俺就当你面砍下这只手。疤瘌说到做到,哧啦啦抽出血刀握手里,大大咧咧举起来。趿拉吃不住劲,掏出表格扔到疤瘌脚地下,说,俺×你八代祖宗!

9. 干一件垒堤坝挣钱的活

没想到又懒又笨的懒瓜也想着去挖土、垒堤坝,挣煤矿人的钱。

煤矿上派来大河湾垒堤坝的人大多是女人，她们面目白净，脚手细嫩，十个手指头一起伸出来使不出三两力气。这样，煤矿上干活的人多，堤坝上的土没见多。按照期限规定，煤矿领导来检查，土方连一半都不够。煤矿领导瞧着这些泥头泥脑、身子骨还一副要散架似的干活的女人，一句话没说回头走了。煤矿领导总归是煤矿领导，他回头后就想出一个方法，让大河湾人帮着干。这闲冬里，大河湾村有的是闲人，这大河湾的闲人有的是闲力气。有着大河湾村的闲人闲力气，这一闲冬堤坝还不就垒得差不多了。

煤矿自己派人垒堤坝是按土方数付钱的。这些去干活的女人多是家属工，她们去干一份活，得一份钱，也算是一种生活的门路。煤矿上垒堤坝的活，让大河湾人干，煤矿上这些家属工吃什么？煤矿领导就把头脑转过一圈又一圈，又想出了第二个办法。什么办法呢？煤矿是按土方数付钱的，比如，煤矿一方土付十个钱给家属工，家属工再以三个钱转给大河湾的人，不就凭空赚七个钱了吗？煤矿领导把这种办法交给去大河湾负责垒堤坝的那个半老男人去办。这个半老男人把胸脯拍得当当响，说，你就把一颗心稳稳当当地放肚子里吧。大河湾村谁个愿出力气谁个来，谁个挖的土方多谁个得的钱也多。

事情办下的结果是这样，这个半老男人把煤矿家属工分成一组又一组，把堤坝分成一段又一段。具体找大河湾人的事，这个半老男人也不找，让一组一组的家属工自己找。这像过去雇短工干活一样，你愿意找谁你找谁。大河湾人愿意干垒堤坝的活吗？大河湾村人说，闲冬里闲着力气还难受，找事干把这份闲力气使出来，还能挣着一份钱，天底下还有这么好的事情吗？

一方土，煤矿上十个钱给家属工，家属工转过手三个钱给大河湾村人。这大河湾村人知道吗？大河湾村人说，这不跟做买卖一个样吗？十个钱买又十个钱卖，只有傻瓜才这么干呢。

这样出大力挣小钱的活，懒瓜开头听说只翻过一个身，又把自己摇进睡梦里。一个叫二侉的人走进俺家门,推一下懒瓜,又摇一下懒瓜。懒瓜睁开的一只眼没全睁开,闭着的一只眼没闭严实,斜拉一双眼瞧二侉的脸。

二侉问懒瓜,钱你可愿意要?

懒瓜睁开的眼全睁开,闭着的眼闭严实,说,天底下没有不想要钱的人。

二侉还问,钱就丢在你身边的地下,你愿不愿意弯腰捡?

懒瓜另只闭上的眼也往开处睁,说,不愿捡钱的人肯定是傻瓜蛋。

二侉说,那你就起身跟俺出去瞧瞧地上可有钱。

懒瓜闭着的那只眼睁开,问二侉,你说在哪地场?

二侉说,在俺大河湾村东边的土地上。

懒瓜听明白二侉的话,两只眼窗户似的哗啦关闭上,身子骨又稳稳落落睡床上。懒瓜的嘴不闭,说二侉,那种出血力挣钱的活,俺都干不动,你还能干动?

懒瓜还说二侉,你撒泡尿照照自己的脸,比煤矿女人的脸还白净;你出门外冲太阳地里照照自己的一双手,比煤矿姑娘的手还细嫩。你这张脸、这双手能干动挖土垒堤坝的活?

二侉念过的书不少,没干过体力活,夏天里高中毕业回家。二侉当着懒瓜的面,一张脸红过紫,紫过白,白着一张脸往屋外退。

二侉走后,懒瓜破碎的梦还没做完整,又走进三歪。三歪不吭声,摇懒瓜的梦,推懒瓜的梦。懒瓜人醒不睁眼,还心想是二侉,说,你二侉出去尿过一泡尿照过自己的脸了?说,你二侉手冲太阳底下瞧过自己的一双手了?

三歪知懒瓜迷糊着,还没醒透彻。三歪歪一张嘴贴近懒瓜的耳门,大声吼叫,俺是三歪!

懒瓜嘴脸被震得乱歪斜,激灵一下坐起身,说三歪,俺看你皮肉是长上癣,一副欠抓欠挠的样。

三歪佝腰塌背,歪歪斜斜站一旁笑。

三歪问懒瓜,有个漂亮的姑娘你愿不愿意去看一看?

懒瓜说,俺要看就看你姨娘,你说是你大姨娘,还是小姨娘?

三歪还是笑,说,是煤矿来垒堤坝的姑娘,俺跟二侉两人都去看过啦。

懒瓜说,你想看,你跟二侉两人还去看,喊俺干什么?

三歪咂咂嘴,说,莫说俺跟二侉看一眼看两眼还想看三眼,跟你说大河湾见她的小伙子没有一个眼神打弯的。

懒瓜说,那样的姑娘是天仙,只能上天上看。

三歪说,你不看不知道,人家是头上梳得光,脸上搽得香,走步扭出浪,你要是瞧上一眼,保准你三夜睡不稳觉。

懒瓜的一颗心被三歪说得动弹一下。懒瓜爬起床,说,那你现在就带俺去看一看,要是耍俺,待会把你的歪脖子当脆黄瓜扭下来。

三歪的长相像他的名字,脖颈歪,腰身歪,脚脖子还歪,是站没站相,坐没坐相。这样的一个人掐住脖颈子让他出力气,也不会有三两。他跟二侉一样,是光有垒堤坝挣钱的心,可谁个愿意跟他合伙呢?俗话说,歪瓜对瘪枣。三歪想到二侉,二侉也想到三歪。三歪、二侉合起来还是拉不动一辆架子车的土。三歪跟二侉两人坐下身,动开脑,满大河湾里找歪瓜瘪枣这样的人。三歪一想想到懒瓜,二侉一想也想到懒瓜。三歪拍一下二侉的脸蛋,二侉拍一下三歪的屁股,齐声说,对,这人就是他懒瓜。懒瓜的人选被确定下,说事情是二侉先来的。二侉进俺家门是头昂天上去,出俺家门是头夻拉裤裆里。三歪瞧见二侉这模样,知道没搬动懒瓜的人,只得亲自来一趟。

懒瓜随三歪出村往东走,进垒堤坝的地方还真是见到一个姑娘。姑娘不在大河湾土地里挖土,不在半道上拉架子车,也不在堤坝坡卸土。她人坐在堤坝顶的帐篷里,两手打毛线,一张嘴还咯嘣咯嘣地嗑瓜子,一副悠闲自在的样子,不像是来大河湾垒堤坝干活的人。

这姑娘单凭长相真算不上长得多排场（漂亮），可她会作怪，一身衣服不当衣服穿，一个头鸡窝似的乱翻卷。比如她的一张嘴涂抹得红红的，像刚喝下三口鲜猪血没顾上擦。比如褂领上有扣不愿扣，衣领低露出胸，白白亮亮地扎人眼。比如一条裤子紧紧瘦瘦地绷身上，两条大腿都圆圆鼓鼓地现出来。还比如她身上不知涂抹着什么怪香味，靠近她，像围一盆火，怪香味一热一浪地直往鼻脸上扑。

懒瓜长这么大哪里靠近过这么一种女人。一时三刻里，他的眼想看又不敢看，他的脸是想红又红不开，他的心是想快跳又松不开气，他的腿想往外跑又挪不动脚。懒瓜怎么办呢？一口唾沫紧接着一口唾沫往肚子里咽。嗓子眼里还咕咚咕咚地响，像手捧一大瓢凉水往肚子里灌。

三歪眼神倒是很随便，像见过这姑娘八百回。三歪对这姑娘说，这个叫懒瓜，你看看他这副身子骨，自个拉辆重架子车都能呼呼地来回跑。

这姑娘瞧了一下懒瓜，又似没瞧见，说，你俩别这么老站着，晃悠得我头脑痛。

帐篷里没有椅、没有凳，地上铺一层麦草，这姑娘就坐麦草上。三歪不客气，挨姑娘落下屁股。懒瓜往里也走两步还是没坐下。懒瓜不是不愿坐，是没空坐。懒瓜要坐就得坐三歪跟姑娘中间。离姑娘这么近，懒瓜不敢。懒瓜往这中间的地上随便瞅一下，随便想一下，嗓眼里都紧张。气是一口紧一口地喘，脸是一刻白一刻，额头汗是一颗比一颗大。

这姑娘很随便，也很大方，顺手掏出两把瓜子塞三歪跟懒瓜手心里，说，那你们明早就来干活吧。

懒瓜回家里，一颗心跳匀溜，脸上色正过来，额头汗晾干净，才知去看姑娘不是为了看姑娘，是为着去垒堤坝挖土挣钱。隔天一早，懒瓜伙同三歪、二侉去垒堤坝了吗？当然是去了。懒瓜愿去垒堤坝是想挣钱,还是为着看姑娘?当然是为着看姑娘。

这姑娘名叫彩云。彩云跟别的煤矿家属工还有点不一样。别人是三五人分一组,承包一段堤坝。彩云是独自一人一组,承包一段堤坝。别人是雇人干,自己也干。彩云是自己不干,专一让大河湾人干。彩云天天来大河湾只是充当一个监工。

听人说彩云能这样特别,是因着她的对象。彩云年岁不大,二十岁挂点零。彩云的对象年岁可不小,胡子拉碴一大把年岁,是个有过老婆、孩子的人。彩云刚做家属工才十七八岁,彩云对象正好管着彩云。彩云喜欢笑、喜欢跳,就是不喜欢干活。彩云整天围着这个老男人,笑着跳着少干不少活。哪知这样一来二去,这个老男人的一颗心斜偏到脊梁的后面去,与彩云勾搭上。事情包不住,一抖一抖地传扬开。彩云家里人听见不愿意,这个老男人家里人听见更是不愿意。一闹腾闹腾两三年。彩云父母不认彩云做闺女,这个老男人的老婆不认他做男人,彩云与这个老男人一下轻松开,两人大明大晃在一块过。这样两人不黑不白过一年,两人一合计,还得嫁、还得娶。两人再合计这娶这嫁得不少钱。这个老男人跟彩云再一合计,就合计出彩云来大河湾挖土垒堤坝挣钱的事。

懒瓜他们三个人最终还不是干活的人。三个人一上午,是架子车土装得浅,架子车趟数拉得少,挖土的坑不见大、不见深。彩云人坐帐篷还是打毛线、嗑瓜子。人不出来,眼能出得来。彩云瞧懒瓜两三个人活干得不多,人累得不轻。二侉跟懒瓜也像三歪一样歪着腰、歪着颈,走路没个正经相。彩云知道三个人这样再干半天,明天给加倍的钱也不会再来。彩云不想轻易松开攥到手掌心的这三个人。彩云会想个什么办法呢?

彩云人还是不出帐篷,声音出帐篷,她喊过懒瓜。懒瓜一头泥、一头汗,还一头累,他自然不知彩云叫他会有什么事。

彩云说,俺看你们三个人数你干活最实在。

彩云说，三个人也是你活干得最多、最累。

彩云说，俺喊你过来是想让你坐这里歇一会。

懒瓜心里想坐彩云身边，屁股坐不下。

懒瓜说，俺这咱子不累。

懒瓜说，要歇得三个人一起歇，俺不想偷懒让他俩说闲话。

懒瓜站帐篷里比干活还使力气，气呼哧呼哧喘得像拉风箱。

彩云见懒瓜不愿坐下身，自己站起身，顺手掏出手绢往懒瓜脸上擦，说，你明天干活得带条汗手巾擦个汗呀洗个脸的方便。彩云手绢上的香气比身上的还重。彩云这么挥动手绢在懒瓜脸上一擦一抹的，懒瓜还能支撑住？懒瓜嘴唇哆嗦，身子骨哆嗦，两腿哆嗦，一扯气跑出去。

隔天里，懒瓜还来干活吗？当然来。

彩云这天改变了方式，人出帐篷，站挖土的坝塘边，不打毛线，光嗑瓜子。瓜子壳从嘴里吐出来，话语也从嘴里吐出来，这才像个真正的监工。

彩云上午里说，这半天三歪干得最卖力。

彩云下午里说，这半天二侉出的力最多。

隔天，彩云夸奖的话往懒瓜身上贴。彩云说，这半天懒瓜架子车拉得最瓷实。

谁干活松劲，谁干活耍奸躲猾，彩云不说。

彩云的话语像条鞭子轮流抽打三歪、二侉、懒瓜他们三个人。

彩云的话语说得不算多。这个女人懂男人的心，知道说多了会不灵验。有时彩云不说话，会变幻另个花样。比如她站在堤坝顶等懒瓜他们三个把满车的土运上来，等懒瓜他们三个人喘匀溜气，还等懒瓜他们三个人把满车的土卸光尽，这时候，彩云才走过来，靠近懒瓜他们三个人，说，俺跟你们去坝塘里帮你们挖锨土。

彩云还说，俺想坐上你们的空车让你们拉下去。

彩云就捏手捏脚坐车上。懒瓜他们三人谁个拉彩云呢？彩云说，俺喜欢懒瓜拉，懒瓜架子车拉得最稳当，坐车上不颠人。

懒瓜会乐颠颠地扶过车把，一溜小跑把彩云拉到坝塘挖土的地方。一路里，彩云是一浪一浪地笑，说，懒瓜，莫跑这么快，真是吓死人啦。咯咯咯！

这些天，懒瓜累得很实在，也累得很滋润，彩云特别地看重他。

彩云她们煤矿家属工晌午不回家，晌午饭清早里随手带过来，中午放伙房里蒸热吃。吃罢饭就钻帐篷睡晌午觉。晌午里东西一溜堤坝干活的人都停下，大河湾人回家吃饭，吃罢饭再接着干活。懒瓜回家吃罢饭不急着回去，倒头呼呼地赶一觉。睡觉如同懒瓜的饭，离掉它不行。懒瓜干活这些天，懒觉睡得少，就是吃饭吃得少，眼见着他的一张胖脸一圈一圈往下瘦。俺心痛懒瓜，劝他歇几天喘口气。

懒瓜说，俺愿意歇，三歪跟二侉两人也不愿歇呀。

懒瓜是一嘴一嘴的理，屁股一扭一扭地又往垒堤坝那里跑去。不熟悉懒瓜的人瞧见懒瓜这模样，一准认为他是大河湾最勤快的人。这天懒瓜晌午里睡得少，回头回得早，可还是没早过二侉。

这天二侉回得早，不在堤坝下的坝塘里，在堤坝顶的帐篷里，跟彩云说着话，还跟彩云对笑着。懒瓜腿挪过帐篷边没停步，一沉一沉地下到坝塘里。懒瓜两眼不愿下到坝塘底，是一刺一刺地扎在帐篷上不挪开。

下午里，懒瓜问二侉话。

懒瓜问，晌午里彩云睡着觉，你就进她的帐篷啦？

二侉不答话。

懒瓜问，你跟彩云两人有说有笑，心里怪滋润的呢。

二侉一张脸闹腾得红起来。

懒瓜还问，是彩云晌午头临回家让你来早的？

二侉点点头。

这天下午,懒瓜干活更欢实,更卖力。懒瓜是指望隔天晌午临回头,彩云也会跟他说,下午来早点,俺俩说说话。可到了隔天晌午,彩云没说这话,懒瓜空落落地一晌午不舒服。这天晌午的觉睡不着,他是气鼓鼓地往垒堤坝的地方早早回去的。

可懒瓜没想到彩云这天晌午在帐篷里还是与人说着话。这说话的人不是二佴,是三歪。

三歪跟彩云说上了话,还吃上彩云的饭。一只铝饭盒被三歪手里的一把亮钢勺碰得叮咣叮咣响。

这晌午懒瓜人待坝塘里,两只眼留堤坝帐篷上留得时辰长。三歪出帐篷下堤坝干活时,嘴一张一张地还打着饱嗝。

懒瓜问三歪,晌午饭是彩云管你吃的?

三歪不是二佴,不是书生,有些话懒瓜不问他还想说出口呢。

三歪笑嘻嘻地打着饱嗝,搭手抹拉抹拉嘴丫上的油说,彩云晌午里跟俺说莫回啦,她晌午饭带得多吃不掉。你想想这么好的事,俺还能不听彩云的话?

三歪还炫耀,晌午里俺吃了三块鸡四块鱼五块肉,还有不少豆芽菜。

这天下午里再干活,懒瓜的力气不知怎的一星点也使不出来了。这力气像跑慢气的架子车轱辘内带,没听出一点响声就没了。隔着一晌午力气跑到哪里去了呢?

懒瓜下午里干活松松垮垮,提不起神。彩云的一双眼当然能看得出。彩云心里当然也知道懒瓜是怎么一回事。

挨傍晚临收工,彩云拦住懒瓜,偷偷给懒瓜一张电影票。电影院只有煤矿有,这电影票的电影自然在煤矿电影院里演。彩云说,电影是今晚的,是新片,还是国外的。

彩云还说,电影票不好买,就这一张,俺特意买给你懒瓜看的。三歪跟二佴都没有。

懒瓜的人像三伏天晌午头晒蔫的一棵树，彩云的一张电影票是一场及时雨，懒瓜一时三刻缓过神。

吃罢晚饭，懒瓜洗干净头脸，换干净衣服，一乐一颠地往煤矿电影院跑去。懒瓜进电影院，天色已发黑，电影院里有灯光麻麻糊糊地瞧不清，懒瓜手捏票找座位，先是找着一团一团的香气，后是伸过一只手拉住懒瓜的人。懒瓜屁股拍坐座椅上，两眼才瞧见彩云的人。彩云的嘴还是没闲着，一颗一颗地嗑瓜子。彩云抓把瓜子塞懒瓜手心里，说，俺还心想你不会来了呢。

懒瓜头脑又晕又眩的，先糊涂，后清醒，屁股抬起往电影院外面跑。彩云惊惊奇奇地哎哎叫两声，又停住嘴，缓缓神才追懒瓜往外跑。

懒瓜跑出电影院，没有一赶气往大河湾里跑。懒瓜在电影院前面停住脚，一副身子骨像站雪天的寒风里，一个劲地抖呀抖。懒瓜见彩云追出来，他蹲下身，双手紧捂一张脸，呜呜呜地哭起来。

彩云面对懒瓜的这副模样还能怎么样呢？彩云临离开懒瓜丢下一句话，说，算是俺轻看你们大河湾村的男人了。

懒瓜回家里恢复成了正常人，表面上是丁点迹象看不出。懒瓜不愿再去挖土垒堤坝。三歪、二侉两人不让，轮番催着懒瓜去干活。

懒瓜说，俺病啦，还怎么能干活？

三歪、二侉哈嗒哈嗒笑出声，说，看你样子像有病吗？

懒瓜不笑，说，俺没病也不愿再干挖土垒堤坝挣钱的活。

三歪、二侉不笑了，说，你懒瓜不干，俺们俩想干也干不动呀。

三歪、二侉往门外退。

懒瓜叫住他们俩，问，你俩来是你俩自己想来的，还是彩云让来的？

三歪、二侉答话说，彩云这两天怕有什么事没来。

过罢年开春的时辰，彩云托人带一包糖给懒瓜，说是她成家的喜糖，还说她家住矿南村，让懒瓜有空去玩玩。

懒瓜眼瞧着这包糖，一愣愣半天，一颗喜糖也没塞嘴里。

10. 谁的头脑有毛病

大河湾村的人家真正搬迁住进新房屋是这年秋天里的事。

头年夏天里，煤矿人伙同乡政府的干部来大河湾村量房屋，数树木，按房屋大小、树木棵数赔上钱，在淮河南岸划出一片不再塌陷的土岗地，派几台推土机推平整这片土岗地，一家一块宅基地规规矩矩分出来。大河湾村挨家挨户便开始重新盖房子。新房屋多是石基、砖墙、瓦顶。石是青石，砖是红砖，瓦是红瓦或灰瓦，一家一家盖起来。房屋南北整齐，东西整齐。可俺横瞧瞧竖瞧瞧它们都不像是一个村庄。在淮河两岸，不管走进哪里村庄，或路经哪里村庄，首先瞧见的不是这个村庄的房屋，不是这个村庄的人，甚至不是这个村庄的田地，是树。这些树枝杈连枝杈，遮住房屋，遮住村人，甚至遮住村庄四周的田野。可远远瞧见这么多的树生长在路前面，肯定知道它下面遮掩的是一个村庄，那里有房屋，有村人，还有猪狗鸡鸭等禽畜。一片没有树木的地方，房屋再多再新也不是村庄呀。

初秋天，等大河湾村一家一家的新房屋盖得差不多的时候，煤矿人给大河湾村划定最后的搬家期限。期限临近，煤矿人不再说什么，突突突开进三台推土机。村人知道这几台推土机能平整住宅房屋的土地，也能推倒住房。大河湾村原先住家的房屋是土坯屋，推土机随便碰一下，土坯屋就会倒塌散架成真正的土坯。大河湾村人很自觉，自家的土坯屋自家扒。推掉顶盖上的麦秸草，还没沤枯的麦秸草拢一堆留作烧柴；抽掉几根木房梁，这些旧房梁盖新瓦房用不上，留搬过淮河盖锅屋；土坯是一块都没留，留下也没用；墙根基上的几层砖石是宝贝，运过淮河南，摞新房屋旁边盖锅屋。大河湾村祖祖辈辈生活在这里，房屋祖祖辈辈盖了扒，扒了又盖，临终了剩下的似乎也就这几块房基上的砖石。

只几天的时辰,大河湾堤坝庄台上一溜几百家房屋卷扬着一阵一阵尘灰全倒下。煤矿人派来的几台推土机一点用场没派上。有头脑活络的人家走上前,递根烟,说出一大堆好听话,想让推土机帮着他们把深埋土下的基石基砖推出来。这些师傅心里无抓无挠的也想找事干,人动,机器吼,推土机一股股黑烟冒出来。大河湾的庄台上是沙土,推土机似乎根本没用多少气力,就深挖三尺把一些深埋的石块砖块掘出来晾晒太阳下面。大河湾村人少见这种场面,大人孩子围一窝,稀稀奇奇地瞧上几天的好景致。

俺家分四间宅基地,盖四间新瓦房,挖地基、备材料、请瓦工,一赶气忙几个月。临搬家,坛坛罐罐、破桌子、烂板凳装架子车上,半天运光蛋。要不是搬家,俺自己也不会相信,自己过大半辈日子,是任啥值钱的家当没有。看来人活这个世上,你手忙脚乱能填饱自己的一张大肚皮就算是大能耐的人啦。

搬过新家,过起新日子,政德才觉察这新日子一下遇见许多麻烦事。别的不说,单种地隔道淮河就变得不便利起来。政德种大半辈子地,养成早起下地的习惯,一时三刻怎么也放不下。清早五更天麻糊亮的时辰,政德起床,按老规矩得去家后蹲茅厕解泡大溲,接下来你就听他使劲咳一声,咳两声,咳三声。就三声,一声不多,一声不能少,像五更天鸡打鸣似的准。头声轻,二声重,三声沉,一声压一声,送出口,送出门,能传半个村。俺家左邻右舍都知政德的这毛病,也能听懂他的这毛病。政德连续三声咳,惊醒有事的左邻右舍。他们说,快点起床吧,政德三声咳都咳过啦。

政德的三声咳是左邻右舍的钟点。

解过溲,发出三声咳,政德接下的事该是摸锄、摸锨,或是摸别的什么农具下地干活了。这时候,东半天才放开鱼肚白,地里庄稼还模糊着,伸不开手干活。政德就干些可有可无的活等候着天亮。天色渐渐亮起来,庄稼从地面一团一团紧锁的浓黑里站起来。能分清庄稼间的杂草,瞧清地面的土坷垃,政德才真正放开手干起农活。赶太阳一愣一愣地升上半天空,庄稼活已被政德干掉一大截。这时候要还不见政德回家吃饭,俺就只得喊他一声了。干活忘记吃饭的人,大河湾怕难找出第二个来。俺站屋家后冲俺家庄稼地喊上两声,哎,吃——饭——哩,吃——饭——哩。不用喊名字,也不用往三声四声或更多声里喊,政德过一会准会回来家。

现如今是住新地方,去下地隔条河,大清早的不摆渡,政德想干活也去不成。不干活,他躺在床上,俺看着他心里都难受。这样的清早,政德随手拿农具,一副下地干活的式样还是照样拉开来。

俺说,你连渡船都上不去,还去哪家的地里干活呢?

政德说,俺不出去溜达溜达,心里痒得难受呀!

俺说,你出去闲溜达就闲溜达,还扛把铁锨、拎把铁锄做什么呢?

政德布满一脸的苦笑说,空两手,俺无抓无挠的还是难受呀!

政德还是带农具走出门。沿村路去河下闲溜达。出家门是一条新村路直通河岸渡口旁。这条路又近又短,可政德不愿走这条路。这么短的路,一清早溜达十个八个来回天也不会放开亮。政德随手带着农具离开村路愈绕愈远,他要把这清早的大部分时间耗费在脚下的这条路上。政德常常因着急赶路,额头缀满汗,一头热热腾腾的汽汗水。政德最后到渡口边停下来,瞧着河里飘摇的渡船。这只渡船被铁锚固定着漂在淮河里。铁锚不在岸上,被摆渡的王秃(王秃原来叫赖五,头秃后,村人连上他的姓自然叫他王秃)扔水里。这样,渡船漂离开河岸更远,不脱赤两脚蹚进河想够也够不着渡船。船上的篙和棹也被王秃卸下扛家里。过河的人只有在河边等王秃吃罢饭来。王秃自己来也得伸出长长的竹竿篙够着船,人上船才能起脱锚,摇动船。王秃这么放任渡船是防着人们乱动它。

政德站渡口旁,凉快着从河边吹过的一阵一阵风,望着河心摇晃的一浪一颠的船,慢慢地回转身往新村庄里回。这咱子政德走的才是正儿八经的渡口连通村庄的村路。这时候,村里早起的其他村人望着政德额头泅出的汗水,脚上踏湿的露水,还真的以为他下地做了一清早的农活呢。

政德清早下地呢?村人问。

嗯。政德答。

村人问得漫不经心。政德回答得含含糊糊。

这件事其他村人问问、政德答答过去也就过去了,可摆渡的王秃把这事记心里忘不掉。清早五更天,王秃听见政德的三声惊天动地的咳声后,醒来就不愿再睡下。自从王秃离开渡船回家能睡安稳觉,王秃家里的变得十分缠绵,整夜里都拱王秃怀里睡,王秃不搂她,她睡不踏实。王秃醒过来,爬起身坐床上,王秃家里的相跟也醒来。王秃家里的问王秃,你深更半夜里醒这么早做什么?

王秃不想跟他家里的说实话,可不说又不行。王秃说,俺白天听村人说政德天天清早去下地干活,莫不是偷摆俺的渡船过的河?

王秃家里的说,船的棹在俺家,船的篙在俺家,他政德怎么把渡船弄过河去呢?

王秃说,这还不容易,他政德人坐在船上,伸两只脚在河里划也能把船划过河。

王秃家里的笑说,俺跟你这么多年,从没见你光脚划过一回船。

王秃不笑。王秃说,政德是什么人?他多精明,拔根头发丝瞧瞧都是空心的,莫不是他耍弄俺的船,俺天天睡大觉,不知道?

王秃爬起床,说,俺得去河下瞧一瞧。

深秋五更天很冷,空气黏黏稠稠地染上一丝一丝的寒意。王秃没起过早,不知这时清早已冷得一颗心一揪一揪地紧。王秃就把怨气泄到政德身上。王秃牙齿颤颤抖抖地骂,政德,俺就等你偷摆俺的船呢。待一会,俺不掀你进淮河里喂鱼,俺就喊你三声亲爹。

王秃一路抖到河下,见那只摆渡船自由自在地飘摇水面上。王秃舒出一口气,他知政德的人还没有来河沿下偷摆他的船。王秃咧嘴笑笑,找处避风的所在躲起来。王秃自己对自己说,俺倒要大睁两眼瞧清楚他政德怎么来河下动俺的船。

　　王秃在避风处等候半时辰,又等候半时辰,王秃还是没见政德的人影。一些寒风绕过来找王秃,王秃缩身蹲下,两胳膊紧抱一团,上下牙齿还是一磕一碰地颤抖开。

　　天色一截一截放开亮的时候,政德朝渡口走过来。政德当然是没走真正的渡口路,身影偏离得很厉害,是抄一条河岸边的斜岔路。这天早上,政德肩上扛把铁锄,锄头不安分,一悠拉一悠地划着王秃的眼神。

　　王秃的心一缩一揪紧出一丝痛,两眼怒出两团火。王秃想得等政德脱赤脚蹚进水,他才饿虎般扑过去。王秃眼里的政德一步一步挨近渡口。可政德两只脚并没有像王秃想的那样朝渡船走过去,政德折转身走上渡口路,想回村庄里。

　　这结局王秃没想到,一时三刻头脑糊涂得似一团酱。王秃不想这么轻易放过政德,大呼小叫跑出避风处。王秃这么一呼一惊闪路上,反倒吓政德一大跳。

　　王秃问政德,你不是要过河吗?

　　政德哪能猜透王秃冻一清早的花花肠子呢。他一脸疑问地反问王秃,俺这么早过河去干什么?

　　王秃只穿一件单衣褂站在政德脸面前一筛一筛地抖。政德还是反问王秃,这么冷的天,你穿这么单薄不冷吗?

　　这天清早,王秃还能当政德面说些什么呢?他只得这么一脸晦气走回家。王秃走进屋遇见屋里的暖气,啊嚏啊嚏连连打出三个喷嚏,两串清水鼻涕从鼻洞流出来。王秃唔哝住鼻子,躺上床盖一床被、盖两床被,拢共三床被捂起睡下的身子骨。王秃吩咐他家里的说,你烧两碗姜汤俺喝下肚看可能发身汗。

王秃家里的问王秃,他政德真的偷船啦?

王秃不回答,啊嚏啊嚏又出两条清水鼻涕。

王秃连喝下他家里的递过的三大碗姜汤,催出一身汗,催湿一床被。待汗晾干,被焐干,王秃的人还像待在清早的避风处,身子骨抖抖筛筛连着被、连着床一起抖。王秃知自己是发起烧了。王秃迷迷糊糊就瞧见政德走近他,举起锄,一闪一亮地朝他头顶盖刨过来。王秃人连被滚落地面上,嘴里惊恐地叫喊说,政德杀人啦!政德杀人啦!

王秃家里的忙过来搀扶起王秃,见王秃的一张脸红通通的像个猴屁股,问王秃,你是被烧糊涂啦?

王秃张开一嘴黄牙,哈哈哈地笑起来。

王秃家里的一张脸吓得白亮起来,说,俺去请医生来家瞧一瞧。

王秃两眼笑出眼泪水,说,俺这是想着政德的事呢。让他狗日的等着瞧,看看是他杀俺,还是俺杀他。

王秃家里的还是糊涂,听不懂王秃的话,说王秃,你这还是发烧说胡话。

王秃回话说,你才是发烧说胡话呢!

这天上午,王秃拖一副病快快的身子骨走进村委会要去见跛拉。

王秃跟跛拉说,河下的渡船俺是不准备摆啦。从今个起你看该交给谁,就叫谁去俺家扛篙拿棹吧。

跛拉放下手里的活计,也放下心里的活计,一心一意地盯瞧王秃的一张脸,像是瞧见一个要饭的人,你递给他一碗大鱼大肉,他还摇头摆手不想要。

王秃知他说出这件事引动了跛拉的心。要不,他王秃也不会找上村委会的门。

王秃后面才说出政德的事。王秃说,俺天天清早去河下里都能遇见政德,他是今个早拿一把刀,明个早扛一把锄,过一天早又举一把叉。起先俺还心想政德是过渡下地干农活呢。俺就喊他上船,他装着没听见,跩过头噔噔噔猛往村里跑,像是偷庄稼怕被逮住的人。俺心里想不透这狗日的政德不过河跑什么呢?昨个夜里俺睡床上一下一上地睡不着觉,俺想政德这肯定是得了什么毛病在身上,你想想清早里你不好生地睡觉,拿刀拿锨拿叉地瞎折腾什么呢?俺一下吓出几大身冷汗,你想想清早河下连个人影都少见,他政德要是趁俺没防备砍下俺的脖梗子,有谁会知道呢?

跛拉也知道政德天天清早下地干活的事。他没想到政德只是走走过场,从没上过王秃的渡船,也就没沾大河湾土地的边。跛拉也不知道政德走这么一番过场是为着什么事。可跛拉还是把一副胸铺拍得当当响,说王秃,你说大河湾里谁个有毛病俺都信,就是他政德俺不信。他整天两眼骨骨碌碌精明得像个兔子娘,谁能说他的头脑有毛病?

王秃的话只能说到这份上,他知跟跛拉多说也没用。王秃现在身上还是一冷一冷的烧。王秃说跛拉,话俺可是跟你说透彻了,信不信由你,等到村里真有人出事的那一天怕就有点晚了。

王秃办完这件事心里松快不少,一张红扑扑的脸张扬向着太阳,笑意聚在他脸上一浪一浪地扩展开。

王秃还是没回家。王秃怎么会回家呢?王秃一颗心一跳一跳地往村人堆里走去。王秃跟村人说,政德头脑有毛病啦,你们知道还是不知道?村人摇头,摇过头才问王秃,政德的脑袋瓜是怎么啦?

王秃有板有眼说出他跟跛拉说过的话,还像煤矿饭店里炒菜似的添加一大堆作料。

村人受到启发,两眼刷啦刷啦雪亮开,回话说,看样子他政德头脑是真有毛病啦。

张三说,怪不知前些天俺家狗的一只狗腿断下来,怕是被他政德用刀砍下的?

李四说,俺有天五更闹肚子蹲茅坑,蹲着蹲着扑通有东西掉茅坑里,还溅俺一屁股的屎水汁,莫不是政德扔石头砸俺头脑没砸着?

就这样,政德头脑有毛病的事凭空被王秃搅大粪坑似的,不到半天时辰大河湾村人家家都知道。只是这事没人跟俺讲,也没人跟政德讲。村人一个个指望趿拉进俺家门,说出这件事。

村人见趿拉迟迟不进俺家门,他们沉不住气,三五成群拥进村委会。起先,趿拉还能清醒头脑,说,这件事无根无据的,你们让俺去政德家怎么个说法?

村人不放过趿拉,说,你书记要是不愿管这件事,俺们就去乡政府说这件事。

趿拉被村人缠得心烦起来,跟村人说,俺这就去政德家说这件事还不行吗?你们一窝一窝地围村委会不离,俺的脑袋都快被吵出毛病啦。

大河湾村人一颗心松开来,哈哈哈地笑出声,说趿拉,你个村书记要是去说政德他不听,赶明个俺们拿把刀把他政德的头先砍下来。

这天挨晌午的时辰,趿拉一声不吭进屋坐下身,一身劳累的神色像是干过大半天的力气活。政德跟俺两个人还是不知趿拉进俺家门为着个什么事。

趿拉喝上茶,抽上烟,调均匀气,才说出话。

趿拉问政德,现如今搬河这边住家你还是五更里起床?

趿拉接下还问,你是今早里扛把锨,明早里拿把镰,后天里又换把叉?

趿拉问话不用政德接话茬。

趿拉说,可你天天不是真的过河下地干活,是村里村外瞎转悠?

政德的一颗心被趿拉问得慌起来。政德说,俺瞎转悠是俺自己的事,你趿拉操哪一门闲心呢?

趿拉言语一下重起来,说,村人清早五更天已经睡不着觉啦。村人是一群一群围村委会里找上俺,俺才来跟你说。

政德急起来说,你趿拉得把话说清楚,俺这是惹谁啦?

趿拉说,你五更天睡觉,要是知道有人拿刀拿叉地在门口瞎转悠,你可睡得着觉?

政德咯噔话停住,他听懂趿拉话的意思了。

趿拉还说,你政德大清早陪家里的焐被窝不快活,你瞎转悠什么呢?

政德耷拉下头说,这么多年俺养成的早起习惯,不起早心里难受呀。起床不拿刀不摸叉的去门外转悠转悠更是难受呀。

趿拉说,你真该找医生瞧看瞧看,你这莫不是头脑有病啦?

政德眼一下睁多大,说趿拉,你头脑才有毛病呢!

趿拉最后跟政德说,明早里你再这么拿刀摸叉瞎转悠,俺就去乡政府派出所,让他们看看到底是你头脑有毛病,还是俺头脑有毛病。

趿拉两脚一抬走出俺家门,留下政德脸色煞拉白地待在屋子里。

这一刻,俺也疑乎乎觉得政德莫不是头脑真有毛病啦。

隔天五更天,政德还是按时起床,吭吭吭猛咳三声,去家后茅坑卸完肚里的尿、屎、屁。政德转回头摸把铁锨还要走出房屋门,俺一骨碌爬起来拦他说,你还准备村里村外瞎转悠,说不定他趿拉带着人带着绳正藏门外的什么地点候着你呢。你真的想尝尝蹲大牢的滋味吗?

政德还是一头硬,冲俺吼叫,你说俺犯谁家的王法啦?

俺说,你去乡里的派出所问他们,他们肯定能说清楚。

政德缓下脚步,两只脚别扭着劲,不愿扭头回屋里。俺站院里拦着院门,一阵一阵地冷,生怕撤回身,他政德还是往处溜。政德呈现一脸的傻相在院里左转三圈右转三圈,一圈又一圈地转。政德最后还是扔下手里的铁锨和头脑的瞎想法,回屋里。俺松出一口气,看来政德的头脑还是清醒着。

转眼又是个五更天,政德眼是醒过来,可身子骨像没睡醒似的赖床上。他这个清早没离开床,没上家后茅厕,那三声咳憋肚里也没出来。末后,政德坐床上一支烟连一支烟,咊咊啦啦抽了一个清早又一个清早。

天气一天寒冷一天。真正寒冷的冬天里,政德操持着要在地头边盖一间茅草庵。政德前后忙乎十来天,一个崭新又破旧的茅草庵盖在寒风里。这一天,政德拾掇个棉被卷,还带上锄、带上镰、带上叉等一些农具离开家,住进茅草庵。

政德雪天住进茅草庵干什么呢?还是为着清早里干农活的习惯。政德说,俺一个人住进草庵里,清早里要起多早起多早,爱拿什么农具拿什么农具,想做什么农活做什么农活,看大河湾村人谁个还想管着俺。

俗话说,嫁鸡随鸡、嫁狗随狗。做个女人家不跟着自己的男人,跟谁呢?这天夜里,俺也相跟政德住进茅草庵。夜晚躺进麦草铺就的地铺上,还真暖和呀。一阵一阵的寒风像一群野狼似的盘旋茅草庵的四周,呜呀呜呀地吼叫,也不能闯进茅草庵。这一夜,俺跟政德两人睡得呼声不断。这真是叫个踏实呀!

第三章 贩　　炭

11. 春天里发生的说媒事

又一年春天到来的时候，一些躲过冬天的麻雀也同春天一道归来了。

这些麻雀还是老大河湾村土坯房檐下养过的麻雀，它们年前秋天追赶大河湾村民一道过了淮河寻找旧时的主人。只是大河湾村人有了新家，这些麻雀一时三刻还不知在哪里垒窝做巢。再说深秋的季节也不是麻雀做窝的时辰呀，这些麻雀秋天至冬天、冬天又至春天一直过着没有家的生活。白天里，麻雀一群一群盘旋在村庄的上空。夜晚里，没人知道它们在哪里过夜。雪天里，村人睡被窝里还能试着一丝一丝的寒气钻进来，这些麻雀会在哪里呢？

春雪融化，春寒退减，村人觉察这些躲藏寒冷再次归来的麻雀少了很多。麻雀是冻死了，还是流落他乡不愿回归了呢？这终究是麻雀的事，人是无法知晓的。这时，麻雀来的正是季节，它们找到一处新地方，就忙着衔草开始垒窝筑巢。

这年，真正春暖花开时节回头筑窝育子的还有燕子。燕子与麻雀不同，去年深秋闻见一丝拆迁动静便早早回归南方去。现在回头的燕子像个闲冬回娘家省亲的媳妇，回头就是接着过新一年的日子。飞进俺家门的两只燕子还是旧年俺家房梁上的两只家燕。燕子回来的那几天,是满村飞旋。新地场、新房屋,它们一时半刻还不习惯。这些燕子白肚黑背,一黑一白地翻飞淮河两岸,一小会盘旋旧村庄的地方,一小会盘旋新村庄的地方。新村庄不似旧村庄,燕子的头脑怎么能想透这么多事情呢?这两只燕子飞进家门又飞出家门,好多天才敢落蹲房梁上。

燕子的长相、叫声,人是很难分出差别的。不知怎么的,俺还是从这两只燕子飞动的姿势、啼鸣的叫声里,肯定它们就是俺家原先的两只家燕。

燕子做窝的泥是水塘边的湿泥,它们知湿泥还得有点草木筋骨才能垒得住。两只燕子衔泥很快,两天的时辰半个月牙形状的窝就垒一半。新房屋的房梁光滑,还刷一层桐油,垒一半的燕子窝支撑不住扑通掉地上。幸亏当时有一只燕子在修整窝巢,知道是怎么一回事,要不它们会不客气地翻过脸叽叽喳喳骂半天人。

政德架把梯爬上房梁,钉两根钉,拦上几根绳,燕子再衔泥,有这些绳拦固着,泥窝想掉也掉不下了。

房梁上燕窝垒齐的时辰,房檐下的麻雀窝也该收尾了。这样的天是它们配对的好时辰。燕子是怎样配对的,俺是从没瞧见过。它们也许把这事放在黑夜里,还偷偷摸摸地避着人。麻雀不一样,它们总要挑选阳光鲜亮的天,不避阳光,不避春风,不避行人,在屋房顶、在树枝上,欢欢乐乐地配对,叽叽喳喳欢叫着,一个世间都知道。俺察觉懒瓜长成了大男人也是这样的天。

这些天农活紧,俺家三个干活的人出三张锄,想趁小麦拔节前把地里的杂草清干净。这天,俺跟政德临出家门下地里,懒瓜也准备出家门。到地里,俺跟政德干个把时辰的活,懒瓜的人影还没露出来。政德的火就从嘴里燃出来,说,这样的忙天他还赖家里睡懒觉,你说这赶明个还得了吗?政德心里的火从嘴里一时两时的燃不尽,扔下锄要回家亲手整治懒瓜的懒骨肉。俺就按住政德的火,说,还是俺回家里看看是怎么一回事,说不定懒瓜是头痛发烧,正在家里床上哼哼叽叽叫着呢。政德也知俺是替懒瓜说好话。政德说,他要是真哼哼叽叽躺床上,你就脱下鞋底照他屁股捶一顿,保准什么毛病都没有了。

俺就这么扔下地里的活回家找懒瓜。懒瓜没睡懒觉,人站在家院里的平地上,歪斜一颗头,正有滋有味地瞧看房屋顶的麻雀配对呢。屋顶上两只麻雀,当然是一只公、一只母。母麻雀不动,公麻雀叽叽喳喳唱着歌,跳着舞,一下一下往母麻雀身上爬,一副天不怕地不怕的模样。你说这两只麻雀怎么能这样把自己的羞事张扬得天地都知呢?

俺的心是咯噔一响,俺知道懒瓜疑疑乎乎地开始知晓男女之间的事情了。俺没惊动两只麻雀,也没惊动懒瓜,俺是一个人从地里回家,没进家,又一个人悄悄地退回麦地里。

这天夜里,俺跟政德两人合计着该给懒瓜说门亲事了。政德说,你哪天遇见三姑跟她先招呼一声吧。

三姑是大河湾村的媒人,不光是管着大河湾村姑娘、小伙子的说媒事,她眼界还放得很开,方圆几十里地淮河两岸一溜村庄里的姑娘、小伙子都是她家菜园里点种的南瓜,哪个俊哪个丑,哪个嫩哪个熟,夜晚睡床上扳手指头数一数,心里一清二楚。周围村庄有不少姑娘、小伙子也确实是经她牵的手才走到一块成夫妻,睡觉、吃饭、生孩子、过日子的。三姑做媒还有一样脾气,男家或女家不去求上她的门,哪怕菜园的这些南瓜熟得发红发紫,她手指头是连伸都不愿伸一下的。

三姑与俺家村东村西相隔半里地,俺清早、晚上一连敲她家三趟门,也没见三姑的人影子。三姑是有儿有女还有孙的人,却喜欢单门独过,一张嘴一年四季多是插别人家的饭锅里。三姑的一张人影附地面上飘往哪村哪庄哪户人家,谁能知道呢?不想这天俺在地头里遇见她。

三姑还是旧打扮,头上戴顶黑紫绒帽,上身穿蓝斯令大襟褂,下身穿黑紫贡泥大裆裤,脚脖子是黑丝带扎裤腿,脚穿白底黑帮小脚鞋。最招人眼的是大襟褂扣纽上系着条白手绢。一双小脚捣着捣着走动路,腰身扭,白手绢也相跟摇。三姑一年四季这么一副打扮,这么一副举止,淮河一溜村庄到哪里人家都认得她。这是晌午饭后的时辰,也是春天太阳最暖人的时辰,三姑一路扭过来,暖得她气是一口紧一口地往外喘。俺迎脸走过去招呼,三姑,今晌午在谁家吃媒人酒哩?

三姑停下脚,撩腰间的羊肚手绢抹拉抹拉额头的汗说,赵家岗老秃头家的小秃头。

俺说,老秃头的儿子小秃头不是成过亲了吗?

三姑说,可不是。小秃头光棍一下光棍过三十岁,把老秃头急得头上连秃癣都不长了。他找上俺的门,半月后,俺把个雪白干净的媳妇领进他家门,翻过年生了个孙子。老秃头跟小秃头乐得请俺去,吃三天喝三天才放俺回来家。

俺说,怪不得连着三天上你家,门都锁着不见你的人影子。

三姑说,莫不是想让俺为懒瓜操操心?

俺说,懒瓜翻过年虚岁二十一,还能算小吗?

三姑说,你就坐家里候着吧,看俺不领个天仙都不进你家的门,保准有孙子烦你的那一天。

就这样,俺跟三姑搭上话茬子。俺想也许不出十天八天的时辰,三姑就会敲响俺家的门。这不是说三姑真有什么大本事,随便动动嘴皮子就能把个姑娘塞进懒瓜的被窝里。三姑整天东家西家奔忙还不就落个嘴油肚皮圆嘛。三姑进你家吃过十顿八顿饭,能说出一个姑娘的名字算是快的啦。

不想俺候三姑候过一个月,天气刺溜滑进热夏里,三姑还是没照俺家的门槛面。看来,三姑早把替懒瓜做媒的事忘得一干二净。

俺再次去三姑家是晚上。打野食的人都是白天在外面,夜里才归家。三姑这晚黑果真在家,脸面前看盆热水烫洗脚。三姑见俺面当然是知为个什么事。三姑说,你家是个什么样的家庭,懒瓜是个什么样的孩子,什么样的姑娘配进你家门,三姑俺心里明镜样的清楚。不是面赛一朵花、腰身如柳条的姑娘,俺也不敢往你门上领呀!

俺明白三姑手上这些天没有一张合适的牌。

三姑弄出半屋的水雾气,说,别人的脚脖子是越跑越细,俺呢是越跑越粗。什么理呢? 肿。俺的一双脚来家不伸热水里瘆瘆,木胀胀的疼,夜里睡不安稳觉。

三姑捞出水盆里的一只脚脖子,搭手一按现出一个肉窝坑。俺知这些天三姑两腿不歇闲,是没顾得上往俺家去。俺就夸三姑了不得,说这些天赶足气怕是跑过不少人家,牵成不少媒事。

三姑说,俺琢磨人跟猪、跟狗、跟羊还有麻雀、燕子没什么两样,春天一到就要发情、配对、生子,流传下一代。一年里数这些天媒好做,小伙子一个个眼睛邪邪地看着姑娘,恨不能这咱脱下裤子成好事;姑娘呢也是一个个眼睛不打弯地直盯小伙子,恨不能这咱就跟人家上床还嫌晚。

接着三姑才把话往懒瓜身上岔,说,你回家跟懒瓜说,再耐心地等三天五日的,俺保准把个天仙似的姑娘领过去。

俺说,三姑,没有姑娘领着上门,就不许你去俺家吃顿饭啦?

三姑媒婆一辈子练就一副巧嘴,舌头一滚一嘟噜话,水分自然多。没想这一天三姑真要领上个姑娘进俺家门。

三姑一副火烧火燎的急样子,哗啦撞开俺家门,说,懒瓜娘,你赶紧拾掇拾掇家,拾掇拾掇懒瓜的头脸,明个早就有姑娘愿意上你家门相亲。

俺问三姑,姑娘是哪庄哪家的? 面相长得什么样? 身材有多高?

三姑说,看把你急成什么样,明早姑娘进门你自己问问不什么都知道了。

三姑说完这话还是一副急样子,连晌午饭都不愿在俺家吃,说张家拐的张千刀儿子定亲,晌午还候着呢。

三姑抬脚往门外走,俺心悬悬乎乎的不知事是真还是假。俺跟三姑说,俺明早就在家里候着啦。

隔天早,家里收拾得干干净净,几件平常不穿的衣裳从箱底捞出来见见太阳光,套在家人身上。一家三口人身上穿得光亮,坐家里干等候。政德也不相信懒瓜相亲的事会这么快落实下。政德说,莫不是三姑头脑的哪根筋出毛病,随便说说吧?

俺心里扑通扑通乱跳没有底,不好回政德的话。

一套藏青色裤褂穿懒瓜身上,懒瓜像是穿上副盔甲,走路举止浑身不自在,又加上懒瓜要见姑娘还没见上面,一时三刻拿捏出一头汗。

俺瞧不上懒瓜这么没出息的样,说,姑娘的影子没见个黑的红的呢,你就紧张成这个样。过会人家姑娘真要是进俺家门,你的脖梗子还不鳖头一样地缩进肚子里?

不一会,还真有个姑娘被三姑领着走进俺家门。这姑娘模样出落得好,身段长得匀称,两眼忽闪忽闪落地上直打旋。俺怎么瞧她都不像个懒瓜能配上的姑娘。三姑说,这姑娘是春天生的,名叫闹春。说闹春三岁时死了娘,她大(爸)又娶房后娘,后娘厉害,现如今闹春都长成大人了,还动不动又打又骂的。

三姑说,闹春说她不求婆家有金山、有银山,只求人家厚道待她好,公婆疼男人爱就心满意足了。

这姑娘坐门边的条凳上,眼睛活溜溜地挨个人瞧着,一副挺大方的样。相比较,懒瓜像个刚钻出地洞的老鼠,缩头缩脑的,连姑娘长得是个什么模样都不敢正眼瞧一下。

姑娘站起身,喊上一声政德大伯,喊上俺一句大妈,声调嫩嫩的、甜甜的,像涂抹一嘴的蜜。这姑娘喊过俺跟政德两个人才说,俺想跟懒瓜单独说会话。

俺跟政德两人心悬空吊起,是怕懒瓜说话有闪失,可想拦这事又不知话该怎么说。三姑是个场面经验多的人，眼角纹一皱一皱地笑。三姑把条大腿拍得啪啪响，说，这样好，你俩有什么话当面说清楚，省得赶明个有误会赖俺媒人遮盖着什么事。反过来说，你俩自己没意见，谁阻拦这事也没用。这都是哪个年月里啦，俺这做媒人的还能像过去大包大揽着？

这姑娘就站起身来带头往里屋去。懒瓜一张脸大红过又大紫，两腿软拉拉地不动身。三姑催懒瓜，你还是男人呢，难道让人家姑娘捞住你的一只手往屋里拽？懒瓜人站起，一步千斤重地才相跟走进里屋。门吱呀呀、吱呀呀慢悠悠地喊叫一阵又一阵，还是没关严。姑娘会跟懒瓜说些什么话呢？

俺、政德，还有三姑三个人坐堂屋里，耳朵一歪一斜伸出多长，内屋是什么响声也听不见，像屋里关着两个不会说话的哑巴人。相隔一小会，叮叮咚咚，屋里总算有点响声，接下是姑娘走出来。姑娘跟三姑说，俺想回家了。三姑一下慌张起来，说，吃罢晌午饭再走也不迟。姑娘说，俺回家里还有点别的事。

俺心想，人家姑娘不愿意跟懒瓜说话，这是没瞧上懒瓜的人。

三姑送这姑娘离开俺家房门一大截，两人站住脚说出一气话。

三姑重新回过头，脚还没进门，一张脸垒满一大堆的笑，说人家姑娘同意啦。

俺还是不相信三姑的话，说，这门亲事这么容易就成啦？

三姑问，懒瓜呢？你问问他自个还不清楚了吗？

懒瓜这咱子还独自待里屋，俺喊他三四遍，他才走出门。

俺问懒瓜，姑娘跟你说她同意啦？

懒瓜摇头，说，她没说。

俺还问懒瓜，姑娘说她不同意啦？

懒瓜还是摇头，说，她没说。

俺有点生气，再次问懒瓜，你跟人家姑娘关屋里边真一句话没说？

懒瓜还是摇头说,什么话也没说。

俺说懒瓜,你是男人,人家是女人,你不主动寻话茬找人家说话,还能候人家姑娘寻话茬找你说?

懒瓜说,俺一进屋里,她就拿眼死死地看着俺,盯瞧得俺头抬不起,哪还有话说出口。

懒瓜是一副要哭不哭的神态,俺跟政德两人都哈哈笑起来。政德说懒瓜,你个男人家还怕人家姑娘看你几眼,听听你有多大的出息吧。

三姑说,没搭腔是没搭腔,人家姑娘答应是人家姑娘答应,这是两码事。赶明个娶过门两人夜夜睡一个床上,还怕没机会说悄悄话?

接着,三姑说上正题,人家姑娘说啦,你们家要是没意见,明个早上就上煤矿商店买几套衣裳算是扎根定亲布,再候些日子,选个好日期去她家当她老子、后娘面说一声。她老子、后娘要是同意,两家人就欢欢喜喜把亲事办了。要是万一不同意,她也会自己走进你家门。

俺跟政德两个人自然是喜欢得不得了,说,三姑,你看着明天早上安排哪些人去煤矿上办这件事,晌午里看样子得在煤矿饭店里吃酒席啦。

三姑说,你家的这媳妇算是打着灯笼找准啦,她说反正明个里她娘家没人跟着上煤矿,这边呢也就没必要一大嘟噜人跟着上煤矿,晌午里更没必要在煤矿上摆酒席。她说懒瓜随便揣点钱随便买几件衣裳,算是把亲定下来。晌午里两人早早回头在家里吃。

俺被三姑一番话说得飘飘的,像是路上跌一跤拾到一沓钱,只是不知这钱是真的还是假的。

三姑见俺疑乎乎的,说,你还有工夫愣呆神,也不怕刮风把这么好的事吹跑掉了?

隔天早,懒瓜按相约的时辰带上钱去约定的地点会那姑娘,两人再去煤矿上的大商店买衣裳。这衣服叫扎根布,女方收下扎根布,这门亲事便算是定下了。

家里边,俺跟政德两个人忙着晌午饭。政德赶集买回肉,买回鱼,买回酒,还配着别的花样,满满一大竹篮提回家。俺家里烧呀洗的一样一样准备开。这个晌午最重要的客人是媒人三姑。媒一说到这份上,三姑的嘴不使足劲地张开吃上几顿饭,还候着什么时辰呢?三姑的人不用俺家再去请,是早早地进俺家候着晌午饭。三姑说,晌午吃好吃孬是事小,俺是担心懒瓜去煤矿买衣裳买不好。真要是见他俩欢欢乐乐地回头,俺的一颗心也就放下啦。

三姑还说,俺做过大半辈子的媒人,还就算你家操心最少。前天早,这姑娘自个摸上俺的门,哭哭泣泣的好伤心,说是再不愿意受后娘的气啦,跪下求俺替她寻门婆家嫁出去。你说这么排场的姑娘不留给你家还能给谁家?

天挨近晌午的时辰,懒瓜先回来了。懒瓜哭丧一张脸,俺瞧见心里是咯噔一响,莫不是两个人买东西吵架啦?三姑更是惊得一颗心乱闪晃。三姑问懒瓜,闹春她人呢?

懒瓜回话说,还没回来呢。

三姑还问,你两人没一块回?

懒瓜说,俺俩本来就不可能一块回。她说她去庄边柳林里解泡溲,可俺怎么候也候不见她了。

三姑问懒瓜,这是你俩从煤矿回头的时辰?

懒瓜说,是清早临上煤矿。

俺的心忽地一闪晃又一闪晃,问懒瓜,你真是没跟闹春一块上煤矿?

懒瓜点头。

俺还问懒瓜,你手上的钱给了她?

懒瓜还是点头。

三姑像是明白怎么回事了,说,谅她也不敢骗你家。过晌午她还不回个话,下午里俺就去她家拉牛、赶猪、抄她的家。

懒瓜这才知道是受了闹春的骗,嘴角撇拉开哇啦哇啦哭起来。

俺自己生下这么个没出息的儿子,俺能说什么呢?

隔天里,三姑就查清了这姑娘的事。这姑娘确实是张家拐张歪嘴的闺女,她的娘也确实是后娘,是个心狠手辣的女人。只是闹春近两年离开家,去了个南方大城市,不知做些个什么事,挣不少钱,穿呀戴呀都是一身的珠光宝气。年跟底回来家,以找婆家为名已骗了好几家人的钱财。那几家男人有摸过闹春屁股的,有摸过闹春奶头的,还有跟闹春睡过觉的,只是懒瓜花了冤枉钱连人家闹春的手都没摸一摸,你说亏不亏呀?

这么忙乎好多天,懒瓜的亲事没做成,还白白扔掉不少钱。

12. 俺家买了一条船

这年夏天,俺家买了一条船。

政德先前没想到要买条船贩炭做生意。懒瓜定亲没定上,还挨了人家姑娘骗,政德像是没有一张脸在大河湾待下去。家里剩下的钱全被政德揣口袋里,沿淮河往上游黑着两眼乱跑。十天半个月的光景,政德把一条船顺淮河摇回来。政德回家喊俺跟懒瓜去看船,他一脸喜色也染得俺们像是塞了满嘴的糖。船单桅,两丈来长,能装五吨的样子。只是这船担着个虚名,太破、太旧像条随便扔到淮河里没人要的船。空落落的船舱里到处是水,到处是泥。水是河水,泥是河泥。河泥是长淮河岸边的油泥,被政德捧上船塞进漏水的船板缝堵水。河泥毕竟是不能全部堵住缝,河水仍往里渗,压着船很是吃力行不动,靠一根铁皮筒把水往外抽。俺瞧见这么一只花钱买回的船,不知怎的心里的酸气一蹿一蹿往上涌,两眼一眨一眨地流出泪水来。俺空两手一口气跑回家。剩下政德、懒瓜两人把零碎的棹、篙、桅棚、缆绳之类的东西搬回家。政德清理完船才回家跟俺说道理。

他说,俺也想买条新船,黄亮亮得像个现出炉的烧饼。可钱呢?

他说,船家有句行话,破船是用破的,好船是修好的。这船不兴俺家花力气把它修好吗?

这么破的一只船怎么修它呢?

那时候正值酷热夏天,政德整天跟船一道泡在淮河里,手里拿块刀石挨排排打磨船帮沤烂的朽木。船帮的朽木被河水泡得发黑,刀石打磨上,它们哗啦啦掉河水里流走,留下的木肉渐渐泛出一片水白。政德水里泡十来天,船头船尾打磨光这些黑朽木,这条船脱胎换骨变成另外一个样。趁个大晴天,找几个村人帮忙,把船拖上岸,翻个底朝天,架放在前后两道土墙上,这只船就像一只巨人的鞋晒在太阳下。船有两道土墙架空起来,政德能爬到底朝天的船底上,也能钻进脸朝下的船舱里。修船的第二道工序是手持铁凿剔出木缝里的粘灰、老枯木。船晾大太阳下,晒一天、晒两天,一气晒过十来天。这些天,政德叮叮咚咚的锤声凿声,剔尽了木缝的杂碎,船干得赛面锣,敲起来当当当地响。这时候,政德又重新和粘灰,挨排排堵上剔空的木缝,再用锤敲打铁凿一点点硬塞进。和粘灰是俺跟懒瓜两人做的,很费事。生石灰浇水变成熟石灰,晒干成粉,再和面一般加桐油搅拌匀溜,最主要的是要加进火麻丝。和粘灰不是用手揣,是用斧头,一点一点砍,砍碎掺进桐油、石灰粉里的火麻丝。这样和出的粘灰才能渍住船木缝,不漏水。

修船的最后一道工序是刷桐油。一块干净的白布蘸桐油前后抹上一层,干透再抹一层,干透又抹一层,一共抹三遍。

这样,一条黄亮亮的、浑身透出油气的船就修好了。一家人前前后后忙乎个把月。

船家有船家的规矩,修好的船不能随便下水,择选个黄道吉日,杀只大红公鸡绕船转三圈,船上船下滴几滴鸡血,还炸响一挂炮仗,这只船才在人手下往河里挪去。这只船重新漂在淮河的水面上,还真像只巨型金元宝,黄亮亮耀在阳光里。

望着这么一只船,俺心里自然欢欣。政德更是气色灿烂得开出一朵花。政德跟俺说,当年杨三姐下扬州说不定坐的就是这种船,赶明个俺也带你下扬州风光风光。政德脚踩船帮摇摇晃晃走上船,还随口唱出一段淮河流域的民间小调"拉魂腔":

　　小姐姐你可愿意跟俺走,
　　大哥哥俺带你下扬州。
　　两岸的风光呀随船后,
　　哥哥嘛爱你在心头。

修好船,政德接下就操持从煤矿买煤做运煤生意。

买家,是政德事先联系妥当的,地点在淮河下游三百多里水路的地方。那里的人家祖祖辈辈烧制黄泥瓦盆。这种黄泥盆的泥就取自淮河边的油泥。这些村庄烧盆的窑场也就挨近淮河的空地场上,取泥便当,取水也便当。

俺看家,行船靠政德跟懒瓜两人。两人行船力气弱是弱了点。俗话说,走比坐强。顺风扯帆快,停风撑篙摇棹慢,逆风船行不动,两人就把船靠避风处,待能行船才起锚。

三百多里的水路不算远,走走停停,来回顺当也得个把月。一趟归来算个账,除尽油盐花销钱,能落下百八十块钱的利钱也就不错了。

政德不识字,懒瓜也不识字。这生意粗做可以,细做就不行了。一船煤炭五六吨,一家两家窑主买不完,还有那些集镇上的铁匠铺、豆腐坊一次才买百八十斤的。赊赊欠欠自然容易出差错。懒瓜头脑空空的光管出力气干活,这些账都塞政德一个人的头脑里。睡到半夜里,政德才陡然清醒出白天卖煤的哪笔账错了。买卖讲的是个信字,时过境迁哪还有再找人家的道理呢?就算回头找人家,伤了和气,人家也不一定认账呀。窝差(差错)的钱少,政德被窝翻几个身就算了。窝差的钱多,政德后半夜还能睡觉吗?政德淮河里运炭,挣着钱,也挣着气。

后来,政德就有了个记账的小本子。

阿拉伯数字,政德还是会写的。可只会写"1、2、3"的政德又怎么记明白账呢?这个账本是个黑皮本,里面画满地图似的东西。弯弯曲曲的一条淮河,被政德画成一条曲扭拐弯的长蛇形状。蛇两边长一座一座坟堆,是烧瓦盆的窑。窑上标记着号。这号又跟张三、李四的人家相联系。如王家窑上的账没结清该(欠)五十块钱,那座代表王家窑的跟前就有"50"的字样。一船账压一船账,时辰长久了,张家窑、李家窑的位置记清楚了,谁谁家还欠多少钱,政德翻翻账本就清楚了。当然,这账上的图、图上的数,只他一人能瞧得懂。他翻开黑皮本当着俺的面连讲带比画,俺也能看懂听懂了。可这黑本的事,瓦盆窑上的人不知道也没见过。一笔账过去几个月,政德还能一分不差地记清楚,瓦盆窑上的人都奇怪,说政德大字不识一个,可账能清楚得像个神仙,你说奇怪不奇怪。

政德有了这账本,记账方便多了,可他还不甘心,嫌算账不便当,一颗心像半天空中的月亮越起越高。一天,他去煤矿买炭顺便买回一个算盘。你说你政德花钱买这东西做什么?不想,政德乐滋滋地跟俺说,是留他自己算账使唤的。大河湾村这么多年来,除村里的会计正田手指拨拉算盘噼里啪啦一阵风一阵雨地响,有几家有算盘,又有几人能拨动算盘珠呢?政德说,他早年学过"一上一,三下五除二"的加法口诀,只是时辰长,手指有点荒疏。可那口诀像儿歌一般仍背得滚瓜烂熟。

这天晚上,政德突然变得像个孩子,从邻居家找过二俣,要跟他比试一番。二俣书念过不少年,可算盘珠拨不动,说是学校里没学过。这一点很使政德荣耀一番。政德说二俣,你使笔,俺使算盘,看谁算得又对又快。二佴掏出笔跟纸,政德两眼紧盯算盘珠,还真有几分赛前的紧张样子。这报数的事自然落在俺头上。初试算盘,政德的手指略显笨重,不听使唤,常把那不该拨的算盘珠也拨动。俺报出的一组数,政德是拨得一塌糊涂。政德的一个算盘还是算不过二佴的一杆笔。政德的一张脸有点挂不住色,他怪俺报得快,说,不算不算,重来一遍。哗哗啦啦算盘珠被政德拨得上下归档就位后,还是算不过二佴。政德说,这回还是不能算数,俺是心里明白,可手指就是不听俺的话。

这夜,俺跟懒瓜都睡下,政德还在跟算盘珠较劲。雨滴落石一般时紧时密的算盘声荡过来流过去,俺能感觉到政德的手指与算盘珠都顺畅许多。

不管怎么说,有黑皮本跟算盘两样帮政德的忙,差错是明显少了。夜里政德能睡安稳觉的时辰也就多了。

天挨近腊月,窑家黄盆坯成不了型,干不了坯,一家一家都歇下来。俺家运煤相跟也停下了。最末一趟船回头还装半船黄盆带回来。半年里,哪家窑欠多少煤钱,此时都归拢成一摞一摞黄盆,装到船上。按淮河两岸的风俗,窑家也不愿意欠账过年。物、钱两清,窑主心亮,政德也喜色。

年底的这些天,俺家要干的事便是去赶集卖船舱里的黄盆。黄盆一套大中小三个,外加零星的瓦罐,叮叮当当,每早拉满架子车实着去赶集,晌午后空出架子车才下集。拉架车赶集,有时政德跟懒瓜去,有时俺跟政德两人去。年关的集市热闹,吃的喝的也多,晌午里就在集市上汤汤水水吃饱才回头。这一年数这段日子过得最顺溜。活不重,还挨天见钱往口袋里塞。

俺家的这种日子过了两年。这年过罢年,进了春,俺心想政德又该拾掇船准备运煤了。不想政德先松下这件事,说,懒瓜翻过年虚岁二十三啦,俺看得先把他的婚完了。

懒瓜的亲事是上年里秋天做成的,还是三姑做的媒,按说再搁个年把不算迟。

政德说,这世上有些事能推、能拖,有些事还是紧些好。政德说,耽误一年就是孙子小一岁呀。

俺笑说,媳妇还没娶进门就想孙子啦?

政德说,这不是正准备娶过门吗!

俺说,懒瓜娶过亲就得你一人行船,总不能扔下新媳妇再去跟船吧?

政德说,这事俺已虑料好,俺跟姓马的合伙干。

马姓人也是个使船的,也淮河里上上下下运煤炭,他就是政德卖煤那地方人。两人合伙干生意的意思还是年内姓马的人提出的,他是图俺家靠近煤矿好买煤。姓马的人也摆出他的便利处,说他是当地人,好要账。马姓人来过俺家,五十上下的岁数,两眼咕里咕噜转个不停,一看就是个精明人。俺心里觉得跟这种人合伙不踏实。俺跟政德说,姓马的人说出话轻飘飘的,一副假里假气的样子。俺心里担心也有点怕。政德说,你个女人家是没有见过场面的人,那地方一溜十几个村庄,谁见姓马的不像招呼亲老子似的热热乎乎的?生意场上的人谁个不心转得乱闪晃?

开春天,忙过娶媳妇,一忙忙进夏天里。这期间俺家船运煤没停,都是姓马的人一个人张罗。只是空船回头来,政德操持去煤矿买煤下煤,其余的都交给姓马的。姓马的人像是个干儿子,整天见政德跟俺一脸讨好人的相。姓马的船也不大,两船合装去的煤炭,原先的那几家烧盆的窑主用不完,就改卖临近的砖窑上。姓马的是个常做生意的人,生意场上的事见得多,懂得透。每回空船回头来,买多少卖多少欠多少,跟政德说一遍。政德的头脑一晕乎一晕乎也像干老子,十分放心,说姓马的人,俺俩谁跟谁,只要你账清楚还不就是俺清楚啦。夜晚里,政德摊开黑皮本,算盘噼里啪啦响一阵又一阵。政德把姓马的人跟他说出的账一笔一笔记下来。这生意毕竟是两人合伙做的呀。

赶忙清家里的事，政德的两只手、两只脚一下就插进生意里。两人合运，生意大，活路紧。政德船上船下整天不歇闲。他失去先前那份悠闲劲，一颗心也贪多贪大起来。回家，政德搬出算盘，一阵风雨响声后，合上黑皮本对俺说，这趟赚多少多少钱，合起来又是多少多少钱。黑夜里俺能瞧见他满眼满脸都是金光。俺说，你打春上跟姓马的人合伙干生意，俺可没见你手里的一分钱。政德答话，说窑场上占着呢，还能让大风刮跑啦？

转眼年关又至，政德跟姓马的人又运两船煤炭走。临开船，政德跟俺说，那边鸡呀肉呀的便宜，俺从那边带年货。政德说，今年钱赚得多，还娶回一房新媳妇，要安安乐乐过个肥年。政德还说，这趟去那边要要账、算算账，早早回。

不想至腊月二十三小年这天，政德还是没回头。开头，俺自己还能劝自己，说年底账难要，又是两家合伙干生意，账更难算。又挨下几天，俺失去一份静，急起来，这两年贩煤，从没去这么久过。眼见到年底腊月二十八，政德还没回来。俺一天数趟去淮河边，酸着两眼盯瞧来往的船只。这中间俺只得分派懒瓜去集市买年货。俺埋怨政德，你不过年，也不顾及老婆孩子啦。其实俺的心底里是为政德担一份心。

政德是年三十清早才赶回头，他黑瘦的脸缀双红肿的眼，显然是日夜兼程赶路的缘故。船空着，年货是丁点没办。俺说，候你买年货过年，怕正月十五也赶不上。政德嘿嘿笑上两声，说，俺就知你操办妥。

政德的话语躲躲闪闪的，俺心里疑乎他还有什么事没说出口。做个女人家，男人心里憋着什么话不想往外吐，你千万莫硬往外掏。男人想憋着话自有他憋着的理由，憋够了他自然会自己往外吐。政德倒头一片昏天暗地地睡下。这年噼里啪啦燃一挂炮仗也就这么过来了。不管怎么说，这年比往年还是热闹不少。

转过年，政德跟俺说，他准备把船卖掉不贩煤了。俺不知缘由，说,船好好的卖它干什么呢?政德开头还是不想跟俺说理由,他绕开弯子说,家里人手少,又是地又是生意顾不过来。俺说,你不是跟姓马的人合伙干吗?政德长长地叹口气,说,莫提他了,那是个江湖骗子。俺陡然明白政德年内是遇见了什么事。

原来,年内那边的账早要清了,算不清的是他跟姓马的两人之间的账。钱捏在姓马的人手心里,他说两人平摊钱不合适。姓马的船大,俺家的船小,可事先讲好的是赚是赔都两家平摊。姓马的人还摆出一副可怜相,说,年前他娘住院一下花去不少钱,还有老丈人死,他出棺材钱什么的又花不少钱……政德不想接话茬往下听,摇摆手说,依你的心思,俺两家按船的吨位分钱?姓马的人识字,一笔一笔,他记得满满一大本。哪趟赚多少钱,抽出买炭多少钱,一笔一笔上面都有。表面上,姓马的人很公允,政德翻开黑皮本对不上账。姓马的人只知政德不识字,没想他也记有一本账。他的一张脸一下黑下来。政德摊开黑皮本一笔一笔地对着姓马的账。差错的地点,政德指给姓马的人看。这黑皮本上的账,政德自己懂。姓马的人瞧见黑皮本上乱涂乱画的跟天书似的,一颗贼心安稳下,换出笑笑的一张脸说,俺这账本一笔笔横竖都清楚,经公家断案俺也不怕。你那账呢你自己都不清楚,谁信你的?趁早撕烂扔淮河里吧,免得瞧见它惹气生。姓马的人一下从干儿子变成干老子。政德盯瞧姓马的人一张皮笑肉不笑的脸,怎么也跟先前的那个姓马的人对不上号。那地盘是人家的,又值年关欺得一天近一天,政德不忍也得忍下呀。

两人的账不算清也算清了,姓马的人口袋塞满钱,摇船走开了。政德躺在船上只身睡了两天两夜。这辈子,他哪受过这种窝囊气?眼见大年晃近,家里老婆孩子还等着自己。政德窝一肚子气无白无黑摇着空船往回赶。候过罢年,政德才把这些糟心的事吐出来。俺个女人家能说些什么呢?俺劝政德说,古人说,吃亏是福,你就权当认清了个朋友,下回精点心,瞧准了人。

政德说卖船是真的卖掉船。卖船比买船没折钱,还尽落几年用。

政德卖掉船不做煤炭生意,一颗心空出来,一双手也空出来。空出来的一双手没事干,一下长满疮。这种疮有点怪,说疮不像疮,说癣不像癣,一块挨一块,圆鼓棱棱的,奇痒,结痂。痂块发白,四周一道黑圈,像是孩子拿细黑笔,一圈一圈画上去一般。结痂是一天比一天厚,一天比一天痒,手抓破,不流红水,不流黄水,流黑水。黑水腥臭刺鼻,流哪里洇哪里,洇哪里长哪里。很快,这疮长满手指、手背,开始顺两只胳膊往身上跑。政德害怕,四处寻医治着这不像疮、不像癣的毛病。

政德开头长这种东西是年内冬天里的事。冬天里,政德手面被煤棱角磕破皮。这对一个贩炭做生意整天跟炭打交道的人来说是常有的事。手面磕破指甲盖那么大块皮,渗出一点血丝丝,很快就被煤灰渍住。往常里政德磕破手皮不管不问好了也就好了的,这一回,这块破烂的皮,一天没长好,两天没长好,三天里结一块痂。痂不黑不红不紫,泛白。政德还一脸宝贝似的炫耀开,伸出手面把一块痂在俺脸面前晃呀晃的,问俺,你说俺手背上长的是什么?

俺说,一块烂疮就是烂疮,还能长出金山、长出银山?

政德说,你大睁两眼再仔细瞅一瞅,看它长得像不像是一分钱?你想想连手背上长痂都像钱,赶明个做生意还不发大财呀?

政德手背上的这块痂愈长愈厚,愈长愈白,一道黑印从四周扩出来。这夜里,政德做下一个梦,梦里自己在淮河里洗澡,他像个皇上似的四周围满了宫女。这些宫女伸出一双双细皮嫩肉的手,胳肢他的胳膊窝。政德一边哈哈发笑,一边逃离这些宫女的手。宫女们不愿罢手,随政德屁股后面相撵。政德笑呀跑呀,宫女们乐呀追呀,一蓬一蓬的水花从河面溅起来,哗啦啦地又落下。

政德跑着笑着醒过来。醒过来的政德还是笑,两腿一下、两下在床上蹬。后来政德的两腿停下来,笑停下来,可宫女们胳肢出的痒还在,这痒是手背的痂生出的。他睡梦里手指甲不知不觉抓挠着它。

隔天一早，政德人醒不起床，坐床上一愣神一愣神地端详手背上的疿。政德看过一小会，看过两小会，看过三小会，才问俺话。他说，懒瓜娘，你说俺梦里怎么不梦见狗屎、猪屎，哪怕是一泡热气腾腾的人屎也好呀。怎么单梦见这么多宫女，还都一个个伸出手指胳肢俺的痒痒肉呢？

大河湾村人说，梦人屎、狗屎是发财。梦见女人，这女人还近着身，是破财。

政德一瞅、两瞅手背的疿，说，这块疿白白得像钱，长着长着多出一道黑印还是钱吗？

接下的年关，政德生意被姓马的人讹一下。翻过年，政德咬咬牙跺跺脚卖掉船。政德不再染指生意的事，两眼盯住手背的疿，说看还有财叫你个疿破吗？

开春天，这疿像春天地里的草一洇、两洇的顺胳膊往身上跑。政德见西医、吃西药，见中医、吃中药。政德东西南北见不少医生，吃不少药，身上的疿没见一丝好。这疿叫个什么名，医生都说没见过。连医生都没见过的病，医生怎么能治好呢？

政德治不好病，一下脾气坏起来。他跟俺说，俺知这叫个什么病，叫煤瘢。什么叫个煤瘢呢？是煤里的毒气。煤里的毒气怎么单单长俺身上？是他这两年贩炭挣了它的钱。这叫着天谴呀。

政德的疿最终还是被治好。是用了江湖医生的奇方法。

这已是到了夏天里，政德吃罢晌午饭无事闲坐房屋山墙根，滋润着南来北往的凉风。政德衣服穿得单，精赤上半身，下半身光光的，只剩一条裤衩子。全身的疿一块挨一块、一块白一块地晾晒着，瘆人眼目。政德自个挠一小会抓一小会痒一小会，停下手，迷迷怔怔地想睡觉。政德斜靠山墙根睡下来，肚皮上的疿随呼气一扇一扇地上下动。政德睡着觉了吗？没有。是因着走过一个人。这人不是大河湾村人。这人身上背个破布袋，破布袋的襻上拴着白瓷缸。白瓷缸不见白，蒙一层一层的脏油灰。这人站政德面前看政德,黑人影正好投盖着政德的脸。政德也知这要饭的是瞧他身上的痂。

这人站政德脸面前一小会不挪步,两小会还不挪步。政德的困扑棱棱跑往脑后面。政德大睁两眼问这人,你这个要饭的不去要饭,站这看俺做什么?

这人说出话。这人长得精精瘦瘦,声音也精精瘦瘦得像个受气的小媳妇。

这人说,俺看你长一身痒疮怎么能连一下都不抓不挠呢?

政德说,你这人真是瞎管闲事,俺身上痒不痒与你有个什么相干?

政德想着身上的痂痒,一时三刻痒得难受起来,两只手不用政德支派,慌慌张张往痒处抓、往痒处挠。

这人嘎嘎笑起来,说,俺心想这疮长你身上真不痒呢!

政德被这人一笑笑出一心气,可他当着个要饭的面能生出什么气呢?政德腾出一只手朝这人摇拉摇拉,说,你走吧。

这人没走开,反倒挪脚离政德更近,大睁两眼盯住政德的痂,问,你不想让俺把它治好吗?

政德当然不信这人的话,说,你心想俺没经过医生治呢?告诉你吧,这淮河方圆百里有能耐的医生也不少,可没一人敢说你这样的大话。

这人还是笑,说,俺跟他们不一样。

政德说,怎么个不一样?别人是吃喝不用愁,你是走村串户要着吃、要着喝。

这人不生气,说他们是治不好病乱收钱,俺是治好病不要钱。

这人这么答话,政德咯噔才换副眼神打量这人。政德想这人莫不真是个江湖郎中?

这人说,你身上的这疮叫铜钱疮。这长得像铜钱,医治它也得用铜钱。拿铜钱熬水洗或拿铜钱烧红往疮上烫,可这样不一定能断下根,现在俺有个更便当的方法。

政德觉得这人话说得有道理,连忙接话茬,你说说是个什么方法?

这人牙口一下锁起来,说,俺这咱子肚子还饿着呢。

政德迟钝了一小会,还是一咬牙,一跺脚,下狠力气说,好,俺这就带你进屋吃饭去。反正不就一顿饭吗?

政德从锅屋端过馍馍匾,倒碗白开水递他面前,说,你吃吧。

这人瞧瞧白面馍,瞧瞧热气腾腾的白开水,不急着吃,问政德,你家没有就馍的菜?

政德又迟钝一下,说,晌午里俺家吃的是一碗酱豆子。政德真的进锅屋端过一碗酱豆子。

这人瞧瞧酱豆子碗还不吃,说,你家有菜你舍不得端上来,待会俺有医方也舍不得拿出来,临终吃亏的还是你!

政德红着一张脸又进锅屋端半碗豆腐,说,晌午里就剩半碗豆腐,不信你自个进锅屋瞧一瞧。

这人瞧瞧半碗豆腐松下口,说,凑合着吃几口吧。

这人拿馍夹菜,馍跟菜没进嘴里,话还是说出口,他说,按理说没有肉、没有鱼俺是不轻易吃饭的,今天看你这么热情的面子上算啦。

这人吃馍的速度真叫快。政德两眼盯住他的嘴,眼一眨一块馍,眼一眨又一块馍。政德眨五回眼,馍馍匾里少五块馍,半碗豆腐空下,还少半碗酱豆子。政德的两眼睁多大,不敢再往一块眨,心里开始心痛馍、豆腐,还有半碗酱豆子。

政德跟这人说,人是不能一下吃得太饱的,要是结住食够你难受三天加三夜。

这人吃饭的嘴停不下,政德不眨眼,馍馍匾里的馍还是少下一块。现在馍馍匾里只剩下两块馍。政德伸开两只手罩住馍馍匾口,可没罩住馍,这人的动作一下快起来,两只手伸出去,一手抓一块馍。

这人这才回答政德话。这人说,俺这人就有这种能耐,三天不吃饭也不饿,一顿吃三天的饭也不饱。你想想俺三天才吃这么几块馍能算多吗?

政德两手从馍馍匾口缩回去。一个空馍馍匾还罩着干什么呢?

政德叹口气说,你赶紧吃完剩下的两块馍离开俺家走吧。要不待会俺家里的回来见她馍馍匾里的馍光,不骂你三天三夜才怪呢。

这人经政德这么一说,反倒不急着吃馍,伸开两手把两块馍重新放馍匾里。

这人说,经你这么一打岔,俺的肚子还真饱了呢。这人肩一抽,脖颈一挺,还真打出一个响亮的饱嗝来。这人说,俺还没给你治病呢!你撵俺走,这不是你吃亏,俺的肚子倒占大便宜了!这人解开布包袱的口,说,俺让你开开眼,见识见识这里边的宝物。

这人一样一样掏东西往桌面上摊,说这是三七,三七分两种,一样是血三七,一样是木三七,两样三七各有各的用途。这是麝香,麝香的药劲大,怀孩子的女人要是这么闻上一闻,肚子里孩子保不住。路边地里的香瓜要是开着花、结着纽,你拿麝香从上风地里走一遍,瓜花、瓜纽哗啦哗啦地就会落下来,跟遭霜打的一个样。这根细棍棍是什么呢?是虎鞭。你莫小瞧这么一根脏东西,它的药用可灵啦。男人的家伙要是有什么不便当,熬点水喝下肚,保准灵验得很。

这人掏几样东西停下手,像怕政德动手抢似的,哗啦哗啦一个又一个装进包袱里。说,俺这包袱里名贵中药材多得很呢,跟你说你也不懂。这些都是俺从西藏背回来的。

政德不懂这些药,两眼还是一愣一愣不愿眨。政德问这人,治俺的疮该用哪种药呢?

政德开始相信这人是个会治病的人。

这人说,治你的疮是什么药都不需要用。

这人开始替政德治病。怎么医治政德的痈呢?这人说,俺先医好你的手,其他地方的疮你自己照着俺的方法医。

这人让政德在当院平铺上一块木板,这人让政德从锅灶里腾出一锨青灰放木板上,这人让政德把右手埋进青灰里。政德就依着这人的话把右手伸进青灰里。这人又说,先医你的左手,留下你的右手,你吃饭干活便当些。政德抽回右手,伸出左手。这人说,你的左手还是停一停,你还得先从你家找出一只不用的破瓦盆来。

政德不知这人要瓦盆有个什么用,问这人,要大的还是要小的?这人说大的、小的都管,只要有底不漏。

瓦盆找来了。

当院里,政德蹲下身,伸一只左手埋青灰里。青灰还像有余热,政德的左手试觉温乎乎的很舒坦。这人手端瓦盆也不出院,解开裤带,哗啦啦冲黄泥盆尿起尿。哗啦啦尿一气,哗啦啦还尿一气,这人吃饱喝足积攒了一大泡尿。

政德不高兴地说,家后里有茅厕,你不能去那里尿,还弄脏俺家的黄泥盆?

这人说,你心想俺这是尿尿呢?告诉你,俺这不是尿,是药。待会你就知它能派上大用场。

这人尿完尿,一盆黄澄澄的尿端到政德面前放地上。这人说,待会你把左手伸尿里洗时莫嫌痛。这人还说,待会你要是真痛得受不住,你就扯开嗓门骂上俺几句。

这人还没等政德听明白他的话,一只脚蓦然抬起来,踏上木板,踏上青灰里埋着的政德的手。这人瘦胳膊细腿的劲头很大,他的脚踏上政德的手一推一拉,政德妈呀、妈呀直叫,一个左手像掉下来一样疼。

这人松下脚,伸手拿起政德的左手塞进尿盆里。政德在尿盆里的左手流着脓、流着血,更大的疼痛从政德嘴里叫出来,骂出来。政德哎哟哎哟叫,哎哟哎哟骂。

——俺日死你的亲妈,你这个江湖骗子!

——俺日死你祖宗八代,你这个骗吃骗喝的家伙!

政德一只左手从尿盆里提溜出来,右手捧着它,当院里痛得转一圈、转两圈、转三圈。政德转四圈才想起这个人,可这人已不在当院里了。政德撵出门,没见这个人。政德一赶气跑出半个村,还是没见这个人。

政德不知这个人是什么时候走的,也不知这人往哪里去了。这天挨傍晚,俺从地里回家瞧见政德哼哼叽叽坐屋山墙根捧着左手。这只手血糊啦啦没个手模样。俺问政德,这手是怎么啦?是挨东西砸的,还是遭狗咬的?政德摇头说,都不是,今天下午里俺遭人耍弄啦。

政德的这只手止住血,结上痂,痂是黑色的,不再泛白,也没有黑印。这黑痂隔三天五日后脱落下,不再生新痂。政德把一只左手重新捧起来,左看右看,大声笑出来,说,哈哈,这只手好啦。

这以后,政德的痂就自己治。这个夏天政德什么农活也不做,整天待家里,把自己的皮肉搓出血水,然后再臊气味十足地涂抹上自己的尿。

政德忙乎个把月,待全身好得差不多的时辰,政德口袋里塞上钱,要出门找这个江湖医生。政德说,知恩不报是小人,俺得找着这个人当他面磕上三个响头。

政德沿着淮河一溜村庄一个村挨一个村地找。找着了吗?没有。政德回家里一愣愣半天,说,这么多村庄的这么多人怎么没一个见过这个江湖医生呢?这人莫不是天上下凡的神仙?

13. 眼睁睁钻进圈套里

懒瓜娶的老婆叫兰英,兰英是张家拐人,还是三姑做媒人。大河湾村谁家娶媳妇、嫁闺女能离掉三姑做媒呢?

不过这次媒做得不平常,还得回来头来补说一下。

大河湾村从淮河北岸搬迁到淮河南岸,种地隔道河来来去去不方便,也就没觉得这搬迁有什么好处。左邻、右邻村庄的人却比大河湾人眼睛睁得开,看得清,也想得远,说大河湾村搬迁是煤矿叫搬迁的,赶明个土地塌陷光还指望着种地吗?不种地吃什么呢?还不是指望煤矿人吃、指望煤矿人喝!怎么个指望法呢?说年轻人呼呼啦啦还不都进煤矿干工去,吃香的喝辣的还用愁吗?

这些邻村人眼热大河湾村,他们吩咐待嫁的闺女把一双眼睁得大大的,又把淮河四周的村庄瞧一遍,才交代说哪里也不如去大河湾村找婆家好。

这股风一吹两吹的就不小,呼啦啦地先往媒婆身上刮。三姑是大河湾正宗的媒婆,一时间四邻村庄的姑娘一团一团往她家挤。三姑一双手、一双脚从早到晚不歇闲也忙不完。四邻村庄的这些姑娘像是过渡的人,这船上的篙和棹掌握在三姑手心里。三姑一人忙不过来,这些姑娘站岸边等怕误去好人家,有的就绕开三姑,托亲托友自己找上大河湾人家的门。三姑察觉有这种事,很有意见,说人心不古,没规矩还不乱开套,说没俺主媒,看谁家敢把媳妇娶进门!

村人笑,你三姑又不是趿拉。人家支书管着计划生育的指标,不发句话,赶明个生下孩子入不上户口是黑头户。你三姑能管个什么呢?

这些天,前后就有几个姑娘被熟人牵着手拉进俺家门。跟集上做买卖一个样,风向转向大河湾这一边,懒瓜的一副眼光也高起来,嫌张家姑娘高、嫌李家姑娘矮。王家姑娘不高不矮,懒瓜嫌人家胖。俺从心底里也有点瞧不上这样的姑娘。姑娘家怎么能像一担卖不掉的烂豆芽菜,任东家捡西家挑的还能有个好?俺夸懒瓜有骨气,说,你想要个什么样的姑娘跟娘说,娘赶明个去三姑家一趟,让她遇到这样的姑娘给你留着。

懒瓜拿话往老疮疤上戳,说,娘,你就不怕三姑带来的姑娘还讹俺家一下子?

懒瓜这么不痛不痒地说一下，这事就放下来，俺没往三姑家跑。俺心想，懒瓜虚岁二十二，说大不大，说小不小，说不急也没个什么急头。懒瓜胳膊、腿长得全，脸不疤不麻的，家里这两年淮河里跑船运炭做生意，家境跟大河湾其他人家比还算宽裕的呢。懒瓜的事就是再搁上个年把年的算个什么事呢？

眨眼到了秋忙收黄豆的天，政德跟懒瓜爷俩从淮河下游卖光炭放空船回头，歇下手，准备收妥黄豆，种下麦，再装炭运下去。收黄豆比收麦容易，好割好打。这天下午的时辰，俺跟政德两人在场上牵牛拉石磙打黄豆，吩咐懒瓜一个人拉架子车去龙脊地割剩下的半亩黄豆。也就是这天下午里，兰英自己去龙脊地里找上懒瓜的人。

兰英是个精明的姑娘，她没像其他姑娘那样找个熟人牵着进俺家门。不知兰英怎么查听到的时机，绕过场上的俺跟政德，直接去龙脊地找懒瓜。

兰英去龙脊地直奔懒瓜脸面前问，你是懒瓜吧？

懒瓜割黄豆的腰挺直，刀扔下，说，你找俺有什么事？

兰英身穿的是一套深色的裤褂，手提一把镰刀，说，俺是帮你割黄豆的。

懒瓜这当口脑筋还没转过弯，说，大河湾村这么多人家，你干吗单单帮俺家割黄豆呢？

兰英说，你大河湾村还有第二个人叫懒瓜吗？

懒瓜一下笑起来，说，大河湾村还真就俺一人叫懒瓜，你想找也找不出第二个来。

兰英佝下腰，伸出镰，嚓啦嚓啦割起来。会干活的人跟不会干活的人不一样，兰英下刀割得快，留下的黄豆茬还整齐。懒瓜站一旁想着这姑娘是怎么一下跑进地割黄豆的，懒瓜一想想出个大问题。

懒瓜哎哎两声算是提醒兰英，说，你先停下手，俺还有话跟你说。

兰英不停手，说，你说什么话，俺耳朵听着呢？

懒瓜说,俺的话先挑明跟你说,你割光这块地,你把这些黄豆还接着运到场上去,俺也不会松口同意你跟俺。

兰英笑起来,她问懒瓜,俺什么时辰说过要嫁给你呢?这事你愿意,俺还不一定愿意呢!你是大河湾最懒最笨的人,谁个不知道?

懒瓜两眼一愣一愣的,说,那你为什么来俺家割黄豆?

兰英说,俺昨天夜里做了个梦,梦里说俺前世欠你的一点人情,叫俺今天来帮着你割半天黄豆就算两清啦。

懒瓜摇头,说,你的话俺不能信。

兰英还是笑,说,这有什么信不信的?俺不吃你的,不喝你的,凭空帮着你干活,天底下有这么便宜的事吗?

懒瓜摇头说,天底下没有这么便宜的事,除非是个大傻瓜。

懒瓜迷糊着两眼瞅一瞅兰英,说,你愿意割,你就割吧,反正这是梦叫你干的活,跟俺什么相干都没有。

懒瓜就是懒瓜,手里停下活就不愿再干。懒瓜跟兰英说,俺看你干活又快又好,看来这点活俺是想插手也插不上啦。

懒瓜两腿一退一退地退到架子车旁,往架子车上抱几抱黄豆,棚一层阴凉。懒瓜坐下来,远远地瞧着撅屁股一摇晃一摇晃干活的兰英,实在想不出这件事对他会有什么坏处。

懒瓜终归长的是人头,不是猪头。长一颗人脑的懒瓜还是不放心,他走出阴凉处,走近兰英,问,等一会干完活,你该不会跟俺一块进俺家门吧?

兰英说,俺去你家干什么?你家又不是俺家,真吃你家一块馍,喝你家一口稀饭,不还得担你的人情?

懒瓜还问兰英,等一会你该不会去场上跟俺娘、俺大说这件事吧?

兰英说,看你担心的,梦没叫俺去见你的老子娘。

懒瓜说,这回俺的心是放下来了。

放稳一颗心的懒瓜重新走进架子车阴凉下,身子骨一斜、一歪、一松睡起来。这一觉睡到太阳偏西时辰,直到俺跟政德两人拾掇利亮场,来地里帮着懒瓜拉黄豆。

政德伸出脚踢醒懒瓜,说,不赶快装黄豆车还睡觉?!

懒瓜醒过来,两眼一眨一眨更迷糊,问,姑娘呢?

政德又踢懒瓜一脚,说,你这没出息的东西,睡觉还想着姑娘。

懒瓜挤巴挤巴眼,摇晃摇晃头脑,还是问,割黄豆的姑娘呢?

俺这才瞧清满地的黄豆断下根,一铺一铺地整整齐齐堆放着。懒瓜就是不睡觉再加半天工夫,他也割不下这么多的黄豆呀。

懒瓜一五一十说出这姑娘的事。

政德问,姑娘是哪庄的?

懒瓜摇头,说,俺忘记问啦。

政德还问,姑娘叫个什么名字?

懒瓜还是摇头,说,俺也忘记问啦。

政德气得把双脚往半空里蹦一下,又蹦一下,说,懒瓜,你地里看着个姑娘给你干活还能睡着觉,这事说给谁听谁也不信呀。

俺是想到懒瓜的亲事。俺跟政德说,这姑娘跑不掉的,你就在家里等着吧,不出三天保准还会找上门,这姑娘肯定是要跟俺家攀亲事。

不想等过三天,又三天,一口气等过十来天,也没见这姑娘的面。

政德问懒瓜,那天你可听见这姑娘鼻子、嘴有喘气声吗?

懒瓜说,俺瞧她鼻子、嘴喘气干什么?

政德还问懒瓜,你可听清这姑娘走路有没有响声?

懒瓜像是从政德虚闪的脸色里瞅见什么,说,俺还真没听到她走路碰出什么动静呢。

政德把一张脸转向俺,说,懒瓜娘,这姑娘该不是个什么精怪吧?

俺的心一丝一丝地冷,嘴上却说,政德,你莫乱吓唬人,这世上哪有什么精呀怪的,还不都是人吓人。再说俺大河湾村这么多人这么多年谁又见过精怪是个什么模样呢?

可这毕竟是一件蹊跷的事。

懒瓜再次遇见兰英,是在柳树林的夹道里。这片柳树林,连接着大河湾村的出路,大河湾村人去煤矿必定经过这里。

这一天,懒瓜是去煤矿上买炭。收罢黄豆,种上麦,俺家的活还是贩炭。政德去得早些,懒瓜落后去只是帮衬手。吃罢早饭,懒瓜出家门的时辰,心情像头顶上的深秋的天空,干净明亮,无一丝杂颜色,瓦蓝瓦蓝扩张在人们的头顶上。懒瓜出村庄走进这片柳树林,一些清早唱歌的鸟,还在叽叽喳喳地叫。这些天,柳树开始落叶,可仍有不少树叶枯枯黄黄地残留树枝丫上,遮掩着人的眼。懒瓜光能听见鸟叫,可枝枝杈杈上瞅不见鸟儿藏身的地方。懒瓜是个不会唱歌的人,这一会他的嗓子眼发痒想随便哼几句。懒瓜咳咳清理一次嗓子眼,咳咳又清理一次嗓子眼,这才噼啦噼啦唱出声。哪知懒瓜一句唱词卡嗓子眼里没吐完,路前方的拐弯处蓦地响起一串笑声。咯咯咯咯!说,懒瓜,俺没想你的歌还唱得这么好听呢。

懒瓜瞧见兰英姑娘,先是吃一惊,后还是吃一惊。懒瓜停下唱,张大眼,睁大嘴,两腿还有点哆嗦,想往后退。

兰英姑娘三步两步拦过来,说,懒瓜,莫不隔上几天装着认不识俺了吧?

今天的兰英穿着一件漂亮的褂,穿着一条干净的裙。褂是雪白的褂,外面罩一件大红色的羊毛衫。裙是厚裙,暗暗条条的是呢子布。头发呢是湿漉漉地刚洗过,用一条蓝花手绢扎束着。随她闪过的风里有一阵一阵的香气。

懒瓜大张的嘴闭下,问,你到底是人还是妖?

兰英收敛起咯咯咯的笑声,反问懒瓜,你说呢?

懒瓜说,你可敢冲俺脸哈口气,俺试试?

兰英噘起嘴冲懒瓜脸,呼啦呼啦吹出两口长气。

懒瓜还是说,你可敢朝地面跺两脚,俺听听响声?

兰英抬起左腿,咚跺一下地,抬起右腿,咚跺一下地,说,这回你知俺是人是妖了吧?

懒瓜问,你说你叫个什么名字?

兰英说,俺叫兰英。

懒瓜说,你说你是哪庄的?

兰英说,俺家住张家拐。

这回轮懒瓜笑起来。哈哈哈哈哈!看来你真是个叫兰英的人,家也真是住张家拐。

懒瓜笑声停下来,说,俺还急赶着去煤矿上有事情呢。

兰英留懒瓜,说,那你帮着俺把一篮牛草抽上肩,你再赶你的路。

懒瓜一只脚立地上,一只脚提拎起,转一大圈没瞧见牛草篮在哪地场。

兰英说,这路当心还能长牛草?

兰英领头斜抄进柳树林里,懒瓜迟迟疑疑还不想进,他怎么都觉得兰英不像一个割牛草的人。懒瓜还瞅见兰英走路的样子有点怪,她心口疼似的一手揪住褂襟下摆,斜拉腰,一副走不稳的样子。兰英后脑勺上的花手绢,风中摇呀摇得像只落不稳的大蝴蝶飞进柳树林。懒瓜最终还是随兰英走进柳林间。

果真有一个很大的荆条篮塞满牛草横面前。懒瓜想,兰英这么一副女人的身子骨真是携不动这么重的一篮牛草。懒瓜这一会变得很义气,说,俺帮你扛一气吧?

张家拐与懒瓜要去的煤矿不在一个方向。懒瓜说,送你一截路,俺去煤矿也不迟。

兰英脸一下红起来,像蒙上一块大红布。兰英一个劲地摇着头,说,俺、俺、俺自个扛。

懒瓜跟兰英两人都挨近牛草篮。懒瓜闻见兰英身上一阵一阵的香气散过来。懒瓜弯腰提篮把,拎起牛草篮。兰英佝腰塌肩准备着扛牛草。懒瓜把牛草篮撂兰英肩膀上,兰英吃力地挺直腰身。就在这当口,兰英紧揪褂襟的手松开。随后裙子哗啦一下落到脚脖上,煞白的大腿,煞白的屁股光裸在懒瓜的眼睛里。懒瓜一下呆愣住,他没想兰英的裙子会这么轻易地掉下来,更没想光裸裸的兰英连内裤都没穿。

扑通一声,牛草篮沉重地砸落地面上。哇啦一声,兰英蹲地上哭起来。

这当口,三姑恰到好处地走过来。三姑走出来故作吃惊地问,兰英你裙子怎么啦?

三姑的双眼这才盯住懒瓜,说,好你个懒瓜,胆敢大天白日扒人家姑娘的裙子!

懒瓜一下醒过神,说,不是俺,不是俺。

三姑说,这里没别人,不是你,你说是哪一个?

懒瓜知道这事自己讲不清,扭身便跑。

三姑没有伸手逮懒瓜,笑眯眯地冲懒瓜背影说,你跑就能跑掉啦?

懒瓜跑得更快,先是准备往煤矿上跑,跑一段想想又折转头朝大河湾村的家里跑。懒瓜像一只受到惊吓的兔子,一口气没敢喘。

这是媒人三姑跟兰英两人合想出的一个计谋。

兰英蹲地上还是蒙头哭。三姑说,快起来穿上裙子,现在还光着给谁看呢?

兰英还是哭,说,这叫俺怎么有脸见人呢?

三姑说,这有什么?别人又没见你兰英的屁股是白还是黑。

兰英说,要是懒瓜不要俺怎么办呢?

三姑说,他敢!他懒瓜扒人家姑娘的裙子不怕蹲牢房?俺现在就去他家把这事说清楚。

三姑进俺家门,俺不在家,也不知有这档子事。懒瓜跑回家头蒙被子睡床上。懒瓜是被这件事完全弄蒙了头。懒瓜知道浑身长满嘴也说不清楚。

三姑说,你说这事是公了还是私了?公了呢,俺俩这就去找跋拉,再由跋拉领着你去乡政府派出所,蹲不蹲班房你自己掂量掂量。私了呢,你娶下兰英,要不人家一个黄花闺女家还怎么有脸活?

懒瓜心里晃悠悠地明白过来,娶下兰英什么事都一了百了了。还明白,这是三姑、兰英两人四只手编织的大圈套。懒瓜大睁两眼望着这圈套,脖颈子不愿往里钻收不掉场呀。

懒瓜说,不知这事兰英可愿意?

三姑说,这事全包俺身上,到时彩礼什么的都依她不就行了。

隔天早上,三姑真的领着兰英走进俺家门。三姑这件事做到这程度,心里安上底,进门嗓子眼一炸一炸的,很响亮。

三姑说,懒瓜娘、懒瓜大,俺领着兰英姑娘上门来看看。这前后两年俺怎么没上你家门呢,还不是没有排场的姑娘,配不上你家懒瓜的人。俺是想了三天三夜,还是咬牙跺脚把这个排场的姑娘领进你家的门。

兰英五短身材,高颧骨,还稍有点吊拉着三角眼,是个厉害的长相。

俺从心底里没看上这姑娘,又不好直接说出口,顺脚把这个难心的球踢给懒瓜,说,这事是懒瓜的事,还是他自己拿主意吧。

三姑说,对,对,这事俺们做长辈的只能牵牵线,终归还不是他们自己过日子?

俺心想,懒瓜见过比兰英排场的姑娘都不同意,还不伸开一脚把兰英、三姑踢得开开的?

几双眼都瞧着懒瓜,候他表态度。懒瓜人坐屋墙角,一颗头像挂不住秧的老南瓜,快耷拉到裤裆里了。

三姑说懒瓜,兰英的人俺是带来了,你跟兰英两人要是没意见,挨天把去煤矿把亲定下来。三姑先问兰英,摇头不算点头算,你要是愿意就点个头。

兰英的头点下来。

三姑问懒瓜,摇头不算点头算,你要是愿意也点个头。

懒瓜头也点下。

三姑两只手往大腿上啪啪拍出两声响,说,这就好,俺看着合适就没有不成夫妻的。

俺跟政德两人都是大睁两眼一呆一愣的。

政德说懒瓜,这可是你一辈子的大事,你的头可得想好了才能点。

懒瓜说,俺想好了。

俺说懒瓜,自从兰英姑娘进俺家门,你还没抬眼正正经经瞧看一眼呢。

懒瓜说,俺瞧看清楚了。

三姑跟兰英走后,俺还是不想愿意这门亲事。俺说懒瓜,俺让你瞧看人,你说瞧看清楚了。俺来问问你,兰英的个头有多高?懒瓜说,个头矮,身体壮实,干活才有劲。

俺还说,兰英颧骨高,三角眼,一看就是个厉害的女人。

懒瓜说,那样好,赶明个不受左邻右邻的气。

懒瓜的话说到这份上,俺跟政德还有什么好说的呢?静心想一想,人家兰英嫁俺家找个又懒又笨的男人又图什么呢?这人呀怎么着都是一辈子。哪个男人娶哪个女人,还不都是传宗接代过日子?

又相隔几天,三姑扭呀扭的又把一副身子骨扭进俺家门。这一回,她是操心上煤矿定亲的事。三姑扳着手指头一条一绺地落实,说兰英说啦扎根布得买多少套,兰英说啦布鞋、球鞋、皮鞋得各买一双,兰英还说啦手表得买一块……兰英的定亲礼比别人家姑娘要得数量多、样数全。

三姑说,数量多、样数全怕什么?赶明娶过门,还不是一样不少全带婆家来?

懒瓜的亲事就这么推磨似的三圈没转定下来,接下来就候着择个好期把兰英娶过门。

不知怎么的,政德这天想起问懒瓜,这个叫兰英的姑娘就是前些天帮你割黄豆的那个姑娘吧?

懒瓜点点头。懒瓜除了点头还能说什么呢?

政德说,俺说是个妖精没错吧,她跟你见一面就把你迷成这个样?

俺心里觉得蹊跷,懒瓜、兰英两人不像只是割黄豆这么简单地见见面。俺左问懒瓜,右问懒瓜,懒瓜才说出柳树林里的事。俺说懒瓜,兰英还是姑娘呢,就敢拿这么一副圈套套上你。要是娶过门,你懒瓜只管等着受窝囊气吧。

14. 风风光光地遛一趟

懒瓜随二佲运炭船下江南风光也是春天里的事。

懒瓜娶过兰英另立灶,分开家,单手过。这是政德的主意,他说树大该分叉就得分叉,省得赶明个婆婆、媳妇闹意见有矛盾还是得分家。穷家好分,四间瓦房隔两间过去,两间泥坯锅屋也隔一间过去。再就是从龙脊地划一亩半责任田过去。这家便算分妥当。按说一亩半土地的农活春天里也够懒瓜两口忙乎一阵的。懒瓜两口伸进两把锄三下五除二揽过粗活,该细活的时辰懒瓜就懒上腿不愿往地里挪。懒瓜歇下手,兰英的一双手也不愿往外伸。

政德有点看不惯懒瓜两口这么做庄稼,说,麦地里薅完草,不兴理一理地墒沟?

政德说归说,懒瓜两口头缩屋内像是听见一阵一阵的耳旁风。

政德见自己的话啪嗒掉地上没回声,两眼瞪多大,想把一肚子的火发出来。俺拦住他的口,劝说,麦子又不像黄豆,多锄一锄,少锄一锄,还不照样是个收?

政德说,收跟收不一样,马马虎虎种一亩半还抵不上一亩收得多。

俺还是劝说,相比较懒瓜两口还算是好的呢,你从村东往村西挨家挨户瞧瞧还有几个年轻人愿下地干活?

政德咯噔一下也就失了声。

大河湾村拆迁搬过家,住家与土地隔条淮河,早早晚晚下地做活不便利。一些成过家、分开地的年轻人干脆在土地种上麦、种上豆扔那里不管不问,临了多少收一点够口粮便心满意足了。老人们看不惯他们年轻人对待庄稼的这副态度,口里骂着,手伸过去把活顺带揽过做了。年轻人并不领情,说,就算多收二三十斤的,你们算算能值几个钱?够俺抽几包烟、喝几瓶酒?

说这些话的年轻人,多不依靠土地,他们跑个生意买卖的,或家里有拖拉机见天外出搞运输挣钱。

似乎只是转扭脸的时辰,大河湾村一下就买回不少辆拖拉机。天不亮的五更天,这些拖拉机就醒过来,一辆一辆往煤矿开,帮着人家运煤炭,运砖石,谁愿意出钱都能指使它。

俺家船卖掉,原本也预备买台拖拉机。

钱多买新的,钱少买半旧的,买拖拉机的钱不算是个难心的事。难还是难在缺人手上。政德一大把年岁,莫说开拖拉机,屁股坐上面颠半天也颠散架了。懒瓜人懒,不愿起早贪黑,更是不愿出一分重力气。政德只得把买拖拉机的想法一次一次往心里按,自己劝自己说,算了吧,真是买回来,还不定是人开拖拉机,还是拖拉机开人呢。

春日是一天比着一天暖,过日子的烧刷洗弄由兰英忙,懒瓜就腾出整块的时间晒太阳。锅屋的山墙面朝东,还有一片平整的院落地。懒瓜斜靠山墙坐着或躺着,活像一个下凡的懒神仙。天空的太阳是一时比一时高,一时比一时亮,太阳光像金线像银线一束一束往懒瓜身上落。不一会,懒瓜试着暖,也试着痒,一层一层的油汗顺脖颈汪出来,往肚皮上流。懒瓜索性扒下衣褂,袒露一堆喧喧乎乎的懒肉。懒瓜左手抓上去,右手也抓上去,一排一排挨着皮肉挠,一愣一愣地暴起红肉梗,一些污黑的油泥也就渍进指甲缝里。懒瓜不嫌疼,龇牙咧嘴挠出天上人间少有的滋味来。

　　院落里与懒瓜相伴的还有几只鸡。一只芦花公鸡带几只生蛋的老母鸡。几只母鸡像成群的妻妾围拥着芦花公鸡散乱在院里刨食。这只芦花公鸡管治这几只母鸡有经验、有章法。譬如它要是瞧见哪只母鸡疏远它,有些独自行事的意思,它会咯咯咯地一阵猛叫,嘴空落落地往脸面前的地上猛啄,装作有一堆食物似的。近旁的母鸡明知是假,也假作高兴的样子围过来,头比公鸡点得还勤快。远处的那只母鸡似乎经过太多的欺骗,端正头轱辘一双鸡眼,朝公鸡处瞧瞧又做自己的事。芦花公鸡见状停下伪装的啄,两只鸡眼一下愤怒起来,单片翅膀半展开,斜拧头,旋风一般朝这只母鸡跑过来。这只母鸡不再是一副天不理地不理的神色,骨酥肉软,筛糠似的伏地上。芦花公鸡跑过来爬上母鸡背,尖嘴啄着母鸡头顶撕呀拧的一番,算是对这只不听话母鸡的惩罚。这只母鸡经过一番折腾像是挨过男人打的女人,服服帖帖随芦花公鸡屁股后面走过去,入了芦花公鸡掌管的地盘。

　　这样的鸡事,懒瓜瞧得更是有滋有味,乐趣无穷。滋味多了便没有滋味,乐趣多了便寡味。懒瓜的嘴冲半天空里的太阳三个哈欠没打完就迷迷糊糊睡起来。

　　懒瓜睡觉的时辰里,一条黑影抹过墙角水一样漫过来。这是村里的二侉。二侉打江南贩煤才回来,口袋里装满钱沉得他家里坐不住,村里村外胡乱跑,满头满脑都是他要找的人、要办的事。现如今你要在大河湾村里遇见一个火烧屁股、整天不安分的人,那他一准是个生意人,或是准备做生意的人。

　　二侉这回走进俺家院里是想找懒瓜替他办件事。

　　二侉瞧见懒瓜在这么好的天这么好的太阳里不想想做买卖的事,还能睡着觉,先是笑笑,才抬起一只脚踢进懒瓜的皮肉里。二侉说,懒瓜,看你舒坦的,莫不梦里正扒哪个臊婊子的裤衩子?懒瓜眼就醒过来，鼾声立刻断去，后一半闷在鼻洞里再也溜不出。懒瓜见是二佬穿身新衣裳鲜鲜亮亮站他脸面前，懒瓜骂二佬说，俺正骑你娘的肚皮上当马呢。

懒瓜论辈分比二佬长一辈。二佬挨懒瓜骂，还不得还口。

二佬拉开口袋掏出烟敬上一支，说，给你支烟提提神打打气。

懒瓜问二佬，可是好烟？你莫拿孬烟糊弄叔。

五块多钱一包。

乖乖，你算是发啦，敢抽这么贵的烟？

你是怕外出受罪，要不你钱肯定挣得比俺多。

懒瓜说，俺没你头脑精明转得快，俺想挣钱是找不到门路呀。

二佬说，懒瓜，要不下趟你跟俺的船下江南蹚蹚水，两眼也风光风光？

懒瓜站起身，心扑通扑通直跳，眼里一下瞧见一大嘟噜面饼从天上呼啦啦地落下来。

懒瓜说，就怕俺跟着碍手又碍脚。

二佬说，俺带你是小事一桩。你话可得跟兰英婶讲清楚，这是你懒瓜自己愿去的。

懒瓜还是躺下身，眼底的光亮一丝一丝退下来，说，俺还是不能跟你去。

懒瓜说出理由，俺没有钱，有钱也攥兰英手心里拿不出来。

二佬说，要钱干什么？

懒瓜说，跟船不要钱，吃饭还得钱呢！

二佬松口气，说，你跟着俺，吃喝还用你掏钱吗？

懒瓜眨巴眨巴眼，摇一摇头，问二佬，你是说俺没有钱也能跟你去江南？

二佬说，你坐船不花钱，俺还得管你吃管你住，你说天底下到哪里还能找到这么便宜的事？

懒瓜说,你真是不骗俺?

二侉说,天下俺谁个都能骗,也不敢骗你。

事情就这么轻易定下来。二侉没想找懒瓜办事会是这么容易。

二侉是想让懒瓜替他押趟船。二侉做生意的胃口是越做越大。煤炭顺淮河过洪泽湖下到江南那边去是卖给一家发电厂。二侉去的次数多,人混得熟,再加上有钱顶着能说上话,生意做得很顺当。现在一次是运上千吨煤炭,几只水泥船连成船队一块去。路途远,水面耽搁的时间长,颠颠簸簸的一份罪二侉不愿意再受,想找个人替下来。找谁呢?二侉就看上了能吃能睡的懒瓜。原本请人押一趟船还得给钱,二侉跟懒瓜这么稍微兜半趟圈子,不给钱,还落下份人情。——这些个理,俺也是事后才知晓的。二侉自己不押船,清闲家里等炭船到了地点才坐汽车、坐火车一天到地方,不耽误生意,人还落个舒服。

二侉走后,懒瓜就回屋里找兰英说这件事。

兰英话是听懂了,还是迷惑地问懒瓜,说,多咱里走。

懒瓜说,过几天二侉来喊俺。

兰英这才相信懒瓜是说真话,没有掺进一丝一毫的假。

兰英不同意,说,跟别人去外面照(行),只是不能跟他二侉屁股后头瞎转悠。

懒瓜脸上的喜色哗啦啦干泥皮似的掉下来。

懒瓜说,俺搭二侉的船,一分盘缠钱不花家里的,难道你天天家里窝住俺,想憋死俺不成?

兰英说,二侉是个什么货色你心里不清楚?自家女人不要,仗着口袋里有几个钱专门勾搭别人家的姑娘、小媳妇。跟他能学个好处来?

懒瓜一下笑起来,说兰英,你心想你是什么?拴驴的木桩?俺是你木桩上的驴?你不解绳,俺就走不脱啦?俺这回跟二侉下江南是下定了。

兰英也倔,说,俺就不让你去。

懒瓜笑起来,说,你能看得住?俺白天走不掉黑夜里走,俺吃饭走不掉候尿尿的时辰走。

懒瓜平常是个不爱笑的人,他一笑就有点不正常。兰英心里就怵起来。懒瓜往前跨一步,探手伸进兰英的怀里抓住她的一团奶。

懒瓜问兰英,你叫不叫俺跟二侉去?

兰英还是嘴硬,说,不叫去,就不叫去。

懒瓜往手上运力,还问兰英,叫不叫去?

兰英疼得顾不上答话;哎哟、哎哟地乱叫唤。

叫不叫去?

哎哟哟,疼死俺啦。

兰英疼得滚在地上窝成团,一抖一抖地叫。

俺跟政德听见动静走过来。俺说懒瓜,二侉是个头发丝都空的人,能不收一分钱,还管吃管喝带你去溜达玩?

懒瓜说,他二侉要是真一分钱不收愿带俺去呢?

俺说,那也不能去,你尿泡尿照照自个的长相,是个做生意挣钱的材料?

不料一旁里的政德却说,他二侉要是真带你去,你就去。去外面透透气瞧瞧看世面总比死待家里强。

俺还想说什么,政德手一拨拉拦回话,说,懒瓜大小是个男人,是男人就得往世面上闯一闯。整月整年待家里,会有什么出息呢?

相隔几天,二侉往河岸码头下煤真就过来叫上懒瓜帮把手。春天的淮河经过整冬的风雪显得十分苍老,还没汇集着春雨的淮河,水很少,岸边袒露的河床十分九裂地汪着春光。二侉雇用的几条灰褐色的水泥船横进河心,极像老人脱落残剩的几颗牙齿。这时,七八个挑夫正一担一担往船上运煤。懒瓜佝腰弯在漫过头顶的船舱里负责用铁锨把挑夫运的煤炭、矸石拌匀溜,像精耕细作自家的责任田一般。懒瓜没想到二佸卖煤炭会掺上矸石,一下还掺进这么多。懒瓜自言自语骂二佸,×你妈,尽赚些没良心的钱。掺这么多矸石还能烧得着吗?

懒瓜大汗如雨,身上的肌肉一团一团地暴起来。

河滩上,二佸指挥几辆拖拉机往河边运煤炭、运矸石。拖拉机一路颠簸着,突突突冒一串又一串黑油烟,像个巨人放出一阵又一阵响臭屁。二佸脸粘上煤黑灰,粘上矸石灰,还粘上拖拉机的油烟灰,一张黑森森的脸笑出一朵黑色的花。

二佸下煤炭的码头不是大河湾村的,雇用挑炭的人也不是大河湾村的。二佸干这些个事,轻易不想让本村人知道底细。二佸指挥妥当拖拉机,又指挥挑炭的人,说,莫肉肉蹭蹭的,快干,赶天黑前装齐,七担炭三担矸石莫差错了。

懒瓜听懂,二佸这回卖的十成煤炭里含有三成矸石。

懒瓜的肌肉像是一群不断奔跑的老鼠,眼见着迟钝下来,额头的汗一道一道流出来,流过脊梁,流过屁沟,流过裤筒,最后落进鞋壳里。懒瓜这回是自己骂自己,×你妈,整个冬天就攒上这么点臭力气。

二佸瞧见懒瓜紧一下慢一下的样,笑眯眯地问,滋味还不错吧?

懒瓜就放下手中的活,提着锹爬上船舱透透气。二佸还是笑问懒瓜,可比骑兰英婶的肚皮上舒坦?

懒瓜双脚挪上跳板想下船,骂二佸,×你妈,你也不怕坏了良心。

二佸说懒瓜,没见过你这种熊人,想搭俺船外出溜达,还不想出力干点活。

懒瓜的两脚走下船,手里的锹头划出一片光亮冲向二佸的头飞过去,二佸突睁两眼把各种各样的笑固定脸上,一阵黑色的恐惧哗啦从眼底漫出来。二佸退两腿躲开懒瓜的铁锹,铁锹嚓地像只断翅的燕子落地下,直直地戳进沙土地里。锹把猛地摇晃一阵。

二佸固定脸上的笑慢慢融化开,说,你要是嫌累人,这咱子你就回家去,这么好的差事村里谁人不愿意?

懒瓜说，帮着你往煤炭里掺矸石，俺的良心都不安呢。

二俤哈哈哈地笑起声，说，俺不掺矸石，去赚谁家的钱？

懒瓜走进河坎上的一片庄稼地里尿出一泡长长的尿。两腿间的那片沙土被尿冲出一个很大的麻坑，汪汪洋洋一大片尿。懒瓜重新系妥裤带，感觉人松快了许多。懒瓜不想回家，心里还是想跟二俤去江南风光风光。懒瓜冲二俤笑笑，对二俤说，这尿真坠人呢。

懒瓜重新走向船。懒瓜走跳板走得很稳，跳板连晃悠都没晃悠一下子。

这天傍晚的时辰，懒瓜真的跟着二俤的运煤船离开大河湾村。二俤没跟船，把一些事托付给懒瓜，说，等船运到地点卖掉煤炭赚回钱，俺要请你好好地吃一顿，还找个好玩的地方乐和一顿。

重船有柴油机器催促着，离开岸，磨正船头朝向东，一下快起来。懒瓜人物样地站船头，两岸的景物都以自己为中心旋转起来，不觉间染了满目的欢喜。

就这么懒瓜一走走了近一个月。赶真正春暖花也开的时节，懒瓜去江南风光一圈才回头。

这是半晌午里，俺家的那只芦花公鸡在门口处遇见多天不见的懒瓜，绕着他转悠几圈便喔喔喔地打起响亮的鸡叫。听见鸡叫，兰英随手退下一只鞋，扬起胳膊想赶跑当院里这只吵人的芦花公鸡。这一刻，兰英才瞧见懒瓜，一张嘴张多大，一只手扬半空呆愣住。兰英的眼里就这么走进一身崭新的懒瓜。懒瓜临走穿的那件狗皮般的棉袄提在手里，嘟嘟噜噜得真像是提着一只死狗。

懒瓜帮着二俤押运一趟煤，二俤没亏待懒瓜。二俤除管吃管喝外，还顺手给点零花钱。这钱被懒瓜买身衣服穿身上。这么热的天哪还能穿住棉袄呢？新衣褂领开得很大，半个胸脯露外边，都快瞧见肚脐眼。懒瓜说，这是西服，现如今有钱人都穿。不过有钱人穿的跟俺这不一样，人家里边得衬件雪白雪白的衬褂，褂领还得系一根花领带。

西服裤,裤腿短,吊拉吊拉的,齐小腿肚。俺问懒瓜,这西服的裤腿都是这么短,露着腿肚子像是穿裙子？懒瓜说,别人穿的西服裤腿不短,只俺的这裤腿短,莫不江南过几天,俺的一副短腿长长了？懒瓜脚上还穿双皮鞋,光脚,脚脖细,皮鞋大,走动路咕呱咕呱响,像一头猪吃食。

懒瓜这么一副样子回来,还美得一张脸仰到天上去。懒瓜随手带回几样卤菜,还有一瓶酒。晌午里,这些酒菜抖落饭桌上,兰英请俺跟政德过去一起打牙祭。

懒瓜三杯酒下肚里,一张脸腾腾腾地红起来,像两个熟透的大柿子。懒瓜舌头硬朗开,一些话扑棱扑棱飞出来。懒瓜说,俺外出风光一趟总算明白个理,这就是知道了世上最好的东西是什么。懒瓜一颗脑袋像中酒毒似的使劲点,说,是钱,钱,钱！

政德喝几杯酒有点当不了自己的家,可心里能明白话,说,口袋里钱再多,也不能管钱叫老子娘。

酒桌上,懒瓜还说了二侉在那边的一些事。二侉去那边口袋里装满钱,他掺矸石的煤炭比别人不掺矸石的煤炭还好卖,卖的价还高。二侉去那边像个大人物,动步坐小宝车,吃饭下饭馆,连发电厂科长、会计都对他点头哈腰的,像是电厂的家是他二侉当。

懒瓜说,还有一些风浪的女人苍蝇似的围着他二侉乱转悠,连发电厂厂长的大闺女、小姨子都哥长哥短地叫着二侉不松口。这一夜,政德跟懒瓜两人都醉成一摊稀牛屎。俺拖政德回屋扔床上,又帮着兰英抬懒瓜进被窝。懒瓜呼呼地死睡一觉又一觉。兰英不睡,就着灯光盯瞧懒瓜的人。懒瓜嘴唔哝几声梦话,翻个身呼呼还是接着睡。兰英身子骨一贴一贴往懒瓜身上偎。懒瓜瞧见灯亮里的兰英大睁两眼正盯瞧自己,迷迷糊糊吓一跳。

懒瓜说兰英,半夜三更不睡觉,瞎折腾个什么呢？

兰英说,快一个月没照过你的面,不兴俺瞧瞧你？

兰英一副身子骨就往懒瓜怀里拱。懒瓜吸吸鼻子说,兰英,你身上的汗味真重,怎么不知洗洗身子呢?

兰英的脸色一下僵直住,眼泪水一点一滴往下流。兰英说,懒瓜,俺就知你这是嫌弃俺……

隔天一早,兰英哭哭啼啼说起这件事,俺心咯噔一声响。俺个女人家,是过来人。俺猜疑懒瓜跟二侉去江南莫不是招惹别的女人了?懒瓜怎么能是这么一种人,去江南一趟连女人裤裆也风光上了呢?

15. 做一桩折本的生意

懒瓜买辆拖拉机贩起炭是这年夏天里的事。

夏天来临的时候,懒瓜整天还是一副无事可做的神态,一口一口的气从嘴里叹出来,像个愁天愁地的人。政德说懒瓜,跟二侉溜达一趟江南心野啦。俺也知懒瓜老是叹气迟早会叹出满额头的皱纹,还会叹出满肚子的糟心事。

俺说,懒瓜,大清早的不兴你扛把锄去麦地里干点零碎活?

懒瓜说,俺夜夜睡麦地里也不能收金山、银山,再说麦子快接近黄芒的天,地里还有什么活?

俺说,地里没有活,不兴去菜地帮把手?

懒瓜懒人有懒理,说,菜园屁股大点的地方,兰英一个人都磨不开身。要是再添上俺,不把菜踩成泥糊才怪呢。

懒瓜不愿下麦地,不愿下菜地,在家干个什么事呢?

太阳升到两竿子那么高,懒瓜才吃清早饭,饭是稠稀饭,懒瓜不用筷子,光用嘴喝。懒瓜碗捧右手心里,手腕慢腾腾地转一圈,碗边也相跟慢腾腾地转一圈。半稠稀饭凉下来,像一碗凉粉砣,嘴里气吸得猛,稀饭还是不太情愿往肚里去。懒瓜喜欢喝这样的稀饭,他有的是时间,一碗稀饭能喝半个时辰。懒瓜一连气喝上三四碗稀饭,上午天也就挨近小晌午了。兰英天天清早烧稀饭，几把米、几把豆，加上半碗面，烧满大半锅。兰英说，清早里俺下地前他就喝，赶晌午俺回头，他懒瓜还是捧个稀饭碗在那里喝。兰英奇奇怪怪地问懒瓜，你整天闲两只手家里活不愿干，地里活不愿摸，喝稀饭用这么大气力干什么呢？

晌午饭后，懒瓜开始睡午觉。懒瓜与旁人不大相同。旁人是迷糊一小会，顶多是个把时辰。懒瓜是一睡睡到太阳偏西落下山。懒瓜睡觉还不愿到屋里床上正经八本地睡，是嫌屋里热、屋里闷。懒瓜说，一扇窗户能透进多少风，一身汗紧接一身汗地往外淌，不比干活还累人？

懒瓜喜欢把自己的一副身子骨连同困搬到院落外的一棵小树下。这树是搬迁后新栽的。这里是黄白土，是一溜高土岗堆平的，土质薄，土质干。这树要枝繁叶茂撂出一层叠一层的浓荫看样子还得不少年。午后，小树花花搭搭的树荫下太阳辣，光亮强，懒瓜仰脸躺地上，一双眼刺得睁不开、闭不上，自然是睡不着。懒瓜扯下衣褂棚树枝上，当作是长出的一片大树叶。懒瓜毕竟是个大男人，家里的一些事兰英出头露面的不便当，还得靠懒瓜。懒瓜不管调换哪棵树荫下，兰英先找着懒瓜树枝上搭着的衣褂，保准一找一个准。

这天，树荫下睡觉的懒瓜闻见一股一股的麦香味。风是从麦地刮来的，阳光下的麦穗啪啪的裂炸声听不见，可麦子成熟的香味是越远越浓郁。就是从这一时刻起，缠绕懒瓜身上的困瘾像盘旋眼前的乌云被麦香哗啦冲散开。懒瓜躺地上，身子骨被不平的地硌得一阵一阵地酸疼起来。懒瓜奇怪先前这么多天怎么能舒舒服服地睡觉呢。懒瓜自己骂自己，俺看你是长着一把贱骨头。懒瓜睡不成觉起来做一件事，他翻东翻西找出俺家的几把经冬的锈镰，一把把磨起来。

这天挨傍晚，俺从地里走进院落里，耳朵听见的是懒瓜嚯嚯嚯的磨刀声，眼睛瞧见的是地面几把光亮照眼的镰刀。懒瓜说，俺睡觉的时候闻见麦香味啦，俺约莫着过天把天就得下地割麦啦。

夏收夏种是一年内农活最重的，也是最紧手的农活。割麦、打麦、撒豆种,再接着锄黄豆、理清地墒沟,一下忙个把月。这些天懒瓜不可能再睡懒觉,家里家外、地里麦场更是忙得两只小腿肚不歇闲。哪个女人都欢喜自家的男人勤快,不懒做。兰英看懒瓜起早贪黑忙乎自家田地,累是累,心里敞亮得很。米饭、面食、汤汤水水都是油多盐少,兰英这些天是想尽花样伺候懒瓜。兰英说,女人跟男人过图个什么呢?还不是盼着男人一心一意疼爱自己,一心一意想着这个家。

这段农活忙过去,日子又松快下来,俺担心懒瓜身子骨再松垮下来,睡成一条长手长脚的大懒虫。可是懒瓜是懒觉一点没沾。懒瓜似乎心里装着一件大事,一颗心闲不下来。懒瓜干什么呢?懒瓜天天去村头路当心,把一颗头端平整,两只眼一忽悠一忽悠地往远处瞧。懒瓜是等候二侉。

二侉是个无家可归的人,买呀卖的自是不能等家里,得把一双脚往能赚钱的地点跑,就是不买不卖,二侉也不愿归家。二侉不再要他的女人做女人。二侉跟他女人说,你离开这个家,要钱你开个数。他女人说,你的钱,俺一分都不愿意要,俺就想瞧瞧哪个骚女人能进这个家。二侉的老子娘也看不惯二侉这么一种做派。他俩管不住二侉,支持媳妇说,你就住家里莫离开,他二侉不养活你,有俺们吃的也饿不着你。二侉的家成了他女人的家,二侉买卖不买卖都不再进自家门。懒瓜寻找二侉的人只得像寻野狗似的往村路上寻。

这一天,懒瓜还真遇见二侉。二侉像个装满心事的人,走路头往前伸,引着两只腿。懒瓜见二侉走得快,怕二侉错过身,早早地叉腿拦站路中心。

懒瓜说,二侉,这几天俺是天天找你也瞧不见你的面,还心想夹哪个女人裤裆里出不来了呢。

二侉不气恼,一张嘴还咧龇咧龇地笑,说,懒瓜,看你说的什么话,哪个女人也比不过兰英婶的大腿有劲呀。

二侉认出懒瓜的眼神找他真是有事。二侉说,懒瓜,你莫不还想跟俺去江南逛一圈?

懒瓜说,俺哪好意思老是沾你的光。懒瓜就说出他找二侉要说的事。

懒瓜说俺是想买你家的拖拉机。

二侉听明白懒瓜的话,说,懒瓜,你也想贩炭跑生意?

懒瓜说,许你发大财,不许俺发小财?

二侉说,俺家的那台旧拖拉机想拉货也是拉不动,你要真想贩炭得买台新拖拉机。

懒瓜说,俺手里有钱还找你?

二侉警觉起来说,俺的拖拉机也是钱买的,不是一股大风吹进俺家的院子里。

懒瓜说,俺又没说不给你钱,等俺做生意手里缓过劲,少不下你的一分钱。

二侉是做生意的精明人,眼睛眨眨都知吃亏不吃亏。懒瓜想买他的拖拉机,他想缩头往回退,说,前天小东庄黑驴要买俺家的拖拉机,价都说好了呢。

懒瓜听明白话音,知二侉不想空卖他的拖拉机。懒瓜两眼一愣一愣地没了办法。懒瓜跟二侉翻起老账本。懒瓜说,你起小,叔哪天不带着你玩?俺哪回偷生产队地里的瓜果梨枣少下你吃?有一次,你上王寡妇门前的泡桐树上掏老鸹窝摔瘸了腿,还是俺背你回家的呢……

懒瓜的话一嘟噜一嘟噜往外说,趁二侉没防备,冷不丁地伸出两只手卡住二侉的脖梗子。懒瓜的手劲大。二侉嘴里说不出话,两眼失去活性,一时三刻眼珠僵直鼓突开,两腿直蹬直蹬地软下来。

懒瓜还是不撒手,嘴里骂二侉,你现如今贩炭混出个人模狗样就想耍弄叔不成?

二侉瘫软的身子骨往下坠。懒瓜这才松开手,望着瘫软地上的二侉像是他手里掉下的一堆破衣裳。二侉缓一会神,又缓一会神,缓半晌神，话才说出口。二侉说，俺家的拖拉机砸成废铁都不会卖给你懒瓜。

二侉快步走开，边走还边摸着被懒瓜掐过的脖梗子。

懒瓜依旧站在路当心，两只手还僵在半空依旧合成一个圆圈状。懒瓜这咱子还不是太清楚自己的一双手怎么一下就跑到二侉的脖梗上。

懒瓜回到家里跟俺讲起这件事，脸色还煞拉白，他说，俺今天两只手差点掐死二侉。他还说，人呀确实有自己管不住自己的时候。

懒瓜的一双腿哗啦啦地抖一气子，哗啦啦又抖一气子。晌午里，政德当家买菜打酒请二侉，算是磨一磨懒瓜掐二侉脖梗子的面子。二侉酒后说话敞亮，说，想起来俺起小懒瓜叔待俺还就是好。这人活着除了钱、钱、钱，还得讲点别的，今天下午你懒瓜就去俺家开走拖拉机，钱不钱的事不提，赶明个你懒瓜手头活络，多少给点是个意思就照（行）了。

二侉家的拖拉机就一分钱没花地被懒瓜想到手心里。接下，懒瓜一心想着贩炭的事。

懒瓜贩炭得找买主。买主在五十里路远的一个集镇上，是一家烧砖的窑。砖窑大，用煤量大，送炭人多，懒瓜送炭去，窑场场长肯定不愿收。二侉传懒瓜点子说，你去找一个叫巧云的女人，这女人是窑场的会计，管司磅，还管付钱。二侉还交代懒瓜说，你找上她好听的话说它几箩筐，她要是允下，场长自然会允下。场长因着什么能听巧云的话呢？二侉笑笑，说，这里的过节你就不用知道啦。

懒瓜大清早坐上长途车，一站一站地数过去，直接去窑场找巧云。这女人人长得小巧，走起路轻飘飘地像一朵飘浮的云。懒瓜近磅房隔道窗户喊巧云的名字。巧云听外面有人喊走出来，眉头一皱一皱的，满脸不高兴，问懒瓜，你怎么知道俺的名？

懒瓜说，俺从大河湾村来，是二侉叫俺来找你的，二侉说窑场场长当不得家的事,你能当。

这女人就笑了,说,他二伢难道没交代你得带点东西来看俺吗?

懒瓜也笑笑说,这事俺忘记问。

懒瓜转身走上近旁的街,买一兜苹果拎回来。

这女人还是笑,说,他二伢没对你说俺最烦吃苹果吗?你去买点梨。

懒瓜还是笑着说,这事俺忘记问。

懒瓜放下苹果,说,那俺再上街买梨。

懒瓜颠颠地又去一趟街,一兜梨拎回来。

这女人却又不愿吃梨了,说,街上没有卖香蕉的吗?

懒瓜笑不出声,说,俺再上街买香蕉。

懒瓜要上街,这女人没让懒瓜去。这女人说,俺看你是个老实人,要送炭明早你就送过来吧。

懒瓜没想事这么容易就办妥,还有点不相信,说,那俺明早真的送过来?

结果,这女人苹果没要,梨没要,全让懒瓜提回去。

隔天一早,懒瓜真就装满一拖拉机煤炭送过去。煤是从附近大煤矿多种经营公司小煤窑上买的,懒瓜与卖煤的人不熟,就不能像二伢那样赊账,一分钱不给拉走煤。懒瓜是现款现货,一车炭过磅拉出可斤可两的,一点多不出。懒瓜只能指望运到窑场上赚个差价钱。五十里的路,不到一个时辰就瞧见窑场大烟囱一股一股往外冒黑烟。这段路面算是宽敞、平整,懒瓜脚下踩大油门,拖拉机像头脱缰的公牛直往砖窑场开过去。懒瓜的拖拉机没能开到砖窑就被一个人招手堵住停下来。

让懒瓜停车的是个瞧不准身份的人。离多远懒瓜便瞧见有人叉腿站在路心里,摇动一面三角橘黄旗。懒瓜不想停下车,不停车,车就得往这人身上轧,还是停了下来。懒瓜一脸不高兴,问,你拦俺车做什么?

　　这人说懒瓜,你行车执照拿来俺瞧瞧?

　　懒瓜没有行车执照,说清早换衣裳丢家里去了。

　　这人叫懒瓜赶快从车上下来,说,你难道还想开过去?

　　这人四十来岁,五短身材,一脸凶狠的神态。懒瓜走下车,心一缩一缩地紧着痛。这人说他是公路检查站的。他有什么凭据呢?这人打裤口袋捞出一个红袖章,朝懒瓜眼前摇抖几下,又塞进裤口袋。

　　这人问懒瓜,买过公路养路费吗?

　　懒瓜头脑嗡啦嗡啦地响,哪知什么叫个养路费。

　　这人一张凶脸呈出笑,这笑有一丝寒冷流出来,比不笑还凶狠。这人笑一会子,笑不出声音了,说,看样子你卖煤的税也是没报啦?

　　懒瓜一颗头脑晕啦晕啦的不知往哪里转,只得实话实说,俺是头回往这送炭,不知什么是养路费,也不知报个什么卖煤税。这人说,你不知道没关系。你掏钱,俺一条一绺跟你说清楚。

　　这人对懒瓜说出一个钱数。懒瓜脚一软,差点一屁股坐地上。懒瓜的魂一下就守不住身咮啦一下飞出去。懒瓜当着这人面翻出上面的口袋,翻出下面的口袋,又脱下两只鞋朝太阳地里扬一扬,说,你看到了吧,俺身上的钱就是这么一点点,你就是把俺裤子脱下去,俺也多拿不出一分钱。

　　这人自然知道怎么收场。这人还是笑,说,把你的拖拉机开进公路检查站押个十天半个月你就有钱啦。

　　懒瓜换上一脸讨好人的笑,叔叔、大爷喊几声,说,这回你就高抬贵手,下回有钱少不了孝敬你叔叔、大爷的。

　　这人松下口,说,这一回钱少就钱少吧。不过得给大爷两筐炭,留赶明冬天里烤火。

　　这人收下懒瓜掏出的钱,还拿出两只荆条筐。懒瓜乐颠颠地像是拿别人东西不心疼似的丢下两大筐炭。这才打着拖拉机的油门,开去砖窑场。

　　砖窑场自然还是那个叫巧云的女人司磅、算钱。这女人见懒瓜灰头灰脸的一脸着急相,问懒瓜怎么肉蹭到现在,说,俺要是有个什么事回家去,你得等下午了。这女人还说,懒瓜你下回可得早点来,别人家的拖拉机早卸下炭回去了。

　　懒瓜就跟这女人说出他遇见公路检查站的事。

　　巧云这女人话是没听完,事是全明白,说懒瓜,你是被人骗啦。这人叫坐地虎,是个街油子,专门想歪点子欺侮外地人,弄点吃喝钱。

　　懒瓜的神色一下像遭上霜蔫苶下来,说,俺哪能想到出门这么难心呢!

　　这女人说,好在钱不多,算是你花钱多认识一个人。俺见他说声话,下回他就不会讹你啦。

　　卖炭的磅秤肯定比买炭的磅秤硬,又加被坐地虎卸下两筐炭,懒瓜的拖拉机过秤少不少斤两。结果去掉本钱、去掉油钱、去掉被讹去的钱,这趟炭运来还亏下几十块钱。这女人当着懒瓜的面把盘算拨拉出一阵风一阵雨,算出总钱数。懒瓜等拿钱回家,巧云不愿给,说,按窑场规矩得查验过你拉煤的煤质后才能付钱,最少得押下一车炭的钱。

　　懒瓜的脸成苦瓜相,说,钱多少得给一点,要不明早俺哪还有拉炭钱呢?

　　这女人很同情懒瓜,说,你这么一副老打老实的样,做什么生意都是只折不赚。

　　这女人就按钱数点给懒瓜,说,钱俺是全数给你,只是这事不能跟外人说。

　　懒瓜一脸感激。回头来到家里,懒瓜一肚子窝囊气没跟兰英说,也没跟俺、政德两人说。夜晚里,懒瓜一下变成一个睡不着觉的人。他想明天送炭怎么能赚回今天亏本的钱。

隔天里,懒瓜拖拉机开出家门也早,去煤矿多种经营公司买出煤。煤只装大半车厢,突突突地开出小煤窑,找一片平整的地场卸下来,又去近旁卖矸石的地方买了小半车厢碎矸石。这些碎矸石是专一卖给贩炭人掺假的。懒瓜买回碎矸石也倒在这片平地上。懒瓜剩下的事是把炭与矸石掺均匀,再一锨一锨地装到车厢里。

这一天,懒瓜很顺当,没遇见那个举旗讹人的坐地虎。看样子巧云已见到他的面跟他说上话。懒瓜突突突直接把拖拉机开进磅房里,司过磅,懒瓜的拖拉机突突突一阵响声开进煤场里,卸下后便可回头从巧云手里拿到钱。这趟一拖拉机炭买多少钱,卖多少钱,又赚回多少钱,懒瓜的思想便一下放得很远,掐手指一天一天往下算,一天赚多少?十天赚多少?买拖拉机的钱得多长时间能还完?一年后的懒瓜就不是现在的懒瓜啦。那时候的懒瓜口袋里装满钱,还用得着自己一趟一趟辛辛苦苦往窑场上送炭吗?也像二佬那样把贩炭的生意日弄大大的,一次上千吨往淮河下游短缺煤的工厂去卖!也像二佬那样满皮包满皮包的钞票往家里拿!

懒瓜卸完煤,拖拉机一下轻松起来,空落的车三颠两颠地又回到司磅房。巧云这女人说懒瓜,今天炭送得早,这样要不了几趟你就摸熟路了,回家还耽搁不了吃晌午饭。

巧云跟懒瓜说着笑着便拉开抽屉,拿出一沓钱准备蘸水点数交给懒瓜。

偏巧这当口走过烧窑的人。烧窑的师傅是年岁七十往上数的人,两眼整年被窑火烤着、被窑烟熏着,又红又肿,像两个熟过头的烂柿子。这老头是急性子人,暴一头青筋跑过来。两手还捧着水啦啦的炭。那炭一见水洗,炭与矸石就分明出来。这人把一捧炭举到巧云脸面前让她看,说,俺找场长没找见,你看看这炭里掺这么多矸石,赶明个烧不上火,砖坯坏下来,能赖上俺?这老头的话,巧云听得明白,懒瓜也听得明白。

巧云这女人就把一双眼盯上懒瓜的脸,轻声慢语地问,你今天拉来的煤里掺上矸石啦?

懒瓜不说话,一个头哗啦哗啦使劲地摇。

这女人抓起算盘啪一声拍桌上,说懒瓜,你也想跟俺耍花招?你睁开眼好好瞧一瞧姑奶奶是干什么吃的,年年烧窑,年年买炭,还能被你唬住了?

懒瓜只得承认下,说,俺不掺点矸石,怕你的磅秤硬,连个斤两都不够,还赚谁家的钱?

这女人轻叹一口气,说懒瓜,不管怎么说你还算是个实在人。俺看这炭也不让你再重新拉回头啦,你掏出早上买煤的单据来,你买煤是多少钱俺就给你算多少钱吧。

懒瓜把清早买煤的单据递给巧云。巧云瞧瞧数字,说懒瓜,没想到你的心也够黑的,一车煤你掺进半吨矸石还说少?

懒瓜结清钱,心里还有句话问巧云,磨蹭半天才问,俺明个早上还能送炭吗?

巧云说,你明天还敢来?窑场场长要是知道你送炭掺矸石坏他窑场的事,不叫人砸烂你的拖拉机才怪呢。

懒瓜还有话问,说,二侉往窑场送炭掺矸石怎么没事呢?

巧云说,你怎么能跟二侉比呢?他二侉买卖做得多活泛,连窑场场长闺女的白屁股都愿让他摸,你去比去?

话说到这份上,懒瓜知道买卖是没办法接着做了。这天,懒瓜开拖拉机回头,没进家门,直接把拖拉机还给了二侉。

二侉问懒瓜,买卖做两趟就不做了?

懒瓜说,这买卖没法做,做的趟数多就亏得多。

二侉还问懒瓜,两趟亏下百十块钱吧?

还真是百十块。

俺心里估算也得这么多。

×你妈。你知俺生意做不赢,怎么不早点吱吭一声呢?

要是你不亲手去试试,俺说了你也不会信。

懒瓜轰轰烈烈的一桩生意就这么不声不响地消下去。

这年冬天,懒瓜又帮着二侉往江南押一趟炭船。船行至大河湾村下游两百里水路的地方,要过一道蚌埠闸。就在这道闸里,二侉的炭船被拦下。这回拦船的人是真正的公家人,穿着各式各样的公家制服。这些人走上船,钻进煤舱里,查出煤矸石,哗啦一声,船被扣下来。检查的人问谁是货主?船家拿眼看懒瓜。懒瓜连神还没缓过,公安人员闪出手铐卡住他的手脖子。懒瓜喊叫,冤枉呀,这炭是二侉的。

检查人员左瞧右瞧懒瓜也不像个有钱人的样,手铐咔嚓开了又放开懒瓜,让炭船停靠指定的地点。检查人员说,值这么多钱的炭,还怕货主不自己找上门?

懒瓜遭一惊,又遭一吓,不知两腿往哪里搁。船家说懒瓜,你还不赶快回去找二侉?

两百多里的水路懒瓜半天赶回头,可懒瓜不知去哪里找二侉。懒瓜去二侉家问二侉女人,说,俺是有急事,想见二侉。二侉女人说,俺还想找个人问问他在哪里呢。

二侉大(爸)缩头缩脑地见懒瓜满脸滴下着急的汗水,悄悄跟懒瓜说,二侉这咱子八成在煤矿上一个叫彩云的女人被窝里。这个叫彩云的女人,懒瓜也认识。前几年彩云来大河湾垒堤坝,懒瓜跟二侉帮她干过活。只是不知二侉跟她越来越近乎,近乎到能睡一个床。彩云已是大煤矿上小煤窑的会计,管着小煤窑卖煤,管着小煤窑收钱。彩云能有这么大能耐,是她跟小煤窑的一个姓赫的男人好,这姓赫的男人当着小煤窑的家。彩云跟姓赫的男人好,彩云自己的男人就抽开身,两人离了婚,分开手。二侉买煤做生意,一看就看上彩云手里的权,顺带着还看上彩云的人。有彩云出力,二侉买的煤就比别人价格低,运出的吨数还比别人多。这样一来二去,二侉赚的钱多。钱多的二侉不能独吞独咽,分一份给彩云,彩云再分一份给姓赫的。反正小煤窑是公家的,有钱顶着,彩云乐意,姓赫的也乐意。

彩云住矿南村的老地方楼上,懒瓜咚咚咚砸门。门里没动静。懒瓜还是咚咚咚砸门,门后来还是开了,走出彩云一张没睡醒似的脸。彩云认识懒瓜,问,怎么会是你懒瓜?懒瓜急问,二侉可在这里?

彩云说,你懒瓜问话有意思,二侉在俺这里做什么?

懒瓜知二侉在屋内,喊,二侉、二侉,俺找你有急事!

二侉这才从屋里走出来,说,懒瓜,你不押船,怎么跑到这里来了?

懒瓜说,炭船被公家人扣下啦,说是掺炭矸石犯下大法啦。

二侉不急,让懒瓜坐下慢慢说。懒瓜说完话,二侉还不急,说,俺心想是什么天塌下来的大事呢。

懒瓜不知二侉怎么能这么沉得住气,就好像扣下的几船炭是别人的。

二侉吩咐懒瓜,说,你回家吧,这事你莫再瞎讲给别人听。

懒瓜问,这几船炭你不要啦?

二侉还是笑,说,怎么能不要,一斤也不能少呀。

二侉对彩云说,你先弄点饭,俺吃过再处理这件事。

一个月后,懒瓜瞧见二侉。

懒瓜问二侉,那几船炭运江南去啦?

二侉说,炭不运江南,俺忙这么多天干什么?

懒瓜还有些话想问,想想还是随唾沫咽进肚子里。懒瓜从背后盯瞧着二侉的人影子,不知这么大的纰漏,他二侉是怎么堵上的?

第四章 买　　卖

16. 脚脖子疼出一桩买卖事

政德想起开商店做买卖是缘于自己的脚脖子疼。

政德的右脚脖子年幼时崴伤过筋,心想好了也就好了,没想会留下根。几十年过去,这根又发起芽,遇阴雨天,政德右脚脖子疼得一个脚不能当脚使。人的两脚原本是不相干的,政德右脚不利亮,这左脚也受影响,轻易挪不动步。政德家里待久了,右脚脖子的疼痛一天一天还往身上移,渐渐地心口窝也相跟着疼起来,扎扎刺刺的,比脚脖子还疼还难受。政德想散散心,也散散疼,就随手捡拾一根柳棍做拐杖,一瘸一拐地往三根家门口凑热闹。也就在这一刻,政德注意起一个叫玉坤的买卖人。

玉坤的生意摊就摆三根家门口。一辆破架子车上摆放孩子们用的写字本呀铅笔什么的,还摆放着孩子们的零碎吃物,也摆放油盐酱醋等家庭杂物。玉坤人呢就坐架子车旁边的板凳上,一张嘴还不耽误与一帮闲人东扯葫芦西扯瓢地唠闲话。有孩子两眼一片光亮围过来,玉坤接钱递东西,嘴里的闲话像扯着长丝线不断。政德倚着柳棍远远站停步,一颗心浸润在玉坤的买卖里。政德想玉坤这才叫做买卖呢,风不吹头雨不打脸,见天有钱往口袋里滚,还净赚不赔。政德的一副头脑接着往深里想,怪不得玉坤家不吭不哈地就翻盖上三间明砖明瓦的大平房。坚实的地基还拉开架势,保不准过两年还加盖一层小楼呢。这样的房屋除做村支书的跛拉家有,没第二家。政德的心一抖一颤,恨起这个叫玉坤的人,暗自说玉坤,你个驴日的还不是发三根家这块场地的财。

三根家住大河湾村十字路的交叉口。

大河湾村里有两条主路,东西、南北各一条,村里几百户人家就被这两条路分成四大块。村人抬腿动脚就得依靠这两条路出村、进村。这两条路像大河湾村的两条筋骨,牵着连着每户每个人。三根的家住这里,自然是大河湾做买卖的好地方。这么多年过去了,三根跟他家里的翠叶两人像是不知道这地场是生财的宝地,闲置那里,任闲人占为一处乐场子,任玉坤的一辆破架子车往返着,不起眼地运货来,不起眼地运钱回。这几年玉坤赚钱的事除政德今个天留心注起意,别人都视玉坤闲着一双手没事找事干。

三根的家是三间瓦房,敞户露门的没有盖院墙。靠近路盖锅屋的地方碎砖烂瓦堆一溜,里边有肥沃的一畦土地,种种花,种种菜。初春的天,有一棵叫月月红的花草红红紫紫开几朵花,招引蜜蜂飞过来,嗡嗡成一团云和雾。政德眼瞧这花朵,没心思去观赏。此刻,政德心里盘算着能想个什么法子,把这绺菜地归到自己名分下,盖屋、开店、挣钱。终于,政德立稳好左腿为支点,右腿一转回家去。

这天挨晚里,政德就因着孙子一张好吃的嘴与儿媳兰英演了一场戏。演这场戏的目的当然是为着三根家锅屋地基的事。那天,俺下地清理积水的地墒沟,这事俺是一点不知道。

下雨天,儿媳兰英没下地,屋里东一头西一头拾掇家。政德进家原本是想与儿媳商议一下开商店的事,可话到嘴边又滚落肚里去。兰英是个心里搁不住话的直肠人,万一事情办不妥,还风言风语传别人耳眼里,他这张老脸往哪搁?这事,政德闷肚里出不来,显得十分激动,是一种心怀大事藏而不露的激动。政德一时三刻就想出好几条办法。

一是拿自家的四间瓦房换。这法子似乎显得太显眼。日后盖起商店、做起买卖、发起财,在村人脸面前也有点不光明的样。政德想,要不干脆拿钱买。三根只要开口要个价,这事情就有办妥的眉目。他三根要多少价码都依他。政德想到这里,心底鲜鲜亮亮的,似乎三根家那绺地场早已归落自己名下。政德站起身,顺手掸去一心的沉重,两条腿不酸不疼地往外走,想这咱子就把这件事了结掉。

政德走走又停还是没出门。政德不知该跟三根讲他要这块地场干什么。这一刻,钱呀物呀的对政德都是虚设之物,当紧的是想出个理由来。

后来,政德就瞧见放学回家的孙子。

孙子叫铁蛋,身骨长相都如政德一样壮壮实实的,似生铁铸就的。时令才到初春,下雨天还能试觉阵阵寒意的凉,铁蛋已敞胸露怀,肚皮黑黑油油袒出来,还浓鼻邋遢地吃着支冰棒。政德瞧见铁蛋这副模样原本是想笑想骂的。铁蛋的这支冰棒显然是从玉坤摊上买来的,政德这笑这骂还没表达出来就一下不舒服起来。政德试觉心里有团火刺啦一声蹿出来,烧得手一下夺过铁蛋的冰棒。铁蛋嘴空下、手空下,才知冰棒已飞到政德的手指间。铁蛋毕竟是孩子,从政德呆寒的脸上没读出异样的地方。铁蛋踮起脚,手扯政德的衣褂襟,抖呀晃地说,快给俺,快给俺。

政德的手并没有像铁蛋想的那样降落下。政德蓦地一甩,冰棒啪一声碎裂墙上。这咱子,铁蛋才感觉政德与往日不同。铁蛋哇啦一声哭起来,说,爹爹(爷爷),你赔,你赔,赔——俺——冰——棒——

政德与铁蛋两人的冲突是在当院里进行的。兰英听见铁蛋的哭声走出屋,瞧瞧孩子,瞧瞧政德,瞧瞧墙根的碎冰碴,仍不明白是怎么回事。铁蛋见了兰英,嗓门更加嘹亮起来,手指政德说,他摔俺的冰棒,他得赔。

政德这才从刚才的情绪里走出来。一个老人跟自己的孙子怄气,还摔掉他的吃物,这无论如何是不该的。瞬间里,政德的脸上红红地布上愧色。政德面对媳妇更加是无话可说了。

兰英是个通情达理的媳妇,知道政德的气不是气孙子,也不是气冰棒,是因着他自己右脚脖子在这个雨天繁殖过多的疼痛。兰英扯开铁蛋,于门槛边的亮处安置下,说作业不好生做,还得挨打。

铁蛋是彻底失去依靠,闷一肚子委屈,只得伏案操笔做作业。

政德仍旧呆呆愣愣站在院落里,他想该用怎样的话语跟兰英解释刚才的事情。他糊涂的头脑就是这一刻闪开一道亮光来,一下照见他半天思而不获的东西。政德啊哈哈吐出一口浓痰,沉闷的心胸敞亮开。事物的流程便是这样,一端沉入绝望,另一端肯定会从希望里萌发出来。政德于是想出了要三根家地场的好办法。

政德再次走向铁蛋时,脚下便踩出许多大动静。他脸上寒气退下,不薄不厚换一层严肃。明眼人一眼便知这严肃是伪装的,如同真花与假花,是一种质地不同的色泽。政德走近铁蛋,伸出手指节咚咚敲打几下桌面,算是警告。后来才骂,你这也叫写字?连毛毛虫爬都不如!

铁蛋停下笔,一脸迷惑地瞧着政德。政德没有放松铁蛋,说,你瞧俺脸做什么?俺这张皱纹脸能教你写周正字?政德手指捏起铁蛋的写字本,嘶啦嘶啦粉碎成一地的纸片。

铁蛋这一回没敢哭,脖颈缩着筋,惊恐地哆嗦开。

兰英闻声走过来,不愿政德的意,说,俺大,你今个先是摔冰棒,后是撕本子,你说说铁蛋是犯哪门子法啦?

政德没有弱,鼻孔先是哼哼两声,手指戳上铁蛋的脑门心,说,你教铁蛋吃嘴比什么都在行,写起字连老鳖爬都不如。不知这个小野种赶明个能有什么用?

兰英的气被惹起来了。兰英说，铁蛋长相跟懒瓜一个样，这大河湾谁人不这样说？你偏说铁蛋是野种，这得先问问你自己。

政德的嘴先是啊哈一下，接着提腿往半空蹦上两蹦，说兰英，你要骂人回你娘家骂你家老子娘去。

后来，政德手指又移上兰英的脑门心，指指戳戳地说，滚，赶快滚出大河湾村。

政德与兰英这么一吵一闹，左邻右舍热热闹闹地拥围来。兰英见村人没有火上浇油，于是软下声，哭起来，说，俺大，你骂骂铁蛋，打打铁蛋，那是你孙子，你家的后人，没有什么。可你野种野种地咒他，哪有上辈人这么骂下辈人的呢？

政德脸上这咱子没有寒气，没有厉色，反倒是笑眯眯的。那神色是怎么也不像与兰英吵架的样，倒如凭空降临一件大喜事似的。政德望着拥进院里的村人，手不罢休，拐进锅屋捧出一摞白瓷碗、白瓷盘，说兰英，你要哭要闹去你娘家，莫在大河湾村丢人现眼的。政德顺手拎起纸片样的白瓷盘，哗啦碎一个，哗啦又碎一个。政德不紧不慢，神情专注，先摔瓷盘，后摔瓷碗。政德耳听瓷盘碎裂的脆音，眼观瓷碗碎裂的欢跳。村人不让政德继续摔盘摔碗慌忙前去阻拦。政德手一松，一摞碗盘直直坠落地面，碎裂出更大的响声。政德说，全家都不吃不喝才好呢。

这当口，懒瓜突突突开着拖拉机外出运货回来。院里黑黑压压站着村人，政德立在一地碎瓷的光亮里，还有兰英的哭声从屋里浸漫出，懒瓜头脑轰隆声一炸，才判断出是公媳俩吵架。懒瓜知兰英不是那种碎言碎语的女人，平常里公媳俩不啰唆。懒瓜当着村人的面，不了解实情，只得冲兰英吵。懒瓜像大河湾村的大多数男人一样，无名火气立时三刻膨胀开胸膛，卷胳膊、挽衣袖地奔屋里去，说兰英，你这个贱骨头的女人，天天在家闲出毛病来了呢！

村人自是不让懒瓜去打兰英，几只胳膊树枝样地伸出来拦住懒瓜。懒瓜也知村人会拦他,他做做样子拉拉架势是给村人看,更是给政德看。

政德知今个天的这场面已到火候,再下去就不好收场了。政德的脚挪散一片碎瓷的光亮,先是骂懒瓜,开拖拉机钱没挣着,能耐倒长不少。政德说村人,你们都莫拉他,俺看他今个天是怎样使性子、充英雄打兰英的。

懒瓜跟村人都呆愣住,不知政德葫芦里卖的什么药。

政德接下转话题说,家不和外人欺,你懒瓜白个瞧瞧这一院落的村人,笑话还没看够吗?

村人的脸一下红起来,他们没想政德会说出这种话。村人吐吐气,跺跺脚,相继退出政德家院子。村人说,没见过这么不知好歹的人,劝架还劝出不是来了呢!村人还说,你们家打去吧,打得头破血流,像个烂夜壶才好呢。

村人走开,政德心情明朗开来,有一种做完大事之后的轻松感。政德咣当关紧大门,抑制不住的笑色一下爬到脸上,对懒瓜说,俺这是给村人演戏呢。还问,你看俺演得像不像?懒瓜像是不认得政德似的,两眼鼓突得更圆更大。

政德软下脖颈,嘴附懒瓜耳朵边,说出他想要三根家两间锅屋地场开商店的事。懒瓜不知政德要三根家地场与跟兰英吵架怎么会联系上,说,这样三根家的地场就给你啦?政德说,你就家里慢慢地等着吧。

懒瓜还是不明白,说,你这出戏是演给村人看,也是演给兰英俺俩看的吧?

政德一脸鬼魅地笑起来,说,凡事跟种庄稼一个理,你不下肥、不锄草、不理墒什么的能有个好收成?

这天晚黑里,政德等俺回头,又一脸喜色地把事跟俺说一遍。政德就头顶一团漆黑的夜色往三根家走去。政德会用个怎样的计谋对付三根两口子呢？

　　阴天的夜原本就黑，又加下雨的湿度大，人行走在这样的夜里就如同踏进水里，黏黏稠稠地裹着身。可政德没有这样的感觉，他脚步迅疾，两眼如灯，一种大事将要做成的兴奋燃烧着他。政德抵近三根家门前，脚步假装迟缓起来，一双腿僵僵硬硬拖动脚脖子，脸上的喜色粉一般纷纷掉落下来，哗啦哗啦换上一层愁苦色。

　　三根跟他家里翠叶都在家。三根两口子知政德跟儿媳吵架的事，可不知气头上的政德为何到他们家来。翠叶倒茶、拿烟，把一脸苦水的政德安坐下。政德喝茶了，也抽烟了，他跟三根两口说，你们俩说说俺这日子怎么过？现如今俺还能累得动就挨上骂，赶明老了坐喝坐吃还不被她兰英提拎腿扔淮河里喂鱼去？三根是个动脑不动嘴的人。翠叶的一张嘴劝说政德，自个的牙跟舌头还犯咬呢，居家过日子你说说谁家锅底还能没丁点黑？

　　政德知提房基的事还没到时辰，就又说，兰英这种女人俺是铁下心不跟她住一起啦。现如今俺是自个累自个吃，赶明个累不动，一包老鼠药喝下去，又干净又利索。

　　政德自己被自己说得委屈起来，眼泪水便汪呀汪地流出来。翠叶还是劝政德说，俺看兰英不是那种人，再说有懒瓜在跟前，谅她也不敢。

　　政德露出话底，说三根跟翠叶，你两口就当是惨怜俺。政德黑黑的手往外指呀戳地说，你们家的那两间锅屋地场卖给俺，好歹搭个草庵住，离他们远远的，省得天天见她心烦生闷气呀。翠叶的话咯噔一下就断去。三根的眼磁铁一般吸上政德的脸。

　　政德还是紧着倒出肚里的话，说，你两口开个价，俺拿不出钱就把拖拉机抵押给你们家。

　　拖拉机值万把块。政德心想这两口一定会惊出一大跳。不想三根两口很平静。三根说，政德，你要真是没房住，搬俺家住是一句话的事,可你是有家有屋有儿有孙的人,俺三根揽下你,你家兰英怎么看?你家懒瓜又怎么看?莫说是换拖拉机这么值钱的东西,就是锄耙绳索不值钱的东西俺也不敢收呀。

政德没想事情会这么轻易僵持住,他恨不得当场砸碎自己一副木脑壳。政德不怨三根两口不松口,只怨自己虑料事情不周全。你想想他三根怎么敢收留一个有儿有孙的人呢?政德的一颗心并不死,最后说出一句赖话,他说,俺回家让懒瓜来说这件事,他不养活俺就得拿拖拉机换宅基地。

懒瓜当然不愿去三根家。懒瓜说,你让俺跟三根两口讲要撵走你、嫌弃你,你说说这话俺怎么能说出口?

这事,懒瓜已跟兰英说透彻。兰英不吵不闹,仍生着气。兰英说,俺大,儿子是自己的,媳妇是皮外的,说来说去这事还不是瞒着俺一个人!

政德鼓鼓的劲头被兰英尖利的语言戳破,泄出气去。政德一屁股拍坐板凳上,说,俺想法子开店挣钱是为着谁?还不是为着懒瓜、兰英你们两个人。

懒瓜说,那也不能没办事,自家先闹起来。

政德站起身,自个摸床上去,说,现如今你想办个事比登天还难心。

这一夜,政德还是没睡着,脚脖子一阵紧似一阵地疼起来。夜里政德睡不着还是想着这件事。政德说,俺今个天算是明白古人说的一个理。一个什么理呢?那就是搬起石头砸自己的脚。你想想脚都叫俺自己搬石头砸了一下子,这事还能轻易放下来吗?

17. 盖起两间大锅屋

三根家两间锅屋宅基地是谁家没给,终归还是自己家盖起来。

三根请瓦工头看场地。三根跟瓦工头说，就盖两间锅屋，你说个钱数吧。瓦工头手指头一蜷一伸，嘴咕噜咕噜说出个钱数。钱数很大，惊得翠叶一哆嗦。三根视这钱数是几根飘散空中的鸡毛，随便从家养的母鸡身上便能拔几根。三根说，就这钱数，你明个天领人下地基吧。待瓦工头走开，翠叶摸三根的脑门心，说，你今个天没发烧吧？翠叶还说，这么多钱，俺家能拿得起？三根头脑清醒着，还不把钱当回事，说，他瓦工头要的不就是钱吗？翠叶说三根，看你能耐的，解开裤带能屙出金，还是能尿出银？三根笑说，俺解裤带还嫌费事呢。

其实这盖屋的钱，三根是想让玉坤、政德两人拿。除政德外，趿拉、玉坤也想过他三根家这两间宅基地的好事。

头一个是趿拉。趿拉做着大河湾村支书，这一回进三根家门却没个官僚架子，随随便便得像是顺脚拐进三根家歇歇脚，找个什么人随便地唠几句话。趿拉毕竟是大河湾村支书。他越这样，三根心里越发怵。三根知道趿拉心里肯定暗藏着一把刀子。趿拉悠闲地坐在三根家大桌旁，悠闲地喝着三根家的茶，抽三根家的烟，说着悠闲的话。

趿拉说，村支书跟村支书不一样，早些年说什么村人听什么，你打个喷嚏，村人都说是干旱天下的及时雨。现如今土地分开，村人像牛羊解开笼套，散开啦，开个会，胳膊腿全的没一人去。不是张三去赶集，就是李四去上店。你说这村支书还叫村支书吗？就时下这光景，乡里还嫌村里会场不像个样，说上面来个人坐坐，你趿拉不嫌丢人，俺乡里领导还嫌丢人呢。趿拉接着还说，乡里会议室的排场就不用说了，别村的也都个个宫殿似的，桌面照人影，墙上规章制度花花绿绿贴得一溜一溜的，开会人往里边一坐，也相跟着花枝招展地光鲜。趿拉说，人家说社会是形势撑的，你又不能说他们说得没道理，一个村的会场就是一个村的门面子呀……

趿拉嘟嘟啦啦一大堆话倒出来，咯噔一停，问三根，你说俺村新盖会议室建哪里合适？趿拉说，俺想村里的会议室还是建村中心最合适。

三根的头脑随跋拉绕这么大个弯,才知他跋拉是看上他家的这地场。三根知道跋拉要做什么,他扛也扛不住,古往今来哪有胳膊扭过大腿的理?可他三根不吭不哈就让出这地场,也显得太窝囊。三根就跟跋拉说,俺看村委会的开会场地还是建村头妥当些,那里多利亮、多宽敞,你看人家北京就不在最中间,全国人还不是花大把大把的钱往那偎?听人说开会的人民大会堂,你想进还不是随便叫进的呢……

跋拉摇手止住三根的话,说,那是国家,俺跋拉要是当着国家主席、总理什么的,会议室建在半天空里,谁敢不竖梯子爬上去?跋拉脸上一下呈现出一片凶光,站起身想往外走,说三根,你家的那两间房基地要个什么条件,尽管开口。俺跋拉是大河湾村书记,办事能亏下你三根家?

跋拉头昂多高往外走,三根左右不适地呆愣屋里头。

跋拉说完这件事还没等具体落实下,玉坤又接着找上门。玉坤这几年一直在三根家门口做生意。一辆破架子车,天亮推来,天黑收回,风雨无阻。玉坤这么做着一份买卖很不起眼,钱可没少挣。他不吭不哈地扒掉老屋,麻麻溜溜地盖起三间大平房。村人眼一下亮起来,说还是玉坤的房屋盖得敞亮,都快赛过跋拉家的二层楼了。

玉坤口袋里有钱,衣裳穿得也整齐,话音也敞亮。玉坤问三根,你说俺家那三间平房怎么样?

三根说,大河湾村头一家。

玉坤脸上的笑猛皱猛抖,说话可不能这么说,跋拉家可是两层小楼。

三根说,俺说的是敞亮,跋拉家旧楼能比得过你家的新平房?

玉坤,你话这般说,还差不多。

玉坤说话不再绕弯子,直来直去,说,三间新盖的平房换你家的两间锅屋宅基地,可干?

三根平平静静地没露出玉坤期盼的惊喜色。三根说玉坤,你这是说笑话吧?你家的新平房俺怎么能住呢?

玉坤还是不绕弯子,说,俺换过你家的两间锅屋场地开商店,赶明个挣着钱再重盖。

玉坤眼盯住一脸平静的三根,原本很有把握的事,现在没了一点根底子。

三根回话,俺想愿意,就怕他跋拉不同意。

玉坤捡不起三根的这句话,说,这是俺两家的事,与他跋拉屁相干。

三根就跟玉坤说出跋拉想盖村会议室的事。玉坤的神色像遭过霜,一下耷蔫下。三根说,俺心里也想跟你换,要不你去问跋拉可松口?

玉坤自找台阶下,说,俺这就去问问他跋拉。

玉坤的腿拐过弯,往三根家门外挪,心里想,亏得三根说出跋拉的这茬事,要不换过地场,跋拉再要去,还不白白丢掉三间新平房!

三根也知玉坤不敢找跋拉。这锅屋宅基地的风浪又平静下去。

紧接着提这事的就是政德,政德办事,尽管目的隐藏得很深,三根还是一眼见个底。

政德的想法破开去,三根的心仍旧不轻松。他知道还会有第四、第五人来说地基的事。三根跟他家里的翠叶说,现在的人是越来越会算计,个个削尖脑袋往钱眼里钻。翠叶说三根,平常里看你像个人物精,这地基的事就不兴你算计别人一家伙?

三根的一颗心就这么被翠叶提醒开。

几个瓦工放线打桩挖地基忙乎了整一天,隔天里该下石块、水泥、沙子砌地基了。可三根石块、水泥、沙子还没买呢。

瓦工头催三根,说,工期你误了,得加工钱。

三根瞅瞅挖出的墙基,说,浅了,还得深一锹。

瓦工头鼻子里哼出一声响说,盖锅屋又不是盖金銮殿,要这么深的地基干什么?

三根说,这事难说,赶明个有钱,不兴再往上摞一层?

几个瓦工提锹下去,一锹锹泥土又深翻出来。

瓦工头还是催三根说,你家石块、水泥、沙子还得赶快买。

三根说,来得及,派拖拉机去个把时辰还不都运来了?

瓦工头不知这时候三根口袋还是空空的,没有钱。

三根叫瓦工们深挖地基为假,等钱是真,等跋拉的人更是真。跋拉不点头应允下,三根有钱也不敢垒墙基。

这两天,三根瞧见了玉坤。玉坤还是见天来这里摆地摊。玉坤瞧见挖地基知三根盖锅屋是幌子,盖商店是真。地点是别人家的,他玉坤心里有想法也吐不出。这两天里,玉坤只恨自己的一副贪心肠,心想若不是自己跟三根提出换房屋的事,保准他三根还想不起盖房做生意呢。这一刻玉坤才知道什么叫偷鸡不得蚀把米。

三根家挖墙基,政德也瞧见了,那是挨傍晚的时辰,政德半明半暗地、远远地瞧着三根的家,自己也有许多半明半暗的想法。政德跟俺说,俺找三根家买地基亏得是打着跟兰英合不来的幌子。三根肯定早一眼看穿俺的心思,只是半推半就的没明说。政德还说,三根家的地场好赖没落在玉坤名下,俺的一颗心也就平稳不少呢。

三根的举动,跋拉也早一清二楚的。他管着大河湾,村里有个风吹草动的事能瞒过他的眼?可脸面上,跋拉装得很冷,心里哼哼着说,俺不吐个话,看你狗日的敢垒基石。

跋拉盖村会议室自然也是幌子。跋拉知有这幌子,他三根的宅基地是换也得换,不换也得换。令跋拉为难的是,换过地点,盖了商店卖东西他不好跟村人交代。跋拉做几十年村支书,他知什么能做,什么不能做。跋拉脸面上一下笑起来,说三根,俺等你个狗日的商店盖好,俺再想法子,不省得现在怄心事?

跂拉村委会候一天，没见三根的人影，候两天还是没见三根的人面。村委会里的跂拉反倒自己坐不住了。

跂拉出村委会往村中十字路口走。他瞧见三根，三根也就瞧见他。跂拉问三根，盖房呀？

三根答，两间小锅屋。

跂拉说，这么大！

三根说，宽敞点好。

跂拉说，挖这么深的地基？

三根说，牢固点好。

跂拉点头，噢，是得宽敞点，是得牢固点。

跂拉转身离开，说三根，那你就按宽宽敞敞、牢牢固固的标准盖吧。

三根拦住跂拉不让跂拉走，虚悬的心一副没根没底的样。三根说跂拉，俺的好支书，你是叫俺盖呢，还是不叫俺盖呢？孬好你也表个态度吧。

跂拉的嗓子眼就咻咻笑出声，说，地场是你三根家的，花钱也是你三根家的，俺能管得着？

三根的心更加慌乱，说，你开春不是想用这块地场盖村会议室吗？

跂拉装着一副糊糊涂涂的样，说，俺说过这种话？说过，也是酒话，你能当真？

三根说，那天你没喝酒，说的也不像醉话呀。

跂拉细瞅瞅三根，问他，俺这咱子说的话醉不醉？

三根两眼轮换一眨一眨的，不知该说什么话。

跂拉说三根，你要是当真话，就停手莫盖吧。

跂拉反背手，真的远远离开，说，腚眼大的地场养几头老山羊还差不多，能做大河湾村的会议室？！

跂拉这句话不受听，却受用。三根的心一下踏实下来，两腿灌上风往玉坤家赶。

玉坤当然不知三根来这里有什么事,眼瞪瞪地望着三根,不知说什么话。

三根问玉坤,你没瞧见俺挖地基准备盖房吗?

玉坤说,嗯,线放得够宽够亮的,墙基挖得够深够实的。

你看俺盖的是个什么屋?

你不是说盖锅屋吗?

玉坤的头脑不知该怎样跟三根绕口令。

三根说,是锅屋,锅屋只能要一间。还有一间俺就不知还能做个什么用。

玉坤的眼睁多大,光一团一团地往外冒。

三根说,俺思谋那间屋租给你做买卖最适合。白天,里边放个货;夜晚,里边放个车,更方便。

玉坤眼里吐出的光,又一团一团往里吸。三根的话是点到他的穴位处。

三根说,只是跛拉这两天老是往这里扭脖子,俺怕他没安什么好心肠。

玉坤便颤抖起来。三根知他再这么悬吊玉坤的胃口,玉坤就会背过气去。三根这才说出他的底。

三根说玉坤,你现在借两千块钱给俺。赶明个俺说起话来好有个理由。俺跟跛拉说这屋是你掏钱盖的,这样怎么也能摆上他跛拉脸面前。

玉坤一听果然轻松下来,慌颤着腿就想进里屋翻腾钱。

三根说玉坤,钱拿不拿你自个虑料妥。

这一刻三根想阻止玉坤拿钱都已经来不及。

三根口袋里揣上玉坤的两千块钱,还不罢休,两腿随心一拐一磨又走进俺家门。政德自然也不知三根会为着要钱的事。

三根还是用老话套政德,说,俺这两天放线挖地基盖房呢。政德脸面很冷,说,你想盖就盖,没人拦住你。

三根没灰心,还是说,一间是准备做锅屋,还闲下一间呢。

政德说,那就闲着吧。

政德不上三根的钩,三根不急。他知政德就是这么一种人,手里的线先得长长地放,再一点一点地紧。三根想紧一下放出的线。

三根说,俺看空闲下的那间屋,你跟懒瓜娘两人住家顶合适。

政德的心跳咯噔停下来。

三根紧赶又收一把线,说,俺家院里还能停下拖拉机。

政德的心跳乱起来,说,三根,你这是说笑话呢,你盖上的房,俺凭什么住?

三根试觉手里的线已紧了起来,说,俺盖的房租出去,还不是死钱变活钱?

政德还是一副不咬钩的轻松相。政德说,你三根的脑瓜也被这世道熏活络了。有个闲房也知出租变成钱,这在大河湾村怕还是头一家。

三根手提钩,试觉重起来,能瞧见政德离水的尾巴梢了。三根说,你租下俺的屋,这在大河湾村不也是头一人?

政德还想缩回水面,说,那就等你盖齐屋俺来租吧。

三根哑哑嘴,提紧手里的线不松,说,就怕盖齐屋租不租给你,俺当不得自己的家。

政德说三根,你家的屋还能轮上别人当家啦?

三根知该是提钩收鱼的时候啦,三根说,这两天跋拉有事无事转悠得怪勤的,俺怕他想耍什么花花肠子。

三根亮出底,说,政德,你先垫个千把两千的,到时俺好跟跋拉说话。

政德被三根攥手心仍不甘心,说,你三根缺钱盖房屋只是说一句话的事,莫绕这么大的弯弯肠子呀。

三根说,话俺是敞开说个透,事办不办是你政德的事。

政德说,钱俺先点两千你拿着,不够差多少你再吱一声。

政德的钱就一张一张数到三根手上。

临了,政德吩咐三根说,俺住屋喜好透一透新鲜气,赶明个你冲十字路口开个大窗户。

三根说,亏得你提醒,要不现成的窗框还想不起用上呢。

三根手里有钱,石块、砖块、沙子、水泥什么的就爬上拖拉机后车厢斗,可足劲往这里跑。

墙基垒腰窝高的时候,靠路口的那间屋真空出一个大大的窗。这窗黑洞洞的,盯着东南西北的行路人。

跋拉瞧见这窗,心里骂三根,狗日的盖锅屋能开这么大个窗?

玉坤瞧见这窗,心里想象自己日后站里边卖东西的美气劲,说,要不是三根留这窗,俺还忘记了呢。

政德瞧见这窗,滋润一心的甜水汁,回头跟俺说,三根这窗开得够大的,赶明个随便卖点货还不挤垮他玉坤?

三根家里的翠叶不踏实,说三根,看你赶明个怎么收这个场。三根一副稳坐钓鱼台的样,说他跋拉、玉坤、政德,还能扒掉俺盖的房屋不成?

18. 想个整治人的办法

玉坤没想到政德会轻易锁上三根家新盖的房门。

三根家的两间锅屋盖起来,安上窗、架上门,空空荡荡地大敞着。这天挨晚的时辰,政德笑眯眯地背拢一双手来了,那样子像吃饱饭没事闲溜达的人。政德就这么闲鼻闲眼欺近三根家新盖的房门,玉坤还一点警觉没发出。政德抽出拢住的手,拍拍新崭崭的双扇门,就有一些干木响声漫出来。政德拍响一阵门才关上这副双扇门。政德关门的动作很迟缓,门柱摩擦门窝声,吱呀吱呀的,很刺耳。最后,政德手底闪过一道亮光,咔嚓一声,门就被锁上。政德的这一动作像闪电。玉坤惊奇政德麻麻木木的,怎么一下变得这么干脆利索!接下来,政德离开的动作又变得迟缓起来,一步三挪,像连一只蚂蚁都踩不死的样。天陡然一黑,玉坤的目光从政德消失的背影里抽回来。也就这一刻,玉坤才清醒过头脑,想起政德锁上的是三根允诺租给他做买卖的那间房屋门。玉坤一下变得狂乱起来,两手灌满风拍上自己的脑门心,说自己是傻瓜,还当人家政德是愣蛋呢。玉坤扯开腿冲政德家撵几步,试觉不妥又站住。玉坤回过头盯瞧三根家门上的锁,还晃晃悠悠没稳落,顽皮地荡着秋千。

玉坤想,政德这么大天白日地锁住三根家的房屋门,显然,政德也是出了钱、交过租房定金的。玉坤想,他还是找三根妥当些。玉坤的腿一趔拐进三根的家。

玉坤赶忙跟三根说,他政德刚才拿锁锁上了你家的房门。

三根平平静静、不惊不诧地答话,是吗?他政德锁上就锁上吧。

玉坤有点急,说,他政德锁的是带窗户的那间屋。

三根反问玉坤,他政德还能锁不带窗的那间屋?

玉坤听这口气,是彻底肯定他三根是收下过政德的钱,说三根,听你这么说,你的屋还允诺给了他政德?

三根说,两间屋,你两家一家一间。他政德送钱上门,俺还能看着不收?

玉坤牙根有点紧,说,你三根只能租下不带窗的给政德,这间带窗的留俺赶明个开商店呢。

三根说,这话你跟政德商议去,这扇大窗户是人家政德提出安上的。

玉坤气得一脸青一头紫,说,听你这么一说,他政德赶明个也是准备开商店,那俺还租房干什么?

三根笑嘻嘻地说,你要不想租房,俺两千块钱退还你。这些天,大河湾村不下十个人手里掂钱来租房。

玉坤昂多高的头软下来,塞一肚闷气回家去。

玉坤回家里,屁股还是坐不住,一口气没喘匀溜,又站起身往外走。这一回,玉坤来的是俺家。

这一刻,政德一人在家里吃着菜,喝着酒,制造一串叽叽扭扭的滋润声。另外,还有一副筷子、一只酒盅空着,真像是等候什么人。晚饭里政德要喝酒,俺拿一副筷子、一只酒盅摆他面前。政德说,还得摆一副筷子、一只酒盅。俺说,你一个人喝酒,要这么多酒盅干什么?政德说,还有人。可政德吃呀喝的还是独自一个人。俺问政德,客人呢?政德说,还没来呢。俺没想会是玉坤。玉坤辈分晚,政德不起身、不停酒,摆摆手把玉坤安顿在空位上,说,陪叔喝两盅。

玉坤没端酒盅,没坐下,却吐出话。玉坤说,三根跟俺说他盖两间房,一间做锅屋,一间租俺开商店,不想他三根又允下你。政德咽下嘴里的酒,眼睛亮开,说,他三根还允下了你?这狗日的三根是一个钩钓俺两个人呢。你干脆也拿把锁锁上另一间,叫他三根的锅没地方烧。

玉坤说,他三根倒想让俺锁另一间,可俺要那间没窗的屋有什么用?

政德说,那就让三根退你钱。

玉坤说,这也正中三根的主意,他好再转手高价租给别人。

政德说,那你就占着,莫让他三根租给别人。

玉坤知政德是有意跟他绕弯弯。玉坤说政德,俺来是想跟你换间房,俺开店什么的没个窗不方便。

政德说玉坤,你跟俺想的一个样,没个窗呀什么的透一透气,屋里一点亮进不来。

玉坤知政德不想跟他换,说,你不开店、不卖东西,要窗干什么?

政德这一回嗓子眼捏得很细,那酒叽叽扭扭挤出一串更悦耳的酒韵。政德停下一大段时辰,反问玉坤,你怎么知道叔不想开店赚大钱呢?

玉坤身子骨一闪晃,跌进绝望里。

玉坤走后,政德反倒愁起来。他跟俺说,他担心大黑再插上手。大黑是玉坤的儿子。

玉坤一夜没睡,隔天早不吃不喝不起床。他停下买卖,一家人慌乱起来,大黑更是血充两眼,像是能烧红半个天。

大黑人长得黑黑壮壮、愣头愣脑的,在大河湾村惹过不少是非,还与附近煤矿上的小青年勾肩搭背,弄出不少偷抢扒拿的贼事。

大黑挽胳膊撸衣袖地跟玉坤说,这事还不好办吗?

大黑不找三根,不找政德,找一把斧头,说,许他政德锁门,就不许俺砸门?

玉坤点头,说什么也不能让政德断去俺家的财路。

这个清晨的太阳里,大黑赤肩裸背,手提一把明晃晃的斧子,凶气晃荡得一路都是。政德像是虑料到大黑会来这一手。此刻,他一副弱瘦的身子骨正贴门站立护着锁,细细的脖颈子冲斧头昂多高,说大黑,有种的你先劈下俺的脖颈子,再砸锁不迟。

大黑手里的斧子光闪闪地举半空,就是缺胆落下来。政德喷吐口水骂大黑,两只手扯住大黑,一副不做不休缠到底的样。大黑如一头跌在泥窝里的驴,一身横力没处使。大黑急得腾空一只手,抓住政德的肩,一只膝盖抵住政德心口窝。大黑丁点力气还没用,政德双手便松开他,四肢朝天地倒在地上。政德人弱嗓门不弱,扩开嗓门吼叫,杀人啦!大黑拿斧头砍人啦!

政德喊两声停住,竖起手指甲爬脸上,三下两下抓出许多血糊啦啦的印道子。

大黑头脑一片空白,松松垮垮提斧站在政德身边,不知该怎么对

第四章 买 卖

付这场面。

村人听见动静往这里拥,远远看见大黑这模样,不敢靠前。大黑自己怀抱斧头往家里缩,说政德,你等着,俺就不信想不出办法整治你!

政德见村人越围越多,还是使足劲哎哟哎哟叫,说他大黑跑到天边都得杀人偿命呀!

大河湾村不大,这事一时三刻传得谁家都晓得。当然,最先知道的还是三根家。三根家里的翠叶脸上惊出冷色,慌慌张张地要出门瞧个究竟,被三根的手扯住。翠叶说,政德万一出什么事,你三根也有责任。

三根脸上布上一大堆笑,说,他两家不吵不闹,俺怎么好收回房屋,自家开商店?

翠叶像不认识自家男人似的直眨眼。

这是人命关天的大事,村人当然得报告跛拉。

跛拉这咱子坐在村委会里,一条腿架另一条腿上晃悠着。村人恐声恐色地说出这件事,跛拉腿没停下悠拉,言语平静地说,打出人命才好呢,要不国家花钱开办的劳改农场谁人去干活?

村人仍站一旁候跛拉去看看。

村人说,你不去瞧看瞧看?这可是人命关天的大事呢!

跛拉头一抬,说,你们没看俺忙着吗?

政德是懒瓜、兰英两口架回家的。懒瓜、兰英两人不愿意,操棍摸刀的要去玉坤家算账。政德制止住,说,你俩家里候着吧,看他玉坤怎么收这个场。政德这咱子不气不恼,轻松的脸上还布上丝丝拉拉的喜色。

懒瓜跟兰英自是不知政德今个走的是哪步棋。

俺问政德,大黑真举斧砍你啦?政德说,他大黑没砍俺,脸上哪有这么多的血?俺凑近政德脸,说,大黑的斧头真不快,怎么砍不下一棱一棱的刀口？政德一双眼瞪多大，说，你莫不是胳膊肘向他大黑弯，想帮着大黑说句话？

玉坤知道这事，冲大黑的头脸泼水似的骂，说，你个狗日的长能耐了，拎斧头去不砸门鼻子，砍他政德的人鼻子，你就家里等着去蹲大牢吃不要钱的饭去吧。

大黑是有嘴讲不清，呈一脸委屈相，说，俺的斧没挨门鼻子，也没挨他政德人鼻子，这话别人不信，连你也不信？

玉坤冷静下，吩咐大黑躲藏开，说，政德肯定会带儿子、儿媳闹上门。

大黑倔，说，他们来得正合俺意，这斧头没砍也砍了，不如真砍他个头破血流胳膊断。

玉坤说大黑，你就知砍砍砍，他政德自个倒地上，抓破脸，还不是想独揽三根家的房屋开商店？

大黑失去硬，依玉坤计先躲藏起来。

玉坤摆上茶，放妥烟，正门里候了俩时辰仍不见政德领着家人来。玉坤心里的草呼啦一下蹿多高，说政德，这只狐狸精是在家里候俺呢。玉坤从家里卖的吃物里挨样拣出来一些，聚拢一大包，两腿犹犹豫豫还是挺上劲走出门。

政德躺在床上，脸上血凝住，黑黑紫紫的怵上眼目。俺说政德，你的脸也该洗洗啦。政德说，洗它干什么？还留着玉坤来看呢。政德平平静静躺床上候玉坤，听见玉坤走路的大动静，疼痛一下子聚到嗓子眼，哼哟哼哟流出来。

玉坤站政德床面前像个小媳妇，说，清早里俺上茅厕解泡手，就凑这工夫，这驴熊日的大黑就戳这么大个祸。

政德嘴哎哟哎哟叫着，不说话。

玉坤说，俺是照头照脸打了他个驴熊一顿后就来你家里，是看病是吃药你说声话。

政德停下哼哼,说,这事你玉坤看着办吧。

玉坤说,大黑这孩子大了,俺管不住他。特别是近两年,他跟煤矿上一伙人勾勾搭搭,什么事做不出来?连俺自个都提个心吊个胆的,生怕哪天惹他不高兴,一把刀捅死俺。

政德知玉坤是搬出大黑吓唬他。

玉坤说,俺租三根的屋是留给大黑开商店,这么大个人没件事情做能拴住他?

政德的心咯噔停一下。

玉坤说,想断他大黑财路的人,他能饶他吗?

玉坤的话说到这份上,丢下东西,拍拍屁股便离开。

政德躺在床上,一颗心再也平静不下来。这一刻,他知道要治服的不是玉坤,应是玉坤的儿子大黑。管不住大黑,他政德想开店开不安心。

政德想个什么办法呢?

这天下午,政德起床,穿戴一新要出门。俺问政德,你这是准备去哪里?

政德答话说,上城里去。

上城干什么?

找毛三。

毛三是政德旧朋友的儿子,俺知政德是想找毛三帮着他参谋这件事。俺说,趿拉是村书记,这件事你该亲口跟他说一声。

政德答话说,他趿拉做梦都想俺去招呼他呢,他心里更想三根家的屋开商店。

俺不信趿拉是这么一种人。

政德说,不信你去村委会瞅瞅,保准他趿拉候着呢。

政德就出村去找毛三。

毛三现如今在城里交警队做小队长。他见过世面,头脑活络。政德有个大事小事的喜欢听听他的意见。

政德血头血脸去的,真把毛三吓一跳。毛三还以为政德这张脸是跟儿媳闹别扭,被兰英抓破的。政德说是大黑的事。大黑是个什么货色?政德头头脑脑叙说一遍。

毛三说,大黑一个男人家怎么会女人样地抓上你的脸?

政德说,俺这张脸他大黑想抓还抓不上呢。

毛三疑问,说,你脸不是大黑抓的,又是谁?

政德说,是俺自己个。

毛三苦笑说,你自己抓自己的一张脸干什么?

政德头头脑脑又叙说一遍三根家租房的事,说,俺要不抓破自个的脸,那带窗的房门锁还不被大黑的斧头砸开?

毛三终究还是根根梢梢听明白了,政德是让他毛三想法子治治大黑这个人。要不政德的店开也开不安。

毛三就想出一个法子。

毛三打电话给乡政府派出所,跟个姓李的所长说了这件事。毛三跟李所长很熟,常聚一张酒桌子,说,政德是俺表叔,怎么个处理法,你李所长看着办。

毛三还想跟李所长细细地说一说,电话被政德夺下手。政德脸有惊恐色,说这事怕惊动官府不好办。

毛三说,他大黑光天化日下拎斧头砍门鼻子、砍人鼻子就是犯法。

政德怵跋拉手里的权,更怕派出所手里的手铐。政德说,这件事还是不要闹腾得太大为个好。

毛三说,大黑这种长横劲的人就得按法律治服他,要不这一回他拿斧头,下一回他还拿枪呢。

毛三俯身桌上唰唰唰白纸黑字写出两大张,展在政德脸面前,说,表叔,你按个手指印,过一会这材料就送到李所长手上,看他敢不管!

政德手指直哆嗦,伸不出来,说,乡邻乡亲的真这样怕不好吧。再说就是治他大黑也得先跟趿拉通个气。

政德手指不愿往纸上按,说,这是表叔的事,表叔自个办。

政德回头没回家,这一刻他真怕李所长去找上大黑。政德先是直接拐往村委会找趿拉。

趿拉瞧见政德一张横七竖八的脸,心里是一惊一奇的,还是没出声,候政德先搭腔。

政德说,清早里俺跟玉坤家大黑吵架啦。

趿拉哼了一声。

政德说,他大黑路当心拎把斧头要砍死俺。

趿拉盯住政德的脸,说,这是大黑斧头砍的吗?

政德摇头,说,俺瞧见明晃晃的斧头,吓慌神,自个抓的。

趿拉说,那他大黑的斧头就没砍着三根家的门鼻子,也没砍着你政德的人鼻子。

政德说,你是村支书,这事你得管一管。

趿拉说,三根家盖房没让俺管,三根家租房没让俺管,这会出事倒找上俺,俺问你政德,这事该怎么个管法?叫你政德不租三根屋可照(行)?叫他玉坤不租三根屋可听?

政德说,你不管,有人想管呢。

政德又说,你趿拉不管,乡里的李所长会管大黑这种人。

趿拉没想政德能随便搬动李所长,说,他李所长能管不更好?带枪带手铐带走他个狗日的,不省俺的心?

政德出村委会还是没回家,屁股一扭拐进玉坤的家。

政德嘴里的气喘得紧,说,玉坤,你赶紧叫大黑出去躲躲吧,听说乡里李所长带枪带手铐要来抓大黑。

玉坤吓一跳。大黑不怕,黑肉颤抖两下,说,俺没犯国法、没犯乡法,他李所长吃饱喝足没事干,也找不出俺的事。

政德知大黑是见过官府的人,索性把话亮开,你光天化日下提斧行凶就是犯法。

大黑说,俺清早提斧头是砍你胳膊了,还是砍你的手了?你脸上的血道走到北京也赖不上俺大黑。

这事经跋拉、大黑两人这么轻飘飘地一说,政德自己也觉得乡派出所李所长没有管这事的理由了。政德想他跟玉坤两家无冤无仇的,还不如打酒买菜请玉坤喝顿酒,两家好言好语好好合计合计合伙开商店的事。

这一刻,政德的脸是一点也不觉得痛啦。

19. 这商店到底谁家开

政德没想到乡派出所李所长最终还是来了,跋拉跟玉坤两人更是意外这件事。

李所长来大河湾村是隔天早上的事,他带着人、带着车,公事公办开进大河湾村委会的院子里。李所长见跋拉,说他们来是想抓走大河湾村的一个名叫大黑的人。

跋拉这才知道他李所长的人真被政德搬动。至于政德是怎么搬动的李所长,他跋拉就糊涂了。跋拉跟李所长说,抓他大黑总得有条理由吧?李所长掏出材料,树叶般哗啦哗啦抖动几下,说,大黑手持利斧行凶,这材料都递乡政府那去啦,我能不管吗?

跋拉不看材料,说,人是大河湾的人,事是大河湾的事,俺还能不清楚?

李所长听出话音,他迈过跋拉门槛管这事,跋拉不快活。李所长反问跋拉,你是大河湾村支书,大黑的人逮不逮,你看着办!

跋拉头脑醒过来,知道抗着李所长就是抗着法,自己也犯法。跋拉话音软下来,说,这样吧,大黑的人先逮起来,待事情弄清楚放他也不迟。

跋拉叫村里管治安的人,陪着乡派出所的民警去大黑家。大黑愣着一副脑袋瓜,血鼻血眼不买两人的账。

两人先是好言好语地说话,说,大黑,你跟俺们去一趟村委会。村里管治安的人,大黑识得;派出所的民警,大黑识不得。民警一身便服,干干瘦瘦的很不起眼。民警站一旁不吭声。村里管治安的说不出硬朗话,软软叽叽地说,乡派出所的李所长想问清楚一些事。

大黑还是不当一回事,说,你回头跟他们说,俺大黑忙着呢,没那屌工夫去。

瘦个头民警贴近大黑,闪出一副手铐,咔嚓咬上大黑的手脖子。大黑还没明白怎么一回事,就被瘦个头民警狗样地牵出门。

大黑从最初的惊吓中抽出神,人变得驴起来。面对大河湾村的人,他大黑头可断,人不可屈。

大黑骂政德,俺早晚会一斧头劈下去,叫你身首分开家。大黑骂跋拉,有什么事你自己来了结,借人家乡派出所的威风算个屁本事。

大黑还骂乡派出所,俺大黑没砍三根家的门鼻子,也没砍政德的人鼻子,你们凭哪条哪绺抓俺?

跋拉跟李所长两人坐在村委会里还没见大黑人,早闻大黑的骂。跋拉跟李所长说,你听见了吧,没个说法硬压人家不服呢。

李所长说,待一会会叫他服气的。李所长还想出审案的具体办法,说,事是你大河湾的事,人是你大河湾的人,这案件得在你大河湾里审。

跋拉一下笑起来,说,你今个晌午酒也得在大河湾喝了?

跋拉叫过会计正田,说,你去一趟煤矿里,捡吃的喝的弄点来,李所长的案子得在俺大河湾村里审了。

李所长人高马大,又穿一身警服,往桌前一坐,大黑就矮下半截。

李所长问大黑,你提大斧头去干什么?

大黑答话说,俺空手没锁匙想开锁也开不动呀?俺是拎着斧头去砍门鼻子。

李所长问,那你怎么砍上政德的人鼻子啦?

大黑不服气,说,你好生瞧瞧他政德的脸像斧头砍的吗?

李所长说,你提斧头还提出道理来了?

大黑说,俺没犯国法、乡法、村法的,你就不能乱抓俺。

李所长说,你光天化日下提斧惹事就是犯国法、乡法、村法。

大黑的言语熄灭下去。

李所长命令手下的民警先把大黑关起来,说,先败败他的火气,慢慢审。

跛拉问李所长,三根、政德、玉坤可用审啦?

李所长说,怎么不审?

跛拉说,那俺派人叫他们。

李所长说,这事不能急,明个天再说吧。

这一天,李所长来大河湾村抓大黑动静这么大,政德当然知道。政德先是怕,后是不怕。政德说,毛三能搬动李所长,说明毛三跟李所长两人关系好。他两人关系好,李所长来大河湾村就是撑俺的人面子。政德跟俺说,你等着吧,待一会他李所长就会派人来喊俺。

政德在家里一等、两等,等到晌午西没见有人喊。政德糊涂,他说,李所长这案子是怎么审的呢?

晌午里吃饭喝酒共七个人。乡里三个:李所长、瘦民警、开车的,村委会三人:跛拉、会计正田、管治安的,另外加一个烧锅的,七人在一间空屋里。临开饭,跛拉想起大黑的人,吩咐烧锅的,弄点饭菜送过去,这狗日的今个天怕是吓得不轻呢!

李所长吃过饭,带车回乡里,说下午还有一大堆啰唆事得处理,明个早上再来。

大黑的人,李所长没带走还留在大河湾。大黑不能回家,仍得有人看着。跛拉跟会计说,你还得上城里买吃的,留下的人看大黑还得吃工作餐。

隔天早上审的是三根。

这天晌午,三根也留下。跋拉说,三根,饭菜都烧好了,你也留下吃吧。三根没客气,说,留下就留下,许他大黑吃,还能不许俺吃?

第三天审的是玉坤。

这晌午里,跋拉没说出留下玉坤吃饭的话,玉坤也没走。玉坤觉得自己被叫到村委会问话是公家的事,就得吃公家的饭。跋拉没撵玉坤,见玉坤周周正正在饭桌上坐着,说,留下就留下吧。这么多的饭菜,还能就缺少你一个人吃的?

第四天审的人才是政德。政德脸上的血道已变成一条一绺的干疤,横横竖竖地影响着政德的面容。李所长眼瞅着政德怎么都是一副鼻歪眼斜的相。

李所长笑,说,你政德哪里好抓,单抓自己的一张脸。

政德说,俺不这么吓唬他大黑,那斧头落下来,俺人脖子还能长得住?

晌午饭是李所长留的政德。李所长避开跋拉对政德说,我跟毛三两人交情深得很,要不这芝麻粒粒的事俺能亲自来?政德说,俺知你李所长来是看毛三的面子,俺还知你李所长来漫过跋拉的头,跋拉不高兴。

李所长说,他跋拉高兴不高兴还不顿顿酒菜招待俺。

政德说,吃来吃去他跋拉是一个毛钱都不会往外掏的,还不是大河湾庄户人家的钱。

李所长心里咯噔响一下,感觉大黑的案是该收场了。

吃罢饭,李所长交代跋拉说,大黑的案子就这样吧,再审也审不出个头头脑脑的,搬动法律也只能关他这几天。

李所长最后说出处理结果,让大黑当面给政德赔个礼。李所长说,别的不说,单冲政德是个老年人,他大黑也该道个歉。

隔天早上,李所长的人连车就没再来。可趿拉还是叫会计正田去城里办吃的办喝的。正田奇怪,说,今个天李所长不是不来了吗?趿拉答话说,不许俺们自己吃一顿?

晌午里,趿拉派人去喊三根、玉坤、政德。俺知政德这晌午里是又有吃又有喝的了。俺心里也痒痒,说,他趿拉也该审审俺,俺晌午里也能油油嘴润润舌的。政德说,你真是头发长见识短,他趿拉的饭菜就这么好吃的?

俺还是不明白道理,说,吃进肚里的东西还能让俺吐出来?政德说,那你就家里等着瞧吧,大河湾村哪个人能有趿拉精明呢。

这晌午的饭菜比前几天花样还多,有荤的有素的,烧的炒的凉拌的,堆满一大桌。三根、政德、玉坤几个人围坐着,心中不安,感觉趿拉设着什么圈套,等几人往里钻。趿拉也知他们几人心不安,假装没看见,热热情情地让他们吃让他们喝,说这一大桌菜又不是供品摆上留看的。

趿拉饱了肚皮,净过手脸才说正话题。趿拉先说李所长的判案结果,他说,都是乡邻乡亲的大河湾村人,俺看话说透彻就照(行)了,你玉坤真上政德门槛赔不是,政德还得倒贴烟茶呢。

政德的姿态高起来,说,俺看这事算啦,他玉坤已上过俺家门啦。

玉坤眼睛湿漉漉的,说,大黑不懂事,折腾得你们相跟不安身。

几人自然不相信趿拉饭后就这么丁点事,心里还七上八下地等候趿拉说下文。

这一刻,趿拉才喊过会计正田,说,你算算这几天饭菜拢共花费多少钱。

正田手指爬上算盘,噼里啪啦拨出一阵风雨响。几个人才知道趿拉要在这饭菜钱上做文章。

算盘珠断断续续响过一阵又一阵,疏疏密密如千军万马走过风雨里。

第四章　买　卖

正田总算停下手,清清嗓门唱出一个数。

这钱数如块巨石压迫在几个人的心窝上,几个人沉沉闷闷地喘不过来气。

跛拉的话紧跟上,这钱是为什么花的,你们心里都有数。这几天,俺思谋着,这么多钱村里出怕不合适。就算俺跛拉没意见,他正田没意见,其他村人能没意见?要是有人告到乡政府去,说俺吃吃喝喝,俺跛拉的村支书还能当得稳?

跛拉最终决定说,这事是因租房引起的,俺看这饭菜钱就该谁家开店谁家出。

几个人头脑没跟上跛拉的嘴,跛拉说完话,几个人还像没听明白似的大眼瞪小眼。

跛拉话硬朗起来,说,这事就这么定,俺说出口的话就是代表村委会。

跛拉挨个瞧几个人,见头都耷拉下。三个人谁还敢揽着这么多的饭菜钱开商店?

跛拉说,政德,三根的房门你都锁上了,这商店你准备什么时辰开,俺好去热闹热闹。

政德说,商店俺是不打算开啦,这一阵拖拉机的活抢手,跑运输比开商店强。

跛拉的眼转向玉坤,说,你锁不用砸,政德已让下。

玉坤说,商店俺也不打算开啦,前几天去煤矿上租下了两间房,俺想那里肯定比在大河湾村开商店强。

跛拉的眼再转向三根,说,政德不愿租房开商店,玉坤不愿租房开商店,这商店只有你自己开啦。

三根拉开一脸苦相,说,盖房的钱还是玉坤、政德先拿的,俺哪有钱进货开商店?

跛拉的眼光转过一圈收回自己脸面前,说,前几天你们一个个还争着抢着开商店,动斧动刀的,恨不能把肝肺肠子戳出来。这一会怎么一个个都成好人啦?不要以为不开商店,这饭菜钱就村委会出啦。

几个人静候趿拉往下说,心里的鼓还是咚咚地敲。趿拉说,要不呢,这钱你们三家平分摊。

三根觉得三家平摊不合适,说,这饭菜他大黑还吃了的呢,也该摊一份。

政德紧跟说,他大黑吃得顿数比俺多,平摊一份还便宜他呢。

趿拉不想这事再扯下去,说,照你俩这么说俺趿拉也得摊一份,还得向李所长要一份?

几个人又是哑了声。

趿拉吩咐会计正田,账先分摊开,明个天就一家一家去催要,看谁敢不拿。

趿拉腿一抬,自己先离开村委会。

政德家里候三天,没见会计正田上门要饭菜钱。这三天里,政德的心并不安,他知这事不可能不了了之,不知趿拉又想改变什么新招数。

政德说,俺先上三根家瞧瞧去。

政德见三根,说,你家屋俺是不租了,两千块钱你得退还俺。三根说,你的钱,俺也想这一会就给你,可俺口袋空空想拿钱拿不出呀。

政德知三根没有钱,他去一趟三根家似乎心安些。政德出三根家,又去村委会。

政德跟趿拉说,俺去三根家要钱他没给。

趿拉问,你租三根家房屋跟俺说啦?

政德说,没有。

趿拉又问,你交给他三根钱,俺看见啦?

政德还说,没有。

趿拉说,这就对啦,你的钱不能问俺要,俺也不能替你问三根要。

玉坤也去了三根家。

三根当然知玉坤来是为要钱的事,三根没容玉坤开口,自个先说话。三根说,俺比你还急呢,口袋要是有钱,俺早送过去了。三根说,玉坤,你候几天,看大河湾谁租这屋再说话。

玉坤知租房的钱没指望,说,有这么多的饭菜钱押着,谁个敢租?

三根说,就是有这么多钱押着,才有人敢租呢。

玉坤问,你说谁个?

三根笑而不语。

玉坤出三根的家自然也去了村委会。

第二个来村委会的是三根。

三根跟跋拉说,玉坤跟政德两人轮换去俺家要钱,你说说俺连村委会的饭菜钱都交不上,哪有那么多的钱退给他俩?

跋拉说,他们俩不去问你要钱,还能向俺跋拉要?再说你盖这么宽敞的锅屋,摆出这么大的排场,你说你没钱,大河湾谁又信呢?

三根的嘴像伸进苦水里一下咧到耳朵门,说,这是俺起贪心,算计别人落下的果。三根说,俺思谋来思谋去,大河湾除你跋拉能租俺家的房开商店,没第二家敢。

跋拉的眼一下瞪多大,像受到一惊一吓似的,说,亏你三根想得出,莫不想叫俺出两千块租房钱?

三根说,别人的钱俺能要,你的钱给俺,俺也不敢接。

跋拉说三根,那你就是想赖下饭菜钱。

三根说,俺只想花几千块钱盖起的房屋,老是空闲着不能算个事。

三根家的两间屋终归还是跋拉租下来。

跋拉开商店,跋拉家里的翠花像是一头一脸不高兴,积着满腹牢骚话对村人说。

翠花说,三根是打肿脸充胖子,自己没钱,骗玉坤、政德两家的钱盖屋。临了没人家去租,他三根去村委会求跋拉,好言好语说出几抬筐。跋拉心软下，才硬着头皮开起店。

村人心里也明白是怎么一回事，当着翠花的面还是点头，说，你翠花这些话不说出来，俺们也清楚。

翠花说玉坤，这几年买卖做得贪心越来越大，指使大黑拿斧头要砍政德。要不是跋拉承拦下，没个三年五年的劳改能了去。村人还是点头，说，放过他大黑，李所长还不是看跋拉的人面子。

翠花又说政德，三根挖房基他就交下定金租房子。房子盖起来又一把锁锁上门，生怕谁个一口吞吃掉。为这还差点闹出人命案，现如今是死活不租啦。你们说说跋拉不揽下这房屋，他政德不租，人家三根可愿他的意？

村人又点头，说他政德家的拖拉机开得好生的，还想开商店，真是这山望着那山高。亏得他店没开成，要不赶明个还不知会闹腾出个什么事来呢。

经翠花这么一声张，村人更明白枝枝梢梢的过节了。要是跋拉稳不住阵，大河湾村支书能呼啦啦当这么多年？

跋拉家的买卖真的做起来。两间屋，一间做店，一间做库，五颜六色铺排开。翠花看商店，花花绿绿、肥肥胖胖招展在里边，也像个待卖的物品。

正田还是没上俺家的门要饭菜钱。这钱是不是跋拉开店垫上了，政德不知道，也不好去向跋拉问清楚。可政德的一颗心还是没有安稳下。

20. 开一家没人愿上门的杂货店

跋拉家杂货店选择在农历十月初六这天开张。农历十月，大河湾村人刚好走进冬闲天。土地上的农活忙过收、忙过种，该忙的都忙清彻，剩下的是忙嫁闺女、娶媳妇的事。初六是个大吉日，村里喜事的炮

第四章 买 卖

仗从五更起一直噼里啪啦不断响。淮河两岸的初冬天,还拖住秋天的腿没放松。地空空,天蓝蓝,一身爽气的村人纷乱地走动着。大河湾村的每条村路、每个角落都苏醒开,喜庆着。翠花问跋拉,说,今个天商店开张,要不要请桌客乐和乐和?

跋拉回话说,俺今个天还得坐家里候别人请吃请喝呢。

翠花还问跋拉,今个天商店开张,要不要放挂炮仗喜庆喜庆?

跋拉说,你有钱烧得睡不着觉怎么的?俺家开店,大河湾谁人能不知谁人能不晓?

跋拉说出的话,你不能说没道理。为着三根家的两间锅屋,惊动得谁的心里不是明镜一样呢?村人哼哼鼻子说,你跋拉的店就空空落落开那里吧,自己家卖自己家买去吧,不兴俺们不进你店的门?

跋拉开店不是谁的招呼都没打。头一天晚上,跋拉专程去了玉坤家。

玉坤是个上岁数的人了,干干瘦瘦的,一天买卖站下来,两脚麻木酸胀,脚脖子暄暄腾腾肿起来。挨傍晚,玉坤收摊回家。他家里的烧好艾蒿水等候他。玉坤双脚伸进脚盆里,待一盆苦香味的热气散去,一双脚也就泡滋润。玉坤捞出脚,屁股坐凳上,两只脚平担另一只凳上,这才准备吃晚饭。二两酒照例是少不了的。有了这酒,夜里睡觉才踏实。这天晚上,玉坤的酒杯刚端上,跋拉牵动着黑影走进来。玉坤的一双脚还能担凳上?他紧赶放下双脚腾出凳,吩咐他家里的加上一双筷、一只盅。玉坤的一双眼透出一副惊慌色。

跋拉闻闻没散尽的艾蒿味,瞧瞧软疲沓沓的玉坤问,你生病啦?

玉坤精气神往身上猛收,说,俺身子骨硬朗得当当赛锣响,能有什么毛病呢?俺这是拿艾蒿水泡脚呢。

跋拉低头落眼果真瞧见玉坤的一双脚是呈暄腾腾的水红色。

跋拉说,俺家的杂货店明天开张。

玉坤说,好、好、好!

玉坤一连气说出一大嘟噜的好。

跋拉说完这件事人没坐，酒没喝，牵着黑影又走出玉坤家。玉坤停住酒，放下筷，被艾蒿水泡散的不适加倍拥上身。跋拉商店开张专程告诉他玉坤一声，不是明摆着想让他玉坤卖货的架子车挪摊吗？

这一夜，玉坤哼哼叽叽身子骨真的病起来，一辆百货车想拉出去，也短下力气了。

十月初六这一天，跋拉拢共去村人家喝了两顿酒。

晌午里是毛新家。毛新娶媳妇，远亲近邻来不少。跋拉人坐酒桌上冷冷清清的，村人一下失去往日对他的敬重，似乎不把跋拉再当村支书看。跋拉酒喝得不滋润，他知道是因为开商店村人私下有看法。跋拉跟村人解释说，是翠花在家里闲得慌，想找件事情忙一忙。你们说，三根自家的地方都知开商店做不赢买卖，翠花开能不折本？说一千道一万还不是俺大河湾村人家穷手里没有钱，不是做买卖的好地方？

村人不拦跋拉的话，也不搭跋拉的话茬。

这天晚上请跋拉喝酒的是德贵家。德贵嫁闺女，请客的烟酒都是闺女婆家送过的四色礼。跋拉明知这风俗，还是没话找话往上问，说，德贵，你说说这烟是几个钱一条买的？这酒又是几个钱一瓶拿的？

德贵回话说，这些烟酒俺还能去闺女婆家打听个价钱吗？

跋拉酒喝到嘴里不顺当，三杯下肚，脸红脖子粗，酒气重压两腿离开席。跋拉路经村路口，见自家两间商店漆黑黑地早关门，醉意当刻就醒一大半。

翠花说，这一天除孩子上学下学的路经商店买点零嘴食，大人连边都不愿沾。

跋拉说，明早你照开你的店，村人不吃油盐酱醋总不可能吧？

隔天里，跋拉去乡政府开一天的会。挨傍晚会散得早，跋拉回得也早，翠花店门关得比跋拉回得更早。

翠花见跋拉,双眼涩红地汪出泪水来,说,俺家开的是瘟疫店,今个天莫说大人不沾边,连孩子都远远地绕开道。你说说你当书记俺家沾得什么光,反倒落下一大堆晦气。

跋拉心里咯噔一响,这才知开商店真是得罪下村里人。跋拉跟翠花说,明个早你还得把商店开起来。百货是进多少价,卖多少价,俺不信村人不领这份情。

隔天早,翠花先出家门去商店,跋拉后脚跟随翠花去村中。

大河湾村里的十字路心,原先是个天然的乐场子。村人心闲无事都爱往这里偎,说些稀奇古怪的理,听些稀奇古怪的事,空气是一刻不宁地震颤着。更有一些老年人整天待这里,路边石块什么的都被他们屁股磨出一层幽暗的亮光。跋拉不挨近商店的边,远远地站路上瞧这块突然变得空空荡荡的乐场子。几只麻雀叽叽喳喳欢叫着,像嬉戏又像吵架。跋拉捡拾一片石块砸过去,几只麻雀扑棱飞落路边树枝上,莫名其妙地瞅着跋拉骂,叽叽喳喳的。

大河湾村孤孤单单地躺在淮河湾里,南五里是煤矿的街,北五里过两道河汊是邻村的集。大河湾村人买呀卖的就去这么两个地方。跋拉沿村路至村南端遇见一个叫豁牙二奶的人。豁牙二奶牙豁,气力不弱,右胳膊挎个大竹篮。篮里满满当当地盛满盐,还有不少装酱油、装醋的瓶。

跋拉迎过去先招呼她,说,你这是预备开盐店呢?

豁牙二奶是那种撒谎脸爱红的人,她说,俺这是预备腌萝卜干、腌腊菜呢。

跋拉说,赶明个俺也去尝尝鲜,看看煤矿街上买的盐可新鲜点?

豁牙二奶生一双小脚,错过跋拉身,心拽着脚栽跟头似的往前撞。

豁牙二奶挎这么多东西显然是帮邻居捎带的。

跋拉离开村南往村北去,村北里遇见一个叫德龙的鮈老头,德龙走起路喘得换不过气。德龙赶集也买不少货,一根麻绳上拴着镰刀、锄头、烟叶、酒瓶。麻绳搭在肩头上,前后一嘟噜一嘟噜,走起路便拍打前胸,拍拍后背。一些过多的汗水顺绳印往四周洇,黑黑乎乎洇湿一大片。德龙瞧见趿拉,停住步,卸下绳索,大张着嘴冲半天空里紧喘气。趿拉没走近德龙,折转脚回村中心。

这一回,没用翠花多搭腔,趿拉就跟翠花说,关门,你这样再开一个月商店也卖不出一分钱。

趿拉回村委会召集人开会。大河湾村上千口人,不可能人人都喊来。趿拉点来的人都是有点眉目的。什么村民小组长啦,什么治保委员啦,差点的也是个两女结扎户。趿拉开会先绕弯子讲点别的事,出发点还是因着开商店。

趿拉说,前两天俺家翠花租三根家两间锅屋开了个杂货店,这你们都是知晓的。店开三天没卖出十块钱。这因着什么呢?是商店的地方开的偏,村人拐弯抹角的不顺路?不是。是翠花厉鼻子厉眼显出一副凶恶相,不给村人好脸色?不是。是翠花瞒天过海瞎要价,一分钱货硬卖两分钱价?也不是。那是因着什么呢?俺左思谋右思谋,还是因着俺当着村支书,你们是有意合上伙要俺的好看。俺左思谋右思谋,心里有点委屈,想说出来你们大家替俺评评这个理。

趿拉的想法不用遮掩,敞亮开,村民的脸反倒红红地低落下。

趿拉说,俺当大河湾村支书这么多年,大事小事做过上千桩,不能说事事都在理,好赖能摆到桌面上吧。你们在座的谁个没找过俺趿拉办过事,谁个没得到过俺趿拉一星半点的好处?平常里见俺面,你们面露笑色,书记长书记短地问候着。俺自己晕天晕地心里干着乐。可临了呢,俺开个商店,你们不买东西不算,连个面都不愿照一下,像那地场卖的是地雷,生怕炸飞小鬼子似的炸到你们身上去。

会场气氛解开冻,村人哈哈哈地笑起来。

趿拉说,真是人心隔肚皮,一夜人变驴。经验过这件事,俺算看透彻你们这些个熊人啦,俺趿拉把心扒给你们吃,你们还说连着苦胆呢。

你们说说这样的大河湾村能弄出一个什么好?

跋拉最后说,俺这回是痛下决心,非得扭过你们这个弯弯扣子来。不为别的,是为俺大河湾村。

跋拉知道光开个会讲一讲,村人不买他家的东西还是没办法。跋拉不能拉村人进商店,更不能手捧货物往村人家里送。跋拉想出一个什么招数呢?跋拉把村委会里的办公桌搬进商店里,在他家杂货店办起了公。

跋拉是一个村书记,空下村委会不坐,硬是搬过桌、挪过椅,场面上的道理说不过去。跋拉找来几个泥瓦匠,说村委会的墙得粉刷一遍新,说木窗得换上钢铁的,防止不规矩的人撬窗进去偷东西,还说办公桌、办公椅也得换新的。一个村委会破破烂烂的,不光丢俺跋拉的人面子,也丢大河湾村的人面子。

跋拉这回修村委会是花钱多,动静大,看架势没个把月收不掉场。跋拉顺理成章搬桌、搬椅进了商店里,村人眼睛哗啦哗啦看得清,说村委会惊天动地折腾开还是为他跋拉家开商店。

商店是两间屋,货架摆一间,跋拉桌椅占一间。一道花布帘挂两屋中间隔开,跋拉办公、翠花卖货各坐各的一间屋。花布帘半透亮,跋拉能瞧见翠花影影绰绰的影,翠花能瞧见跋拉模模糊糊的身。可谁也不轻易搭理谁。

跋拉独自一屋,一人一桌一椅显得空,耳根清净显得寂。跋拉打开抽屉拿出村委会的红印戳,在一张空白纸上一排一排地按下去。红印迹越按越淡,逝去字,模糊地扩出圆边,像个女人张开的唇。跋拉停手,举印戳冲自己嘴哈哈气,再按。终究,印戳按下白纸还是白纸,不见一丁点红色。跋拉这才停下手,找根绳拴住这印戳,悬挂门框上。有风吹过,印戳沉沉稳稳地摆,一点响声也没有。

跋拉脸面悠闲,心里不急。跋拉知道村人肯定得来商店买东西。村人离得开商店,离不开他手里的权呀。跋拉是大河湾村支书,有些事得他点过头才能办得掉；有些事光他点头不照（行），还得村委会印戳点头才能办得掉。显然这些事都是跋拉一人当着家。

最先进商店买东西的是村委会干部，他们有事向跋拉汇报，只得先拐进翠花的那间屋买包烟、买盒火柴什么的。价格呢，翠花还是按跋拉吩咐的，什么价进，什么价卖，一分一厘都不赚。这么便宜的价格卖东西村委会干部不敢收。翠花双眼仰向房梁上，说，你们心想俺开商店是为赚村里的两个钱？错啦。俺是为着村人行方便。

村委会干部耐心听完翠花的高腔高调唱一遍才能过跋拉这边来办公事。这人没瞧清跋拉，先看见悬挂门边的红印戳。跋拉隐在屋底的一片暗地里，两眼眯出一条缝随红印戳悠拉悠拉滑滑稽稽地笑。

跋拉跟这村干部说，村委会的这枚印戳莫不是成精啦，它这些天躺在抽屉里吐红水，呼啦啦地洇出好大一摊子。俺把它挂在太阳地里暴晒着，看它狗日的还有红水往外吐。

这事跋拉阴阳怪气地说说也就说说，村委会干部刺耳刺鼻地听听也就听听，谁能追究这件事的真假呢？

头一个真正来商店买东西的村人是三根家里的翠叶。

两间商店横堵三根家堂屋门前，进进出出，三根家人想绕开也绕不开，这商店原本就是三根家盖起的，无形中又多出一条瓜葛来。

三根说，从今个天起跋拉搬进商店里办公，听说还打开小本记下进商店买东西的人名。你不去买东西，小本上没有你的名，日后怕找他跋拉办事不易在。

跋拉硬是霸占她家的屋，翠叶心里生着气，脾气显得倔，说，俺家没事求上他跋拉，针头线脑的钱不用往他家扔。

三根说，你个女人家真是头发长见识短，他跋拉村书记做过几十年，看样子还能做几十年，你不为自己着想还得为儿孙着想呢。

第二个买东西的村人是玉坤家里的。玉坤家里的也是玉坤叫她来的。玉坤哼哼地躺家里好多天，心口窝淤堵的一口气泄不少。玉坤是心病，不吃药不打针，自己劝自己。玉坤一劝自己说，要是他玉坤坐着村支书的位子，两眼也会盯住三根家门前的这挣钱地场不放松。玉坤二劝自己说，这几年坐买卖赚回四间大平房，也该知足啦。人呀要有活着的命，不要存贪财的心。玉坤末后还劝自己说，俺架子车上的百货不拉三根家地场卖，还能去村里小学校门口卖，不赚大钱赚小钱，不照样做生意？玉坤自己这么劝自己，便劝出一条眼界开阔的路。

玉坤吩咐他家里的，不管买什么，你去跛拉家商店溜达一趟，免得他跛拉误会俺记恨他。

第三个买东西的是豁牙二奶。

豁牙二奶来是扭着一双小脚，迎着太阳张开嘴。豁牙二奶的嘴没遮没拦，太阳光灌不进去，黑乎乎的像口井。豁牙二奶旁的不买，光买盐。

跛拉这边坐不住，过来说，豁牙二奶，你家的盐肯定剩得多，要买你就买点别的吧。

豁牙二奶愣住手，说，跛拉，俺前天买回的半竹篮盐都是给左邻右舍捎带的，俺知道蒙混不住你，怕你跛拉生过节。

跛拉说，豁牙二奶，你是长辈，你宁可上南边五里远的矿上累半天挎回盐，也不愿上俺家商店买，你这是给俺跛拉提着醒，俺跛拉做事也有做过头的地方呀！

豁牙二奶买几块洗衣裳的臭胰子。翠花算过价，豁牙二奶不敢接东西，说，这么几块胰子比矿上商店便宜块把钱，怕是你算差了吧？

翠花说，俺这是什么价进，什么价卖，一分一厘都不赚。

豁牙二奶眼泪汪汪离开商店，说，俺是冤枉了跛拉呀！

有这三人带过头，大河湾村人便开始一疙瘩一疙瘩往村中十字路口拥，村人买过东西，走过跛拉这边屋，说，跛拉，俺家买过了东西，你得把小本拿出来记下俺的名字。

跛拉明白这么多村人拥过来，不是依仗翠花东西卖得便宜，还是依仗跋拉屁股下面的村支书的位置。跋拉心里酸溜溜地说不出滋味，咔嚓锁上门，人离开。

两天里，翠花商店的货卖光，连根火柴棍都不剩。翠花催促跋拉快进货。跋拉问翠花，你看这商店还能开吗？

翠花糊涂着，不知跋拉的心里摆的什么谱。

跋拉说，俺总不能真的把村委会搬进商店吧？

翠花明白跋拉是想放下开商店。

翠花摊开一地的零碎钱，花多少钱进货，又变回多少钱，一分钱不多不少。翠花委屈地说，这么多天一分钱没挣，不是瞎折腾吗？

跋拉说，你替俺挣回大河湾村人的民心还不够吗？你想想，没有民心，俺的村书记还能当，俺做人还有什么滋味呢？

不管怎么说，村人经验过跋拉开店这件事，眼睛一下亮起来，想法子挣外人钱是挣，挣自己人的钱也是挣。这以后年把年的时间内，大河湾日弄出不少名堂。比如有人见村里有不少辆拖拉机，就买回个大油罐，卖柴油，卖机油。还有人在村头村尾寻处空场地，盖间屋放进电焊机什么的，焊接拖拉机车厢斗上零碎的东西，替村人焊门焊窗。电火花一闪一闪的，钱就流进口袋里。比如还有人买回一台大型磨面机，替村人加工面粉。现如今村人的时间紧，急慌慌扛一面袋小麦去，称称斤两，换回一袋麦面。加工费不收钱，留下麦麸皮，加工成鸡饲料，卖给养鸡人。这么三倒腾两倒腾，也能赚回不少钱。村里还有一个叫"闲不住"的老太太，两只手闲不住，挨天傍晚蒸一馍篓馍来村中心卖。你莫说还真有年轻人去买。他们人口少，身手懒，花钱买几个馍，图省一份事。闲不住老太太原先两手闲不住爱养几只鸡，养母鸡生蛋，养公鸡打鸣。现如今她就着锅里蒸馍馍的开水，一只母鸡接一只母鸡熬汤喝。闲不住老太太跟村人说，天天候着抠鸡屁眼能卖几个钱呢？几只公鸡，闲不住老太太没舍得吃，她说俺还留着它们报时呢，莫误去蒸馍的好时辰。

第四章　买　卖

又一年春暖花也开的春忙天,三根家的两间锅屋不见了,取而代之的是砖块水泥的两层洋楼。干什么？还是开商店。

这楼是大河湾村里出钱盖的,楼里的百货也是大河湾村里出钱买的,这商店自然算是大河湾村里开的。卖东西的人有跛拉家里的翠花,有三根家里的翠叶,还有村里另外两位姑娘。跛拉把进货权交给玉坤。

跛拉说,玉坤,俺思谋来思谋去觉得你负责进货最合适,你买卖生意做过这么多年,大河湾村人缺什么,喜好什么,你心里最清楚。

玉坤乐呵呵地答应下来说,这是全村的事,有你村支书做靠山,俺这身子骨还怕承担不起来？

政德也被跛拉叫过去。政德能派个什么用场呢？专门夜晚睡进去看商店。政德也是一副乐滋滋的模样,说,俺没想到这么一大把岁数了,还能派上这么大的用场。

这回商店的生意会怎么样呢？还用问吗？村人说,俺们自己家的商店卖东西,还能眼睁睁地把钱放进别人的口袋里？

第五章 吃　　煤

21. 争着去当扒煤工

这年春,懒瓜当上了扒煤工,是小煤窑工。这座小煤窑就开在大河湾村的龙脊地旁边。

大河湾村搬迁只十来年,大河湾村的土地哗啦啦塌陷得一块比一块洼。原先连接河沿与堤坝的河滩地早塌陷进淮河里,成了长鱼、长虾的水土地。淮河岸直接连着堤坝根。堤坝呢也是一寸一寸往下陷,煤矿上派一大堆人专门垒堤坝。堤坝内大片的庄稼地一年一年被挖出丈把深的大土坑。这片土坑经春雨夏雨便汪成更大一片水塘。这些挖出的土都垒到原先的堤坝上,这堤坝变得更高更宽。这样煤矿人放心大胆在地底下掏煤扒炭。剩下的庄稼地再种上庄稼就不收庄稼了,怕旱怕涝。庄稼一棵一棵面黄肌瘦的像长在医院里,大河湾土地不再肥沃。夏天收麦是三亩收不过原先的一亩,秋天收黄豆更是两亩收不过原先的半亩。村人说,地塌陷就是地生病,人生病吃药打针还能有个好的时辰,地塌陷任你想个什么医治,都不会治好。

一年一年里,眼见着一大块平整的大河湾庄稼地一块连一块、一绺挨一绺塌陷得差不多的时辰,龙脊地却纹丝不动,水土还是照样肥沃,庄稼还是照样旺绿。因着什么原因呢?村里的老人说,龙脊地是块风水宝地。龙脊地地下有条长龙支撑着当然是塌陷不掉的。

龙脊地是块东西走向的长条地,收割庄稼的时辰,走进龙脊地蹲下身,会瞧见龙脊地西边的地是南低北高,一坡一坡洼下去连接到堤坝根的水塘;龙脊地东边的土地也是南低北高一坡一坡洼下去连接堤坝根的水塘。站在龙脊地里,俺的心常常一揪一揪地疼。俺想,过不了多少年,大河湾村的庄稼地会变成大水塘。这些水塘养上鱼、养上虾,能像种庄稼一样养活大河湾村的人吗?

这年春上,一群人对这块龙脊地一下发生起大兴趣。他们来地里左看右看前看后看。他们有乡政府的领导,有国家大煤矿的工程师,还有村里的闲人围观来看热闹。这群人走走看看,两只手不歇闲地指指戳戳,脸面前还摊开一张蓝莹莹的图纸。纸上画着一道道一浪浪大圈套小圈的图。煤矿上的工程师指戳着图,说这是什么什么地方,那是什么什么地方。

这群人来龙脊地指戳什么事体呢? 是准备开小煤窑挖大河湾地底下的煤。

煤矿人说龙脊地是两个大煤矿底下掏煤的交界。地界地下的煤两个煤矿谁家都没掏,这块地才没塌陷。龙脊地下的煤炭遗留下,是一块隔着上百米厚的地皮也能闻见香味的肥肉。大煤矿多种经营公司的人嘴馋眼馋来龙脊地转上几圈,流几串口水想咬下它,知道不好下嘴,不敢轻易张口。这地盘属大河湾村的,大煤矿多种经营公司的领导找到乡政府的领导说出一大堆好听的话,无非是想与乡政府联合开采这块煤田。大煤矿多种经营公司具体来乡政府协商这事的是个大胖子,姓赫,是多种经营公司的一把手,这人头顶戴着的是经理的头衔。赫经理来乡政府找的是祁乡长跟武书记两人。乡政府一些具体的事是武书记最后拍板当家,可一些事祁乡长不知道又不照。

赫经理身体壮,说话底气足,说话间口袋里的钱相跟着哗啦哗啦地响。武书记、祁乡长两人的四只眼就被赫经理说得亮起来,同意陪着赫经理先去大河湾村的龙脊地看一看。龙脊地里,赫经理满口金光闪闪地还是说钱。这回账算得更具体,说龙脊地下面拢共藏有多少多少煤炭,几年能开采上来,一吨卖多少钱,结果算出来,多少万多少万的钱要用汽车拉,能堆出个钱山来。武书记激动得满脸放红光。大煤矿多种经营公司与乡政府联手开采小煤窑的事,武书记就当场把板拍下来。

小煤窑是两家合伙开,投资的钱是一半一半两家出。乡政府没有钱,动用的是扶贫款。乡政府这次动用这笔钱很慎重,专门召开一个会,会上还是算账说钱的事。武书记脸面前摊个小本子,一笔一笔地算给开会的村干部听。这笔钱像深秋天树上的枯树叶,一下子被武书记摇落,一张一张飘落得会场里到处都是。这些开会的村干部能看得见抓不着,两只手痒痒着一阵一阵地鼓掌。

武书记最后说,小煤窑开起来,占着大河湾村的土地,受益最大的当然还是大河湾村。你们想一想,除了得按国家有关政策赔偿大河湾村的土地钱,小煤窑招工也得优先大河湾村人。有领导支持,有钱顶着,龙脊地旁边的小煤窑一天都不愿耽搁。围上一圈砖头墙,盖上几间瓦房,小煤窑算是开张起来了。大河湾村的年轻人天天去围拥小煤窑看风景。其实他们不是为了瞧小煤窑开成个什么模样,是想探听探听小煤窑什么时候招扒煤工。其他村有年轻人穿上工作服,戴上下井灯,都人五人六地成了扒煤工。大河湾村的年轻人发急,先是问其他村的年轻人是怎么到的小煤窑。这些人答话说,招工指标是按村分下的呀,俺们村有,你们村能没有吗?大河湾村年轻人就舍弃小煤窑,去村委会找跋拉。跋拉是村书记,招工的事他心里一准是明白的。跋拉当着村里年轻人的面,说他还不清楚这些事。跋拉把胸膛拍得当当响,说,招工名额,又不是老母鸡,俺留下半夜偷炖汤喝。

实际上,招工数还就是揣在跋拉口袋里。这咱子他还不愿把这事过早地张扬开。那样惹起麻烦事,他跋拉能图到什么呢?跋拉把招工

第五章 吃 煤

名额装口袋里,是想看看其他村怎么个分法,取取经,再想出妥当的办法,快刀斩乱麻把这件事了结去。现在,其他村的年轻人都进小煤窑上班了,小煤窑也催他几次要人,一张纸里再包着火,怕是包不住,跋拉在村委会里抓挠头皮多少天,总算找到了好办法。

这一天,跋拉先是去乡政府说出这办法。乡里的武书记点头,说这办法倒是公平,省得像别的村为争名额骂爹骂娘,还打破头惊动乡里的派出所。

跋拉然后又去跟煤窑上说出这办法。赫经理也是边听边把一颗头点得啪啪响,说,还是你跋拉书记经验的事多,别村送来的人只能看不能干,你说说这小煤窑不开成养老院了?

什么个招工办法呢?到时候,跋拉揭开底牌,村人才知道。临到真正招工这一天,跋拉先是把话亮出去,想当扒煤工的人得先报名,先集合,先开会,你能去还是不能去小煤窑做扒煤工,当场里你就知道了。

这一天,乡里来了干部,小煤窑来了干部。开会场地没设在村委会,是放在淮河边的一片空空荡荡的河滩地上。河滩地上随便地摆上几张桌子、几把椅子,安排下外面来的客人。除此,场地上还放几辆架子车,每辆车斗里还躺上一把锨。

跋拉跟村人说,你们都看到这些架子车了吧,这就是招工的办法,五人一组,时间是一个小时,比什么呢?比一个小时内看谁运土运得多。取土的地方就是河滩地,土运到哪地方呢?运到村委会院子里,留赶明个下雨垫院子。话俺是说明白啦,每个人的结果怎么样就不用俺多说啦。下有围观的村人,上有来督场的领导,谁赢谁去小煤窑当扒煤工,谁输谁还在家侍弄几亩地。你们说天底下有这样公平的事吗?

招工比赛的事就这么开始了。办法是简单明了,谁人都懂得。可活并不好干,河沿边去村委会是一条慢坡路,每步都得脚下吃住力气,车轱辘才能转得动。村人瞧着比赛的一个个村里年轻人,先还说跂拉想的办法妙,后直骂跂拉的老子娘,说他这是干了一桩积攒八辈子的缺德事。

有耐力的人,一车土运过去就不能来第二趟;没耐力的人,一车土爬半拉扔那里怎么也上不去了。自然有少数人拉一趟、拉两趟,还能拉三趟的,这种人肯定是成了家的男人,他们有忍力、有耐力、有毅力。他们想去做一个扒煤工是为自己,更是为老婆、为孩子。

懒瓜就属于这样一种情况。

日子过得真叫个快,懒瓜娶回老婆兰英,生个孩子铁蛋,现如今铁蛋都十来岁了。这些年,懒瓜日子过得一直是窝窝囊囊不顺畅。因着自己的一份懒,更是因着自己没有能耐抓着钱,兰英有点拿懒瓜不放在眼里。村里其他人更是低眼看懒瓜。这些天,村里人叫叫嚷嚷的小煤窑要招工,别人家是心动腿也动,恨不能不经跂拉同意,自己跑到小煤窑顺着窑洞钻进去。俺家人很平静,懒瓜他自己明白自己是个什么人,也就不费那份心。俺跟政德两人脸子上不吭声,其实存有一肚子的糟心事。早些年为着懒瓜能去大煤矿当扒煤工,没少找跂拉。临终了,懒瓜煤矿工人没当成,还落下一大堆的笑话柄。这一回,政德是没提懒瓜去小煤窑的一个字,俺也没言语。可俺知道,一家人还是想着这茬事。

最先憋不住气的是兰英,兰英说懒瓜,人家男人都是一趟一趟往小煤窑跑,看小煤窑开起来没有。你倒好,天天是吃过睡,睡过吃,好像人家小煤窑招工条件是比睡觉似的。

懒瓜躺床上没睡着,却不愿搭理兰英的话。

兰英心里的火一闪一跳地住上冒,顺手拿铁锨往懒瓜头脑门上点,说懒瓜,你说你今个天去不去小煤窑看一看?

懒瓜这些年被兰英压得连点血性都没有了,兰英真不想让他睡,他想睡也睡不成。

懒瓜眼睁开,瞧着兰英还能笑上脸?他说,俺这就去小煤窑还不照吗?整天围着小煤窑就能去小煤窑啦?大河湾哪件事不是趿拉点头算?

懒瓜离开家门后,兰英想想懒瓜话说得在理,就扭屁股进了俺的门,想让政德出面去跟趿拉说一声。

兰英嘴甜丝丝地喊政德几声大,说,你也去村委会跟趿拉递上几句话,看懒瓜这回可能去小煤窑。

兰英捏着拿着懒瓜,政德心里不顺畅。刚才兰英冲懒瓜一喊一叫的,政德这边屋听得真亮,这咱子窝一肚气正没个地方出。政德说,兰英,俺看你人五人六是个有能耐的样,要说话你自个当着趿拉的面说吧。他趿拉要是不听话,你顺手扛把铁锨砍上他的脑门心,看他同意不同意?

兰英脸上的笑色哗啦一声落地上,两眼一红一红地汪出泪,跑回自家屋里哭起来。兰英说,天底下这么多村庄,俺是怎么想起要嫁大河湾的?大河湾这么多人家,俺怎么想起单嫁他曹家?曹姓人家几百户,俺怎么摸来摸去摸上他懒瓜这个人?这不是瞎上一双眼是什么呢?

政德这边气还没出完,说兰英眼要是瞎的话也是一双瞎狗眼,不会是好人的眼。

俺劝政德说,你去问趿拉话是为你儿子,你不去问趿拉话懒瓜还是你儿子,你跟兰英生哪门子气呢?

政德说,懒瓜在家里边连自家女人都瞧不上眼,还指望趿拉高抬贵手让他去小煤窑做扒煤工?

兰英那边屋里拿调拿腔哭上半时辰,停下来,收拾收拾个小包袱,两腿抬多高地回娘家去了。

这天招工比赛,懒瓜来是来了,心里是不敢参加,怕落一累,落一笑,临了还是去不成。懒瓜只是随村人来看看热闹。这里的地场很宽敞,一边是淮河水清澈澈一浪一浪地动,一边是麦子绿油油一波一波地卷。村人像是瞧着西洋景,大人孩子都拥过来,叫着,喊着,闹着,笑着。淮河里行船的人,还心想大河湾闹腾着戏班唱大戏呢,一条船挨一条船停靠上大河湾码头相跟着看热闹。待船家问清事由,瞧清一帮男人傻愣愣地拉土垃,才纷纷起锚开船。这件事没什么热闹可看,又确实是件稀奇事。不到半天的时辰,大河湾招工这件事,被船家张扬得淮河上下游百里远的村庄都知道。

  大河湾村招工招了一整天。上午里懒瓜来了,下午里懒瓜想睡懒觉没睡着又来了。俗话说,会看的看门道,不会看的看热闹。懒瓜来这里先是看大半天的热闹,临近挨傍晚他一下瞅出招工的窍门来,这窍门还是一个大窍门。懒瓜心一跳、二跳、三跳的,一双手发起痒,也想上去试一把。

  比赛是看谁往村委会拉的土垃多,规定的时辰内没说得拉几趟,也没说一趟车得装多少土。很多人败在架子车装得满,一趟重车拉进村委会,第二趟再拉,身上的气力便不够用。懒瓜说,这不是跟比吃饭一个道理吗?吃三碗、吃四碗,临终了还是看谁吃进肚子里的多才算赢。这些个道理简单,明了它的人却只是懒瓜一个人。

  懒瓜找到跋拉,说,俺想试一试。

  时辰已到太阳快落山,愿比试的人也比试得差不多了。

  跋拉上下瞧看一番懒瓜,说,你愿试试就试试吧。能拉一车土垃垫村委会的院子,也是个贡献呀。

  这一刻,莫说跋拉有点瞧不上懒瓜,就是俺跟政德两人也觉得懒瓜是自找累受。政德在人群里跟俺说,他个懒瓜就不能不去丢这个人、不去现这个眼吗?

  懒瓜瞧出的窍门只他一人知道,他还是问跋拉,你是说光比谁往村院里拉的土垃多,没说拉几趟,也没说一趟拉多少吧?跋拉有点不耐烦,说,你懒瓜有能耐一捧一捧往村委会捧都算数。

这天,懒瓜加入招工比赛是跟最后一批人一起。别人还是装满一车土再拉上路、拉上坡,一步一步爬坡往村委会运。懒瓜不这样,土上半车,一帮人里是头一个走上路的。

围观的村人瞧见懒瓜拉这么一点土,哈哈大笑起来,说,懒瓜不是比赛招工,是比孩子过家家玩呢!

俺跟政德两人的脸是一红一白的,不知往哪里躲藏好。懒瓜架子车土装得少,拉起来轻松,走得也快。

一趟坡爬上去也吃力、也流汗,懒瓜能受得住。一趟土拉上去,两趟土拉上去,三趟土又拉上去。村人一张笑脸一下收拢住,这才瞅出懒瓜的窍门。那些拉过土,又没拉多少土的人开始嚷嚷起来,说懒瓜这半车半车地拉,能算上数?

跛拉说,只比谁拉的土多,是半车拉还是满车拉,那是你们自己的事。

这些人翻过脸,跟跛拉说,俺们也得重新比试。

跛拉反问他们说,你们吃进肚里的饭还能吐出重吃吗?

乡政府跟小煤窑上的干部们不知懒瓜的底细,问跛拉,说懒瓜肯定是个头脑精明的人。

跛拉回话说,这人是大河湾又懒又笨出了名的人。

不管怎么说,懒瓜还是排进招工名额里。

懒瓜这种人能进小煤窑做扒煤工,这件事一时三刻成了头等奇闻,顶风顺风传得淮河两岸不少村庄都知道。兰英听见音信从娘家回来,满脸喜色,屁股扭出一股一股的风。

兰英说,清早俺娘家门前的那棵洋槐树上有两只喜鹊叽叽喳喳叫个不停,俺心想莫不是懒瓜当上扒煤工? 这不还真灵验呢。

兰英说着这些话,自个也像只喜鹊门里门外叽叽喳喳个不停。政德始终一张冷脸对着她。

兰英是个遇事能屈能伸的人,见政德没个好脸色,不生气。隔天里,她赶趟集买回肉买回酒,叮叮咚咚做出来,拉着铁蛋过来请俺跟政德。兰英再不好,走进俺家门也是俺的儿媳妇呀。政德的一张脸总算是暖过色。

懒瓜当上扒煤工。小煤窑先是按照国家大煤矿的办法,领着懒瓜他们去煤矿大医院检查一下身子骨,看可有不适合做扒煤工的病。身子骨合适,还得集中一处,让有经验的老矿工讲井底下的一些特别留心的事。就像一个从来没有见过庄稼的人,不敢让他下地锄庄稼,担心的不是锄不掉草,是怕庄稼与草分不清,锄掉庄稼留下草。

这个学习班学习十多天,懒瓜他们还是没下井,说是还得签上一个合同。什么是合同呢?白纸黑字两大张,上面一条一绺说得很细,当个扒煤工井底下伤赔多少钱,残赔多少钱,死赔多少钱。下地底下扒煤毕竟不是地上做庄稼,做庄稼收多收少碍不到自己的性命,井下扒煤就不同了,一下下到上百米深的地底去,全仗几根木料支撑着,上面压着那么厚的土,想想都是件不敢睁眼的事。当个扒煤工,天天往地底下钻,还不是往阎王爷嘴里送。望着这份生死合同,懒瓜手指蘸上红印油哆嗦半天还是没敢往上戳。

懒瓜把合同带来家,一条一绺地给俺跟政德说这件事。俺当下里就对懒瓜说,这个扒煤工俺们不当了,祖祖辈辈刨坷垃吃饭也没见饿死一个人。政德虑料事比俺周全些,没同意懒瓜去,也没阻拦懒瓜去。政德跟懒瓜说,还是古人说得对,父母只能给你命,其他的该自己做主的,还是得自己做主张。

兰英一门心事想让懒瓜去做扒煤工。她说,天底下那么多扒煤的人都不怕,单单就你一人怕,俺看你是怕去井底下睡不成懒觉吧?这也怕那也怕,你尿泡尿照照自己还是个男人吗?

懒瓜一夜没睡觉,拧紧一副眉头东呀西地想事情,还得听兰英一张嘴一刻不停地唠叨着。

是去是留,隔天早上是个期限。

隔天一早,懒瓜起床的头件事便是往右手的大拇指上使足劲地哈热气,接下来把一个红红的手指头朝合同纸上按下去。懒瓜把一张白纸连着红指印的合同朝兰英脸前摇一摇。笑在兰英脸上还没洇漫开,懒瓜的左手抓上她的头发捞正她的脸,另一只右手啪啪闪过两个大耳刮子。兰英一惊一慌地张大嘴,说,懒瓜,你敢打俺?懒瓜不理她的话茬,挺挺腰杆往门外走,说,俺宁愿白天黑夜都待在井下不上来,也不愿回家瞧见你的这张脸。

兰英哇啦哇啦哭起来,说,你个懒瓜敢抬手打上俺的脸?

最终,懒瓜还是朝小煤窑走去,俺望着他的后背觉得他一下长成大人了。

22. 换上谁来当村长

这座小煤窑原本是准备开在大河湾龙脊地的正中心,是跛拉阻拦住才挪偏到一旁的土地里。

小煤窑地址选定大河湾的龙脊地的正中央,是煤矿工程师定下的。武书记放眼瞧瞧四周的地势,说这是个好地方。跛拉呸一声吐口唾沫说,好个屁!

跛拉说,大河湾的地被大煤矿掏煤掏得是塌陷的塌陷,裂口的裂口,只剩下龙脊地是块好地,赶明个开小煤窑再糟蹋掉,大河湾村人吃什么?

武书记换副眼光再瞧,龙脊地四周的地果真都塌得四分五裂,坑坑洼洼长不旺庄稼。武书记跟这煤矿工程师商议,说看小煤窑地点可能挪在别的地方。

这矿上人说,这龙脊地为什么没塌陷,是两座大煤矿的分界,也只这地方遗有煤。别处莫说有煤,怕连矸石都少见了。跛拉的皱脸拉下说,武书记,那你看这小煤窑该开哪里开哪里去,俺大河湾村不想沾这份光。

事情一下僵持住。

武书记回头就把跋拉阻碍开小煤窑的事跟祁乡长通上气。祁乡长说出一种办法,小煤窑不兴离远点开？人家大煤矿地底下能掏十里八里的,小煤窑掏里把远还不照？这样,跋拉从地面上眼不见不为净了吗？

武书记就把祁乡长的意思打电话告诉煤矿上的人。

煤矿人说,那得多花多少钱？钱原本就紧巴巴的不够,除非你乡里有钱再多拿出来。

武书记没钱气短,就不吭声了。

祁乡长说,武书记,你抽空再去理理跋拉的思想看怎么办。武书记面带难色说,这狗日的有点倔,他认准的死理八头牛难拉回头。

祁乡长就将武书记的军,是你武书记领导他跋拉,还是他跋拉管着你武书记？

武书记像不认识祁乡长,两眼放光猛盯住祁乡长的脸问,你说怎么办？

祁乡长展掌代刀,呼一声带风劈下去,说,不兴换个支书？

武书记轻松地笑起来说,祁乡长做事比俺果断。

换谁呢？

有一个叫俊屹的人,退伍军人,一手烧菜工夫,祁乡长、武书记来大河湾村见过他的手艺。过后,两人都说菜做得好,都点头,俊屹便去乡政府谋一份烧锅的差事。换村支书的事情决定下,武书记还没找跋拉谈话,这气味顺风从乡政府蹿进跋拉的耳朵里。跋拉听后像没这回事,一心一脸的平静,照吃照喝照睡觉。跋拉的小变化还是有的,比如村委会的那枚印章这些天就被跋拉系根绳吊裤襻上。这是春暖天,走动时,跋拉褂襟扣不住,灌风也灌太阳光,一枚印章钟摆一般悠拉悠拉磕碰大腿根。

村人笑,问跛拉,莫不是怕老鼠拉走了你的大印?

跛拉说,还莫说,近几天村委会还真想闹鼠灾呢。

村人笑,跛拉跟着笑。

这些天,村委会的印章系在跛拉的裤襻上,省去村民有事上村委会找,半道上遇见跛拉,跛拉提印章握进手,举起章冲嘴哈哈气便可盖按上。章上先有印泥,一个印圆圆的,盖得清清楚楚。后来章面上残剩的印泥少了便按不出。

村人说,书记再哈哈气。

跛拉说,哈哈就哈哈。

跛拉举起章,斜眼瞧着不哈气,伸展舌头舔舔再按下,果真又清清楚楚了。

村人心满意足,说,还是书记舌头管事。

跛拉不笑,说,管个屁,再不回村委会上印油,怕放水里泡三天也不会显字了。

跛拉真的往村委会去上印泥,没想这当口偏偏遇见从乡政府回村的俊屹。

大河湾村委会设立于村头,跛拉站在门口,谁出大河湾、谁进大河湾都尽收眼底。这当口跛拉瞧见前边路口骑车从乡政府回来的俊屹,脚站住,一张脸平平静静张向路正心。俊屹还能骑过去?他骑脚踏车晃过来,咔嚓刹住闸,说,支书,还没回家呢?跛拉斜嘴弯出一嘴的笑,说,村委会待几十年,还真恋着舍不得离开呢。

俊屹脸红起来,听出跛拉话里藏着的话。俊屹不吭声推车想走。跛拉不放过,说俊屹,近日还常替祁乡长、武书记烧鸡炖鸭吃?

俊屹不答话不照,说,哪能老是烧鸡炖鸭汤呢?人家是乡长书记呀,不是村里的小干部缺鸡少鸭吃,得常换换口味呢。

俊屹觉得自己的答话很得体,望着跛拉舒展着眉眼笑。

跛拉说,是得换口味,人家乡长书记是什么人,要不还会专门请人做吃的喝的伺候着？

俊屹推车想走,跋拉还是不让,跨两步靠近俊屹,声音压得很低,说,俺得告诉你一件事。

俊屹停下脚,心蹭蹭警觉地提起来。

跋拉说,你替乡长书记炖鸭汤,鸭汤菜可得少放点。

俊屹没理解跋拉这话,一双眼瞪多大。

跋拉说,鸭汤菜可不是平常的菜,有毒呢！吃死他乡长书记得蹲班房的。

俊屹紧揪的心放松开,说,跋拉,你真会开玩笑。

跋拉说,不信,你试试？

跋拉一路傻笑着离开村路口进村委会,俊屹独落路当心。俊屹一时半刻地还是想不透彻跋拉的话。但有一点,他俊屹还是清楚的,想接替跋拉的村书记不是件容易的事。

隔天就有一辆小宝车日楞日楞跑进大河湾村,迈过村委会,直接进俊屹家。车是瓦蓝色的,村人都知它是祁乡长的。过一会,祁乡长的车才拐过头慢腾腾滚进村委会。祁乡长跟俊屹一道走下车。跋拉一瞧这阵势,明白八九分。

改换跋拉的村支书原本该是武书记的事,武书记不愿来,说,祁乡长,绳套是你想出的,还得你去套。祁乡长也不愿来碰跋拉这根钉,说,这是换支书,党的事还能轮上俺乡长去插手？武书记说,俺书记是书记,你乡长不还挂着副书记的名？武书记说,你先去大河湾村跟他跋拉谈,万一有个闪失俺好正面去补救。武书记话这么一说,他祁乡长不去也得去大河湾村了。祁乡长说,那俺就先去跋拉头上剃一刀试试看。

村委会里就祁乡长、跋拉、俊屹三个人。祁乡长跟跋拉谈话绕了很大弯子,说,跋拉你是老党员、老同志、老支书、老革命,老是要你为村民操心,俺跟武书记两人心里老是过意不去……

第五章 吃 煤

　　跋拉一旁里不言语。俊屹插不上话，一包好烟掂手里一根一根往跋拉面前敬。

　　祁乡长还夸跋拉，你有许多老经验、老传统、老方法、老思路值得俺们老老实实学它老一阵子也学不完……

　　这一回跋拉没容祁乡长的绕口令绕完，就说，祁乡长，你别大姑娘上床老是绕弯不脱裤，不就想让俺把村支书的位子让给俊屹吗！

　　跋拉站起身说，俺这就让开。

　　大河湾村委会是三间瓦房里放一张桌一只柜一张床，跋拉丢下一串锁匙挪开身就交出位。祁乡长没想跋拉事情答应得这么爽快，心里一下潮热开，喊跋拉停留一下，说，坐一会俺们唠唠别的话。跋拉人不回头，话顺肩膀漫过来，说，下掉俺支书俺就是平头老百姓，你个大乡长有什么话还能跟俺谈到一块去？

　　祁乡长脸色很难堪，跋拉摇晃着背越走越远。俊屹追上去说，跋拉，你村委会里的印章还没交下呢。

　　跋拉嚓啦停住脚，不紧不慢解衣扣，撩开衣襟没有印章，说，清早里换裤子落下呢，想要隔天去俺家里取。

　　跋拉真的离开村委会，祁乡长跟俊屹两颗晃悠着的心都稳落下来。

　　祁乡长回乡政府呈一脸笑色去见武书记。武书记从祁乡长的脸色读出内容，说，跋拉的支书让下啦？祁乡长说，让下了，前后没要五分钟。武书记疑乎，说，这么容易？祁乡长说，跋拉是老同志、老党员，思想觉悟还是有的。武书记还是不相信，说，跋拉就没提别的什么要求？祁乡长说，跋拉是一声没吭离开村委会。武书记还是说，祁乡长，你就等着吧，我就不相信跋拉这么容易让出位。

　　跋拉会找什么事体呢？

　　跋拉让出村委会，俊屹还真人五人六坐进去，拉开一副村支书的架势。印章跋拉不想交，俊屹不再要，花钱去城里刻一枚新的。俊屹一枚印章刻回来,呆坐村委会十几天没见村民找上门,他才知事情不对头。村人这么多天真的没事找他?不是。村人结婚生孩子得村支书出纸条盖大印;村人去乡政府信用社转挪钱更得村支书出纸条盖大印,此外还得村支书领着去担保。俊屹做村支书这么多天村里能没出一件事?后来俊屹才明白,村委会的印章还掌在趿拉的手里,他趿拉就还是村支书,只不过村委会不设村委会,随趿拉一道搬回家。俊屹想,印章还得要回来。

俊屹就去趿拉家,路上正遇见一个叫德才的人手里捏一张白纸美滋滋地晃在脸面前,打趿拉的院里往外走。俊屹还瞧见白纸上有趿拉刚盖上的印,红红圆圆像个女人的红嘴唇。俊屹想夺过这白纸,做证据。俊屹就冷不丁地靠近德才夺过他手里的白纸。德才空下手腾出眼,才知白纸跑到俊屹手心里。俊屹说,德才,瞧什么呢,不怕花了眼?

德才说,俺媳妇快生了呢,得去乡政府说一声,要不赶明个报不上户口还得挨罚款。

德才伸展手,候俊屹递纸条。俊屹不递,说,这纸条待会俺送到你家去。

趿拉是老支书,俊屹是新支书,德才知道谁都不能得罪。德才说,那俺先回头候着你,俺还急等着去乡政府。德才还知这事让趿拉瞧见不好说,一脸慌张往家跑。俊屹就这么手里张扬着白纸条走进趿拉家。

趿拉坐在大桌前自个喝茶自个抽烟,一张脸扛在脖颈子上,两眼翻多大像是一根一根数房梁。趿拉瞧见俊屹走进来,装着没瞧见。

俊屹手里白纸条哗啦哗啦抖出声,说,趿拉,你现在不是村支书了,还盖村委会的印章是犯法呢。

趿拉把眼睛从房梁上咯啪啪地降下来,说,俺趿拉不是大河湾村支书,你说谁个是?

俊屹理直气壮,说,是俺俊屹。

俊屹说,上回祁乡长来说的,还当着你的面。

跋拉笑笑说,他祁乡长说你是大河湾村书记,你就是啦?

俊屹说,你是说笑话吧?祁乡长说话不算数,还能你说话算数?

跋拉不接俊屹这话茬,抽口烟、喝口茶,慢悠悠地说,俊屹,你的党员是真是假俺还不知道呢。

俊屹急了,说跋拉,你不是支书还是党员,说话可得负责任。

跋拉说,你是党员怎么不懂党的组织原则,党支书不经村里的党员选举,你说自己是支书就是支书啦?

俊屹脸一下白起来,他没想自己做支书会碰到这关节。

跋拉说俊屹,大河湾的支书还是俺跋拉,你乱刻印章俺还没找你的事,那才真叫犯法呢。

俊屹身上如泼上凉水,哆嗦两腿往外走。

俊屹怎么办?去乡政府找祁乡长、武书记。武书记说祁乡长,你不要大河湾党员选举,硬性指派不违反党的组织原则是什么?祁乡长说,乡里这么多村支书有几个是选的?武书记说,过去是过去,现在是现在,党的事说认真就得按认真的方法办。武书记最后说,看来这趟大河湾得我亲自去。

武书记来是坐自己的红颜色小宝车。红车留一路红影进村委会。武书记跟跋拉说话不绕弯子,对跋拉说,你去喊村里的党员现在就举手选举村支书。跋拉不争不辩,出村、进村,把能喊来的党员全喊来。

十来个党员挤满一屋子,瞧着这阵势不知该说什么话,眼睛东呀西地转,躲着跋拉,躲着武书记。武书记说出他的来意,指着跋拉要他先表个态度。跋拉说,别的党员拥护不拥护俊屹、支持不支持俊屹、信任不信任俊屹俺不好说,俺跋拉是举双手双脚赞成他俊屹当大河湾的村支书。

俊屹也表态度,说自己做大河湾的村支书就得一心一意想着大河湾的事,就得带领大河湾村的男女老幼共同致富,往小康那条道上奔,连一个疤瘌、麻子、瘸子、瞎子、聋子、傻子都不会落下来。

武书记看时机已成熟,说,那就举手表决吧。武书记说,同意俊屹做村支书的举手。

俊屹带头把手举得高高的,其他党员手不举,一双双眼睛都盯着跋拉。

武书记的眼睛也盯着跋拉,说,你刚才表的态度没忘吧?

跋拉的一双手举起来,还劝说其他人举,说,俺们都是党员,这头脑就得跟武书记想的一个样。

其他党员这才慢慢腾腾地举手,还一副不情愿的样子。俊屹的心稳落下。

武书记的脸喜笑开,说,这就好,党员就要有个党员的觉悟。

武书记改选好村支书,乘车回乡政府。俊屹紧赶跟跋拉说,这回村委会的印章该交了吧?

跋拉还是笑笑的样,说,那你跟俺回家拿。

俊屹话不软,说,现在你不是村支书,俺是怕印章在你那出事。

跋拉前,俊屹后,两人走呀走的,走进跋拉家。

跋拉不招呼俊屹坐,自己先坐下,依旧抽烟喝茶,举一双眼数房梁。俊屹催,拿来吧,莫到家又舍不得。跋拉装糊涂,问拿什么。

俊屹语言重下来,说,拿村委会的印章。

跋拉说,噢,村委会的印章清早解手掉屋后茅坑里去了。

俊屹说,你可得想清楚,你再不拿出印章可真是犯法的事。

俊屹试觉说出口的话很有重量,自己给自己找丝笑染脸上。

跋拉抬眼瞅瞅俊屹的得意相,也笑,说,你不信,跟俺去茅坑瞧瞧去。

跋拉真就起身往屋后去找茅坑。

茅厕安在跋拉家后屋墙拐,一个半大缸埋地下,四周树枝草席围一圈,再外面葱葱郁郁插着荆条。暖春天,阴凉顺枝杈叶片往上爬,人蹲着得一份清凉凉的享受。跋拉进去并不指给俊屹看印章掉在茅坑哪地场,解裤带像准备蹲下拉屎的样子。俊屹就瞧见跋拉的印章还系在裤襻上。跋拉解开它,说,俊屹,你眼睛瞧清亮,印章这不是丢茅坑里去了。跋拉手一松,印章连绳落下去,扑通砸出一声响。

跋拉说,俊屹,想要自个下去捞。

俊屹不气,转身想离开,说,俺只怕印章系你身上乱出事,你想想俺要那旧章做什么?

跋拉不让俊屹走,说,俺知你刻有新印章,俺先告知你一声,印章盖不盖还不能你一人说了算。

俊屹扭过头,说,莫不你还做着当村支书的梦?

跋拉说,俺让给你的是书记,大河湾的村委会主任还是俺。俺是村长,这大河湾的事还不能你俊屹一人讲话算数。

俊屹的心一下凉起来,没回家,没回村委会,还是去乡政府。祁乡长、武书记听完俊屹的汇报后相视苦笑。祁乡长说,跋拉话说得还是没有错,他是村委会主任就还得理大河湾的事。武书记的心狠下来,说再去大河湾换下他的村长。祁乡长也同意,说换下跋拉的村长,不信管不了他。

撤换跋拉的村长,这事还是落到祁乡长头上。武书记交代祁乡长,你不能轻看他跋拉,改换的程序一定得按法规程序办,不能让跋拉再钻空子。

祁乡长点头答应武书记,心里轻松不起来。选支书是十来个党员举手,武书记眼盯着,哪个党员举手不举手,一眼扫个清清楚楚。选村长呢是大河湾村民选,少说有五六百人,一齐拥进村委会,黑压压尽是人头人腿人手,村民不愿选俊屹,你乡长有什么办法?祁乡长来大河湾并不急着召集人说选就选,他跟俊屹两人的主要精力是花在选举前的村民宣传上。

祁乡长主持大河湾的村干部会,先是拿出候选人。俊屹是一个候选人，这是祁乡长定的。祁乡长来大河湾的意图是先换下跛拉的支书，再换下跛拉的村长，这村干部谁都知道。

另一个候选人呢，跛拉还想当。祁乡长做跛拉的工作说，你一生为国为党为民是勤勤恳恳任劳任怨，俺们做小辈的向你学习，白天得学夜晚得学睡觉醒了还得接着学……跛拉这回没吃祁乡长塞进口的甜糖，说，村长是村民选，谁照谁不照，村民心里最清楚。俺跛拉做不做村长是事小，俺是想试试村民心里怎么看待俺。俺做支书几十年说让俺就让出来，这村长俺不能再不明不白让出来。这不是觉悟不觉悟的事，是俺跛拉一生的名节大事。

跛拉这样表态度，定不定他做候选人，祁乡长很为难。祁乡长只得回头跟武书记商议。祁乡长先表态，说这个候选人一定不能让他跛拉当。武书记不这样看，说，事情做过头，大河湾村民反感，俊屹想选就选上啦？

祁乡长让一下步，说，那就让俊屹、跛拉一块选。

武书记不放心，还是交代祁乡长，村民思想工作做得仔细些，才能保证俊屹被选上。

祁乡长跟俊屹的村民工作就做得很仔细，一家一家跑。祁乡长当着村民的面不好否定跛拉的能耐，说，跛拉支书、村长做几十年，好事多得就像地里的土坷垃，再做支书、村长俺们心里过意不去。

祁乡长跟村民说，俊屹，人年轻，在外面见过不少世面，脑瓜活络，你们说选村长支书不选这样的人还能选谁呢？

祁乡长还说，乡里的武书记跟俺两人都觉得俊屹当大河湾的支书兼村长最合适。

这些天跛拉似乎很轻松，好像没有争当村长这回事。跛拉闲着两手背在身后村里村外地乱溜达，遇见村民说话不提选村长的事。跛拉在小麦地里遇见一个叫大筐的人，说，你的这块麦长得旺长得齐，近几天下这么大的雨没挨水淹。这个叫大筐的人佝腰从庄稼地里站出来，说,还不是你趿拉当家分给俺家的地块好!那年分地有多少双眼睛盯住这块龙脊地,没你趿拉当家俺抓阄能抓得着?趿拉说,话不能这么说,俺当支书村长,有好地不能俺占着。趿拉说完这句话,丢下大筐,两手背在身后,趿拉趿拉走开。

走着走着,趿拉遇见一个叫仙人奶的人。仙人奶拉着泥头泥脑的孙子走过来,趿拉搭腔说,这孩子是赖歪跟前的吧?仙人奶说,可不是,一转脸都四五岁了。趿拉一脸不信的样子,说,会有这么大?仙人奶说趿拉,你忘啦,俺孙子生下的时候赖歪不够生孩子的岁数,乡长要惩一千块钱,还是你说的人情一分没给。趿拉笑说,看看这事还真忘记了呢,一个村的人,俺不当支书村长,能说上情的也去张张嘴呀。

趿拉这天从地里拐回头,进了一个叫德进的人家喝水。德进家住村东头,正好顺脚路。德进跟他家里的没想趿拉能进他家要口水喝,偏巧这几天锄地忙,几只暖瓶都空着。德进让趿拉进屋歇口气。德进家里的忙进锅屋添水添柴烧茶水。趿拉说,算啦,俺回家还有事。

趿拉站起身,站在门前没有立刻走,转眼瞅瞅院落,说,德进,你家的这院子还蛮敞亮呢,凉风一股一股灌进来,人不喝水也凉快呢。

德进说,这宅基地不是你趿拉当家划给的吗?比村里的规定前后多出一米呢。

趿拉拍拍脑袋说,想起来了,是有这么一回事。你家孩子多,俺想不多出点赶明个孩子大了住不开。

德进说,就是,你趿拉跟谁亲跟谁近谁个心里不明白。

就这样,祁乡长跟俊屹挨家挨户说了三天选村长的事,他趿拉村里村外也溜达了三天。

第四天,大河湾村民全拥到村委会的院子里准备正式选村长。

一张桌子冲着村委会的大门,桌上放白、蓝两个搪瓷脸盆。白脸盆贴趿拉的名,蓝脸盆贴俊屹的名。祁乡长主持这事,不偏不倚站中间。几百号村民像没头的苍蝇满村院里嗡嗡地吵。祁乡长说都站好,排成一长队。村人们你瞧瞧他他瞧瞧你，还是乱哄哄地窝一团。最急的是俊屹，拉这个扯那个好一气，还是没把村民扯成一条线。趿拉一旁里不急不躁，像瞧景致。待祁乡长、俊屹两人没办法了，趿拉才喊德进来，德进挤过来。趿拉就把德进安排在排头，大声让村民按住家的房屋顺序，从东往西跟着德进排。

村人谁家住东、谁家住西还能不清楚？一条长长的人队有德进做榜样，一时三刻就排出来。

祁乡长大声宣布，说，选举开始。

趿拉、俊屹两人站在村人最前头，两人手里都攥着个泥蛋蛋。这泥蛋投谁名下的脸盆里就算投谁的票。趿拉很客气，让俊屹先投泥蛋蛋。俊屹没想趿拉会这样，就客气，说，趿拉，你是老村长还是你先投。祁乡长怕趿拉临时生出什么新花招，裁决说，趿拉，还是你带个头吧。趿拉说，那俺先投啦？

趿拉向前跨一步，举起手心的泥蛋蛋投进俊屹名下的蓝脸盆里。

趿拉会投俊屹的票，这祁乡长没想到，俊屹自己更没想到。俊屹向前的脚步迟疑下来，泥蛋攥手心里只得转过方位，一落一丢，泥蛋哐当当滚旋进趿拉的白脸盆里。

投完泥蛋，俊屹心里很轻松，祁乡长相跟着笑。趿拉都投俊屹的票，村民还能不投吗？

紧挨俊屹身后站的人是德进，他手里捏着泥蛋蛋，心里想的还是自家的宅基地，想这宅基地宽多一米、长多一米是趿拉量的，俺这票不投趿拉还能投俊屹？德进手里的泥蛋蛋就在趿拉面前的盆底上砸出一声干脆的音响。

有了德进带头，后面人的泥蛋蛋也相跟往趿拉脸盆里滚。这么多年谁家大人孩子没得过趿拉的好处。村人心也亮堂，知他趿拉还是想当村长，不想当村长他不会再当候选人，更不会前几天见面还提那多年的好处事。这么多年改选八百回了还不都是他趿拉当村长，今个选选弄弄的还不是唬人眼？跂拉面前脸盆里的泥蛋蛋一时三刻齐盆口，又堆上尖，泥蛋蛋垒不住，一蛋一蛋往下滚。一旁俊屹脸盆里还是泥蛋蛋独一个，像一只看不透世事的独眼珠。祁乡长跟俊屹的脸当众有点挂不住。跂拉一下子有点沉不住气，言语有些张狂起来，说村人，你们也往俊屹脸盆里投一点，这些泥蛋蛋又不是金蛋蛋银蛋蛋，连他妈的花生米也比不上，是花生米一脸盆端回家还能下酒呢。

村民们自然是不听跂拉的劝告，还是泥蛋蛋往跂拉面前放，说，泥蛋蛋攥俺们手心里，高兴往哪里放就往哪里放。

村民们还说，他俊屹稀奇这泥蛋蛋俺们偏不给他，你跂拉不稀奇俺们偏给你。

大河湾改选村长的结果是不问自明的。祁乡长一脸难堪离开大河湾。跂拉还是高姿态，堵住祁乡长说，村民选举归村民选举，要不你回头跟武书记商议商议，这村长俺还是让他俊屹干。祁乡长关妥车门，话传出来，说，还换个屁，你心想俺这个乡长连选举的程序都不懂？

隔天一早，俊屹就把大河湾村委会的印章捧交给乡里武书记，说，有跂拉当村长，俺这个支书没法当。

武书记不接印章，说，照你这么说，我跟祁乡长两人的职务也只能是一人干了？

俊屹说，乡里跟村里不一样。

武书记说，怎么不一样？你干你的支书，跂拉干他的村长，各干各的事。这大河湾村支书、村长全交给你俊屹，你就能干好啦？

武书记话说到这份上，俊屹只得怀抱印章去找祁乡长。祁乡长理解俊屹的难处，知俊屹的这个支书没法当。祁乡长收下印章，说，那你还在乡政府烧你的锅吧。

大河湾村没有支书照，不能没有印章，又隔天祁乡长把印章送回大河湾，印章没交给跂拉，交给一个叫正田的会计。祁乡长支派他临时代理村支书。祁乡长说，大河湾谁当村支书，乡党委还得开会再研究。

祁乡长前脚走,正田后脚就把印章交给跋拉。跋拉不愿接,说,祁乡长把印章交给你,你就是大河湾村支书。正田说,祁乡长话讲得明白,他俊吃不干,俺只是临时代理。

跋拉说,什么代理不代理,过些天一选举,你还不成正式的?正田一脸哭笑不得的样子,说,跋拉,你别糊弄俺了,让俺正田安安稳稳做村里的会计,俺是这辈子满足,下辈子也满足了。跋拉就收下印章,说,俺先替你正田管理几天,这大河湾到底谁做支书,让他狗日的乡领导再来选。

23. 夜里守住龙脊地

小煤窑最终还是在大河湾的地盘上开起来。

这件事,乡里跟煤矿多种经营公司做了点让步,说他们地面上设的井口离开龙脊地,地底下扒煤炭也离开龙脊地,保准龙脊地是一拐一角都不会塌陷下去。

跋拉代表大河湾村民也让了步,他清楚老是顶着也顶不住,顶到最后对大河湾村更不利。跋拉当着乡领导的面松下口,说,有一点俺还是放心不下,你们开小煤窑地上不占龙脊地,地下不掏龙脊地,空口无凭,得立字为据。

跋拉在场,赫经理在场,祁乡长在场,三人六眼面对面拟定个文书,三人都签上名。可这终归是一张白纸,跋拉拿在手上觉得轻飘,揣进口袋里还是觉得轻飘。

跋拉想,一群矿工下矿井还不是一群打洞老鼠,谁能看住他们?一年半载的地塌陷,你能让签名的祁乡长跟赫经理两人下去把塌陷的地用头顶住?

跋拉这么一思想还是不放心龙脊地。这不放心的结果是买回十口大水缸监听,这方法说起来还是大煤矿当初掏过淮河逼近大河湾村的时候,煤矿工程师教会村人使用的。没想隔过十几年,这方法又派上用场。

十口大缸买回来,跛拉领村人夜里偷偷埋到地里。跛拉做这事当然不想让乡政府知道,更不想让小煤窑知道。跛拉来俺家喊政德做帮手,一脸鬼鬼祟祟的神态,还想瞒住俺。政德半夜枕头边说出来,俺才知跛拉他们埋缸的事。

政德说,十口大水缸被挨排埋地下,间隔数丈远一口,正好连接小煤窑与龙脊地。五口空着,五口盛满水。满水缸留眼睛观地下动静,空水缸留耳朵听地下动静。

大河湾的夜晚是宁静的,埋下的这十口大水缸也就怀揣上一个不愿示人的心事。

夕阳西沉,鸡鸭上圈,农人归家,这大河湾的宁静也就伴随着暮霭一丝丝一缕缕地降临下。这一会,村人能瞧见一个微微佝背的人,闪亮一盏马灯走出村,一路闪呀烁的,往龙脊地走去。这人是政德,是去庄稼地守夜。那里有一间废弃的土坯屋,还有一张土坯床。政德去不是睡觉,是去替跛拉看守那十口大水缸。

跛拉想出这一招怪主意,当然他自己夜里不能去看着,去听着。跛拉就把这么一件事交给政德。政德一人笑眯眯地接受下来,像是接过一包金元宝。这样政德夜里去看夜,也是神神秘秘的了。

我不相信这方法能有个什么实际效用。可政德说,水缸里什么动静都能听得一清二楚,哭呀笑呀吵呀闹呀的又是一个世间呢。

眼见脸面前到了深秋天,日子再往前探几步便是初冬了。这些天,夜半里凉意很浓,人缺酒热身,荒野里待不住。政德原本不好酒,这些天摸个小酒瓶,一夜一夜带点酒往野地里揣,下酒菜先是炒点花生米,后来带花生米还得带上咸菜。酒量没长,菜量见长。俺说政德,会喝酒的人光喝酒不就菜,你是喝酒少吃菜多。

政德说,这酒夜里不单俺一个人喝,这菜夜里也不单俺一个人吃。

俺问,是跋拉夜夜家里睡不安去龙脊地陪着你?

政德一颗头摇得像个货郎鼓。

俺还问,莫不是旧相好的夜夜去跟你相恩爱?

政德光笑不答,说,你夜里去看看不就知道了。

这天俺真的相跟着政德去庄稼地过一夜,俺不是怕政德夜里真有旧相好、新相好的去陪他,俺是担心夜凉他的老胳膊老腿受不住寒。

这是农历月半的天,一轮明月朗朗地照亮半空。水似的夜色一波一浪地在大河湾夜空里自在流动。寒意随夜色一刻比一刻加浓。凉气似乎裹住腿,顺脚脖子把热气一把一把往下退。政德说,俺俩等夜再深静些再去听水缸里的动静。

俺俩先是进土坯屋上土坯炕,一条被裹住俺俩的腿。政德拿出酒,拿出咸菜,自个喝起来。俺问政德,带的花生米怎么不拿出来?政德还是笑,说,待一会你就知道花生米做什么用了。酒在宁静的夜里是耐不住寂寞的,掺和着夜风越远越浓地一下溜出好远。不大一会,土坯房门生出咚咚的声响,像是真有人静悄悄地走过来。俺的心相跟着是一惊一紧。政德骂,说,这狗日的鼻子真尖呢!

政德打开门,随月光进屋的是一群尖嘴猴腮的黄鼠狼。它们有十几只,一争一抢地想往政德身上扑。俺不知怎么一回事,吓得是一阵一阵地抖。政德解开包裹着花生米的塑料袋,啊噗啊噗吐上两口酒,哗啦撒地上。政德脸上露出酒意的笑,说,俺就酒用咸菜,你们就酒却用花生米。

政德这些天带的花生米都进了这群黄鼠狼的肚子里。

十几只黄鼠狼你挣他抢,撕打出一阵阵叽叽呀呀的欢叫声。黄鼠狼抢食完花生米,抬一溜贼溜溜的眼珠,瞧瞧政德,瞧瞧俺,顺门洞哧溜一声消失在月光里。政德呈一脸安详的神态,说,这些个家伙吃掉俺不少花生呢。

俺说政德,夜夜拿花生掺酒喂黄鼠狼的人,天底下怕是找不出第二个来。

政德说,夜里呀只要你打开酒瓶,它们准来床前床后缠着你,不给它们点花生米蘸酒吃,你莫想在这夜里独自喝安生。

屋外月朗半空,月亮下的夜色更加浓稠。土屋飘呀摇得像浮在水面上。世间的嘈杂也渐远渐逝,庄稼地里四周无遮无拦显得空,寒风呼啦呼啦显得硬,一下一下从土屋四圈挤进来。俺一抖一抖地显得冷,政德递过酒,说,你也喝两口暖暖身子骨。俺活这辈子没沾过酒,不知怎么的今晚里俺闻见酒能试觉出酒香味,酒是老白干酒,酒性烈,两口抿下肚,已燥热得俺一心是火,一身是火,一脸是火。一时三刻,俺的身子骨便暖过来,像怀里拢着个火炉子。

政德还是有话跟俺说。政德说,俺不是跋拉,当不得大河湾的村支书,可大河湾的一些事俺比谁都看得清楚。就说大河湾的土地吧,土地分到户那一年,全大河湾是十个生产队,三百三十二户人家,一千五百七十二口人,土地呢是三千零八十五亩,人均是近两亩地。现如今呢,地是塌的塌、陷的陷,能耕种的不足一千亩,人呢却增到五百二十一户,两千三百多口,人均不足半亩地。有的人家娶媳妇抱孙子,孙子都快成了大人还没有一分地。有些人家像城市人一样按月上街买米买面,你说说这农民还叫农民吗?社会再发展,这人活着不还是得指靠地长庄稼吃饭吗?现如今的人不知怎么这么仇视土地,动不动像老鼠一般钻到地下东扒西扒的,把一块一块好好的地毁掉。人指靠扒煤能吃能喝多久呢?

跋拉的问话,俺回答不好。可俺知道扒煤的人不吃煤,他们是卖掉黑黑的煤,买白白的米、白白的面。俺不知道再过一些年后还有没有土地生长米生长麦。这些扒煤的人是不用忧虑的。在这一点上,俺觉得政德比一些村人思得深虑得透,更比那些操持一把锨在地下扒扒扒的人想得远。

这群黄鼠狼没有走远，欢乱在土屋门前的一片空地里，它们跳着舞，姿态百出。听人说过，大月亮夜常有黄鼠狼成群结队朝天拜月的事。亲眼瞧见，这还是头一回。政德说，这群家伙是吃花生米醉着酒呢。俺细瞧瞧，政德跟黄鼠狼是呈着同样的一副酒态。

呼通呼通一连串沉闷的震动声从地下传上来，脚下的土地相跟着哗哗抖动，四周的庄稼也随即摇摆不止。月光下，黄鼠狼们清醒过酒意，怪叫一声四散到庄稼地里。俺知这是地下煤井里放炮的响声。政德说夜夜这当口都有。俺跟政德两人紧赶到一口盛满水的大缸前。这口缸深埋地下只露出缸沿。此刻，这缸因刚才的震动裂碎开，水顺裂缝渗进缸外泥土里。映入水缸的大月亮也不得安生，摇呀晃的，模糊着消逝着。政德说，这是震碎的第四口水缸，小煤窑往龙脊地掏得很快，一个月损一口水缸。照这样还有个把两个月就扒到龙脊地了。俺说，他们小煤窑不是签合同说不掏龙脊地吗？政德手指不远处的一大片流满月光的水塘，说，他们的话要是能信，这么大一块地也不会陷成这样。

俺跟政德往前挪，不一会又来到一口大水缸前，那个消逝的月亮又花朵似的开在水缸里，虚幻得随水波一抖一晃的，静不下拢一个整圆。最后来到一口空缸前。政德停住脚，俯身缸内凝息细听动静。俺照他的样，低耳近缸，缸里果然有咕咚咕咚的响声传出来。政德说，这就是地底扒煤干活的响声。有哧啦哧啦响声水一般流动起来。政德说，这是龙脊地的地龙在地下不安呢。还有其他杂音传出来。政德说，这是老鼠搬家，那是鬼魂哭泣……

不知不觉，月亮偏向西天陡落一截，寒意猛浓起来。政德跟俺说，你先回小屋睡觉吧。俺还要在地里转悠一圈呢。

政德在这样的夜里还转悠什么？俺不知道。俺走几步，转回身，见疏疏朗朗的夜色已溶逝掉他的身影。

这样的夜，政德还能坚守多久呢？

第五章 吃 煤

土地塌陷是个十分缓慢的过程。待一季庄稼收割完毕,袒露出坑洼不平的本土,又待一场大雨降落后,有几处地块老是消失不去地表的积水,这时就可以断定这片平平坦坦的土地因掏煤的缘故开始塌陷了。塌陷后的土地不管是嫩绿着庄稼,还是成熟着庄稼,当走进这块土地的中央,蹲下身,慢慢地伸开眼光四下打量,眼睛里的这片土地早已不再平坦,曲扭出一种说不出的痛苦状。这片土地像一个遭受剧烈疼痛的人,痛呀痛呀地叫喊开。这块开始塌陷的土地从此走向它不再是土地的漫长又短暂的历程。

政德确切知道龙脊地开始塌陷是在土坯屋倒塌过后。没有一点先兆,夜晚里政德离开土屋转悠一圈再返回土屋,这土屋便不是土屋,无声无息地瘫软成一堆土。政德夜晚里溜达的最远处只半里地,这土屋坍塌时一点动静也不知。政德自己提醒自己,这土屋可是夜深人静时偷塌的呢。他的眼里,万事万物都有自己的生命。政德有点埋怨土屋,说,你支撑不住,怎么也不跟俺打声招呼呢?土屋倒塌砸死十几只黄鼠狼。黄鼠狼这么有灵性的东西怎么会被土屋压住呢?莫非是它们觉察到什么不想活了?政德说,这可是大河湾的土地里最后十几只黄鼠狼呀。

土屋倒塌留给政德一个不安的预兆。隔天清早,这块映入他眼底的龙脊地就东低西高地倾斜开来。政德不相信自己的一双眼,一副脖颈子左歪右歪地调整一双汪着泪的老眼,可这块倾斜的龙脊地还是没平整过来。政德的酸眼一闭,两滴浑泪金球似的滚落下来。

第二天,政德回头跟跋拉说出这件事。跋拉去龙脊地查验一遍,就直接去乡政府找武书记。武书记说,这不可能,莫说还没掏龙脊地,就是小煤窑往龙脊地掏也不会塌陷得这么快,恐怕是你跋拉瞧差了呢。跋拉又急又气,说,武书记,你去大河湾龙脊地瞧瞧不就清楚了。武书记当然不愿去大河湾啰唆这件事。武书记去找祁乡长,祁乡长是小煤窑乡政府方面的负责人。祁乡长听过跋拉说的事,把个胸脯拍得当当响,说,这事是不可能的,大河湾的小煤窑是往西北掏的巷,龙脊地是在东边,越掏越远才对呀。跋拉说,小煤窑往东往西掏俺不知道,可龙脊地塌下去是秃子头上的虱子明摆着的。

祁乡长打电话叫过赫经理,吩咐他把小煤窑的图纸带过来,说跋拉正在武书记办公室要看呢。赫经理莫名其妙地来到乡政府,一叠蓝纸描着更蓝图形的地图随身带过来。赫经理当着武书记的面,按祁乡长的旨意把图纸摊到桌上。跋拉看不懂图纸,不看。跋拉说,图纸标的有个什么用?谁知你们地下往哪里扒。俺当这么多年村支书还不知这明的暗的小把戏?跋拉这么不论理,祁乡长跟赫经理气闷心里都不顺当。武书记也看不得跋拉这态度,说,事问了,图纸看了,还不信,你说怎么办呢?赫经理就说气话,说干脆让跋拉自个下煤窑里亲眼瞧个究竟。

不想跋拉这天晌午后,还真去小煤窑找赫经理要下井。

大河湾的小煤窑是小井口,临时性的,越简单越省钱。这样,进出人的井口就不能像大煤矿主井、副井好几个,还个个水泥石头圈砌牢实,人上下井坐铁罐很方便,就算不坐铁罐上下井,沿斜井上下一搭梯一搭梯如上下楼,宽宽敞敞,安安全全的。小煤窑上下井口简单,简易成上下一个直筒,两米见方,一排一排木料往下放,几十米见着煤炭停下来,拐过头支起巷道就管采煤,挣钱。上下井口直直的,边上靠一个木梯,赤脚空手上下三四十米,无任何保险,凭空想一下心都乱晃悠。可一年一年的,也没听说有人闪手失脚掉下去。矿工们不出事靠身强力壮,有一副好身手。跋拉年近花甲,无上下井经验,赫经理当然不愿让他轻易下,可事已至此又不能轻易不让他下。

赫经理打电话请示祁乡长,说跋拉下井出事俺可担不了这个责任。祁乡长说,俺看还是让跋拉下吧,要不你想掏煤也掏不安稳。祁乡长自己不放心,亲自来井口,亲自选派两名壮实的矿工,准备前后护卫着跋拉。跋拉换上窑衣、戴上矿灯、安全帽。祁乡长突然想制止跋拉下煤井,说,想知道煤井往东掏还是往西掏,你派大河湾村其他人下去还不一样吗?跛拉正在劲头上,当然不愿意松口,说,你心想俺身子骨差呢,担水锄地你祁乡长不定能比过俺呢。祁乡长点头认输,说,这下井跟干农活是两码事,万一有个闪失,你说怎么收场?跛拉驴倔起来,说,祁乡长,要不先订个生死合同,俺要摔死井下连尸骨都不用往上运。

话说至此,祁乡长还能说什么呢?祁乡长挥挥手,两个壮实矿工护拥跛拉向井口走去。井口直上直下,跛拉依照矿工的吩咐,面朝木梯一级一级往下移。矿工说,两眼不要朝上看,不要朝下看,直直盯住脚。跛拉管不住自己的眼,眼往下看黑咕隆咚的是无底洞;眼往上看,井口越晃悠越小,方方正正得像一张飘在半天空的白纸片。木梯下到十几米处开始潮湿泥泞起来,脚底打滑,两手打滑。跛拉小心翼翼直盯脚面前,恐怕有半点闪失。一股温乎乎酸溜溜的煤炭气味从地下蹿上来,跛拉于一阵一阵眩晕中感觉像是离开人世间,一步步走向死亡的阴间。跛拉两腿一酸一软,一屁股拍坐半空梯子上不能挪步了。

跛拉是被两位矿工背下矿井的,转弯拐到出煤井口,像煤块似的盛在铁罐桶里由钢丝绳吱吱呀呀拉上来。矿井底的跛拉头脑清醒着,他跟两位矿工说,你俩背俺去扒煤的地场瞧瞧到底是往东掏的还是往西掏的。

跛拉一惊一吓,身体一下虚脱开,上来后哼哼叽叽躺床上,一副大难不死必有后福的功臣模样。乡里的武书记、祁乡长,还有赫经理都来看跛拉,还嘟嘟噜噜提不少吃物。赫经理埋怨跛拉说,不叫你下井,你偏下,你说那地方是你下的吗?武书记说,下去瞧瞧也好,知道俺武书记有没有在小煤窑这件事上遮掩什么。祁乡长说,这回该知道是往东掏的还是往西掏的了吧?赫经理说,小煤窑不按图纸掏煤还要图纸干什么?

跛拉原先始终没说话,这一刻挪身清清嗓子眼,不紧不慢说出话。

他说,俺井下晕头晕脑的,还真看不清煤巷是往东扒的还是往西扒的呢。

武书记、祁乡长、赫经理三人咯噔停下话,他们知道小煤窑的事还不算完。

24. 好好地喝这顿酒

跋拉下一趟小煤窑,一惊一吓的,身体虚脱,哼哼叽叽躺在床上,一睡好多天。乡里武书记、祁乡长,还有小煤窑的赫经理都来大河湾看跋拉,村人更是跑得勤快。

张家拿三个鸡蛋送过来,说,跋拉,你看水红色的蛋皮多新鲜,你吃下去好好地滋补滋补身子骨。

李家来不空手,携半斤馃子,说,这馃子名叫脆死人。你放牙上就知道,又酥又脆的,吃得能不撑死人?

村里人一拨一窝地围在跋拉床前,说,跋拉落成这个样子还不是为俺大河湾操心操的。一窝村人点头,说,都怪开小煤窑,要不跋拉能操这份心思?村人想探个究竟,问跋拉,小煤窑到底是向西掏的,还是向东掏的?跋拉不说西,不说东,两眼不转圈地凝固一小会就汪两窝泪。村人自问自答,管它小煤窑东掏还是西掏呢,掏了就对俺大河湾没好处。村人点头,说,俺大河湾塌陷这么多土地,还不是大煤矿掏煤落下的。

一时间,大河湾村民一个一个都塞满肚子气,说明早去砸掉小煤窑,看他们还开不开。

跋拉精神振作起来,两只手摇呀摆的,说,砸小煤窑可是万万使不得呀!那是犯法的事。

这个夜晚的大河湾村一下躁动不安起来,家家人出户,走东串西的。这天晚上,大河湾东西村的人家商议妥,按闲冬出义务工修整水沟水渠的办法，一家出一人去围小煤窑。村人说，俺们不去砸井口，不去扒围墙，去坐坐、去溜溜、去瞧瞧，总不犯法吧？

隔天一早，大河湾村人三三两两聚一堆，嘻嘻哈哈一路热热闹闹朝小煤窑围去。有男的，有女的，有老的，有幼的，都是些没事可做的闲人。这些村人喜气洋洋、懒懒散散地来瞧瞧东，瞧瞧西，瞧瞧脚下的一块坷垃，瞧瞧天空散游的一块云朵。这些村人像是一片随风吹来的树叶，似乎与小煤窑一点干系都没有。小煤窑矿长、井长见大河湾村嘟嘟啦啦来几百人，先是大惊，后是小惊，他们问大河湾村人，你们来这么多人干什么呢？

村人说，俺们闲冬里没事，不兴溜达溜达玩？

小煤窑人问，你哪地场不好溜达，单来小煤窑？

大河湾人说，这里的土地原先是俺们的，还不兴来瞧一瞧？

小煤窑人还是问，怎么一下有几百口人想溜达，想来这里瞧一瞧？

大河湾村人问，这还能犯了法？

大河湾村人摇摇自己空闲着的手，说，俺们又没砸你们井口，没扒你们围墙。

大河湾村人又跺跺自己两脚，说，俺们还站得远远的，没妨碍你们干活……

小煤窑矿长、井长问清楚了，也看清楚了，还是把这件事汇报给赫经理。赫经理先也是一惊，待清楚这些人没闹事，没影响小煤窑出煤，就放心地说，这些个人真是吃饱没事干，你们让他们随便溜达，随便瞧去吧。不过赫经理到底还是不放心，吩咐小煤窑人，有情况及时向俺报告，现在这当口俺去小煤窑不好。另外你们别招惹大河湾人，谁惹事谁负责。赫经理最后说，到吃晌午饭他们自然就回去了。

初冬的太阳气力弱，还没升至顶空便失去劲头，蔫耷脑袋。时近正午，大河湾人没一个撤离小煤窑，反倒有三三两两村人提饭篮往这送饭。小煤窑矿长、井长知道这群人晌午是不会离开的了，便一下慌了神,赶忙打电话报告新情况。

赫经理问,他们提什么条件、提什么要求没有?

没有。

他们动嘴骂人、动手打人没有?

他们骂的是自己人,动手打的也是自己人。他们闲着无事骂人玩、打人玩。

赫经理说,我是问他们动嘴骂、动手打小煤窑人没有?

答话说,没有。有几个小青年还动手帮着俺们推车、卸炭什么的呢。

莫叫他们乱插手。你们怎么没听见?

他们是闲得力气没处使,心甘情愿伸的手。

还是注意点好,你们说说大河湾人平白无故去小煤窑干什么?

最后,小煤窑矿长、井长在电话里问赫经理说,这些人晚上不回家怎么办?

赫经理说,到哪步讲哪步,夜晚再不回家,他们还能送棉被睡在小煤窑上?

太阳离西边八公山顶端还有丈把远,大河湾人就有回家的意思了。他们自己人问自己人说,回吧?答话说,回吧。没有谁领头,自觉自愿来,又自觉自愿地回。村人很快三个一团五个一伙往村里缩回去。

小煤窑矿长、井长喜滋滋地打电话,把这一份高兴传给赫经理。

撤啦?

撤啦!

真这样?

真这样!

一个没剩?

一个没剩!

这些个大河湾人真是吃饱没事干。

赫经理跟他的小煤窑都没想到大河湾人隔天早上还会来。

隔天早上到了一定时辰,昨晚失散的大河湾人又渐渐聚拢来,像来小煤窑上班一样。小煤窑矿长、井长这回真慌了神,赶忙汇报赫经理。赫经理不安宁,知道不找祁乡长,这事他处理不掉。祁乡长听清这事是一副哭笑不得的样子,说,大河湾人这是搞的什么鬼名堂呢?祁乡长抓挠红一绺头皮后,还是找武书记。武书记埋怨赫经理,说昨天就该把这事汇报过来。这么多人围挤小煤窑心里还不当一回事,再拖个一天半日的不出人命案才怪呢。

赫经理、祁乡长两人还是不知这事的危害性在哪里。经武书记这么一说心慌得不轻。武书记命令他俩说,赶快陪俺一块去大河湾村找跛拉。

淮河两岸冬天来得迟。时下,日月虽跌落冬天里,可气温仍留在秋天间,气爽天高,温暖可人。这几天,跛拉不再躺床上数房梁,一只小板凳把自己靠墙安放在院落里,晒暖太阳,闲瞧天空南飞北往的雁影。武书记、祁乡长、赫经理三人走进院里,跛拉没进屋,喊家人搬三个板凳放在院里。三人一排围坐在跛拉面前。

武书记说,跛拉,图纸你看了,井底你下了,有什么要求和想法可以去乡政府跟俺反映,你这么不声不吭派几百人去围小煤窑,万一出什么事,你跛拉能负起责任?

跛拉知三人是为这件事,不缓不急地说,这些村人,俺是一个没叫去,他们去了也没一人对俺讲。

武书记见跛拉这态度不高兴起来,说,听你这么一说,你还不知有围小煤窑这回事呢?

跛拉说,去的是大河湾人,俺怎么会不知道呢?

武书记说,我还心想,这事冤枉你跛拉了呢?

跛拉说,他们去不砸井口,不扒围墙,不碍小煤窑人干活,只是去散散心，瞧看瞧看小煤窑的风景，这俺跂拉还能管着吗？

武书记还真没了话。

赫经理财大气粗，说，你跂拉要个什么条件，达到个什么目的就直说，还不就是个"钱"字嘛！

跂拉气力硬朗起来，说，赫经理，你话说差了，你察访察访，哪个人要是俺跂拉派去的，俺硬拽也得把人拽回来。

祁乡长出面拦住跂拉的话，说，大河湾村去几百人围小煤窑，连晌午饭都从家里送去吃，没个目的、没个要求，谁会信？

跂拉说，小煤窑的地场是大河湾村的，许你们围墙、掏洞、扒煤，俺们大河湾人还不能去瞧瞧、去看看吗？

武书记有经验，知道在跂拉面前论不出理，更解决不了事，改口说，跂拉，大河湾村人不是你派去的，这俺信。他们围小煤窑有什么条件和要求，你不知道，这俺也信。俗话说，解铃还得系铃人，俺看这样吧，你叫他们派几个代表去乡政府，有话好好说。你跂拉作为大河湾的村支书，派几个人去乡政府这该能办到吧？

跂拉咂咂嘴说，村里派人去乡政府只能说去开会，代表不代表的不好说。

武书记不耐烦，说，开会就开会，你只管把人派去开会。

跂拉转脸骂村人，说，现如今的村民是越来越刁猾，每回去乡政府开个会回来还得跟俺要误工钱呢。俺出面派人去乡里算开会，回头村里不还得倒贴几十块钱补工钱。这穷村的干部王八龟孙想当呢。

跂拉的这些话，三人都当没听见。三人起身拍拍屁股回乡里。

路上，赫经理还气，说，俺要是乡里的书记、乡长，非整得他跂拉上吐下泻不可。

祁乡长笑笑说，上回为开小煤窑的事，撤他村支书没撤下，反倒惹出一大堆麻烦事。

武书记点头，说，他跂拉要真不想叫你开这个小煤窑，他事情就不会断,俺们也就不会清闲。

祁乡长问武书记,他跛拉这么做有个什么目的,干吗不明说,绕这么大个弯子呢?

武书记摇摇头,说,跛拉的心思谁也瞧不透,待会来村民代表还不就一清二楚了嘛。

这天晌午,跛拉就不多不少点名叫来八个人。这八人中没有女人,没有老人,没有孩子,都是黑头黄牙的壮男人。跛拉说,下午你们几人去乡里,武书记、祁乡长在那候着你们有话说。

上午武书记、祁乡长、赫经理进跛拉家,村人都知道的。这八人中有去围小煤窑的人就害怕,说莫不是乡派出所叫的吧。跛拉说,你们心放到肚子里,俺派你们去开会是代表大河湾村几千口村民去的。

这几人说,你跛拉不去乡政府开会,俺们去肯定不管酒,那回头你跛拉得给补助钱。

村里派人去乡里开会,是管饭不补钱,不管饭回村给补助,这是大河湾村的规矩。

跛拉说,管酒不管酒,这得看武书记、祁乡长的话早说完还是晚说完。会散晚了,他武书记、祁乡长自己不得吃、不得喝?这八人都身强力壮,是大河湾村数得着的盛酒家伙。他们相互瞧瞧,黄牙冲黄牙哗啦笑开来。他们想,莫不是跛拉有意安排他们去乡政府喝这顿酒,生怕大河湾村少沾乡政府的光?

这八人出跛拉家门,并没直接去乡政府,拐进一家院子,当心摆两副麻将桌。他们说,还是跛拉去乡政府开会吃饭的经验多,这狗日的乡政府是不能去这么早。要不没到挨黑就把要说的话说完、要办的事办完,谁还管酒?搓两圈麻将再去乡政府正正好。

时间一晃 3 点多钟了,武书记打电话来村委会问村民代表怎么还没去。跛拉仍在自家的院落里,村里就有干部来跟他说这事,跛拉吩咐这人去找这八个人。跛拉说,这八个熊人真能沉住气。跛拉是一头一脸的笑，一点生气的意思都没有。村干部找到这八人，他们还正哗啦啦一万一饼一条地热闹着。这八人兴头上早忘记去乡政府的事。他们说，今个天差点误了这顿酒呢。

八人赶至乡政府，太阳偏离八公山顶不远了。祁乡长问这八人，是跋拉叫你们这么晚才来的？

八个人嘻嘻哈哈答话说，跋拉晌午后就让俺来啦，是俺们自己干麻将忘掉了呢。

祁乡长脸色很阴，说，那你们回去吧，明个早上再来。

八个人的脸黑呀红的不知怎么办。

武书记制止住祁乡长，说，这些人大老远地来一趟不容易，有些事还是长话短说吧。

武书记把大河湾人领到乡政府会议室。服务小姐勤快地泡上茶。这八人晌午后光顾搓麻将，这咱子嘴正干渴难忍呢。他们没等茶杯里的水气散去、茶叶舒展滋润开，就慌手急嘴地去喝。水瓶里是清早的开水，这时有点温了，三口两口的，一杯茶浅下去。服务小姐服务忙不过来，递过水瓶，说，你们自己倒自己喝吧。大河湾人就很听服务小姐的话，自己倒茶自己喝，弄出不少响声。

武书记就长话短说，今个天请你们来，就是想知道你们去围小煤窑有什么条件和要求。

这些人停下喝茶，你望他，他望你，不知武书记的问话该谁个答。

武书记知道这几个人是没组织没领导的，就手指着离他最近的人把话又问一遍。

离书记最近的大河湾人回答很干脆，不知道。一颗脑袋还相跟着摇几摇。

武书记做游戏似的又把手指往远一点的那个人头上指一指。

远一点的大河湾人也回答不知道。一颗脑袋摇动得更诚恳。

武书记问，跋拉没交代你们来乡政府说些个什么话？

这一回,大河湾人的八颗脑袋一齐摇动。

武书记还是不相信,问,跛拉真的是一句话没交代?

八个人还是紧闭嘴,猛摇头。

武书记说,那俺问你们,为什么去围小煤窑?

没去围小煤窑的人指戳着围小煤窑的人,说,是他们去的小煤窑,你武书记这话应该问他们。

围过小煤窑的人说,这些天收过豆种下麦是农闲,你说俺们闲在家干什么?

武书记问,你们去哪里不好,为什么偏偏去围小煤窑?

有人就说,大河湾哪里还有稀奇处,不就是小煤窑一处还有风景吗?俺们不去那去哪呢?

这些话一问一答,天便越来越黑地罩住会议室。会议室的大灯小灯一齐亮开,光鲜出一屋景色,大河湾人闭上嘴,张开眼瞧东瞧西,瞧天瞧地。一屋的灯晃一屋的人影,鬼鬼魅魅的。

武书记见天色晚,闭上嘴。他出会议室找祁乡长商议这件事。

武书记知道事情还在跛拉身上,跛拉稳坐钓鱼台,没指派人去小煤窑,也没指派人去管这些人。他跛拉心里还是想着什么事。

武书记打电话叫赫经理来,协商兑现已允诺大河湾村的几项条件。比如小煤窑占地赔偿费,比如塌陷地青苗费。这些都是有文件规定的,赶快落实掉,免得大河湾人为着这些事围小煤窑操事(找麻烦)就不好办了。

赫经理就来乡政府。武书记、祁乡长、赫经理三人,逐条落实一些赔钱的事。武书记落实下这件事,心里亮堂开,说,明早里,俺拿这些条件去见跛拉,还怕大河湾人不离小煤窑?最后,武书记跟赫经理说,大河湾八个人还在会议室候着呢,晚上你招待他们吃过饭再回村吧。在这些人身上花点钱,对小煤窑还是有好处的。

赫经理当即打电话回煤矿多种经营公司,叫人安排饭场子,还要来一辆面包车。

　　武书记走出会议室,大河湾人还不知他具体安排什么事。天色这么晚还没叫他们回大河湾村,知道这顿酒肯定要管了。赶武书记回来后,果真就说出由赫经理负责招待的事。八个大河湾人笑起来,说,这事俺们早猜到了呢。

　　这天晚上的这顿酒前后喝了三个多小时,祁乡长喝醉酒,头脑一团糨糊当不得家;赫经理喝醉酒,头脑一晕一眩分不清东西或南北;武书记酒量大,身体强,一头一脸的酒气,头脑是半清醒半糊涂,像风刮窗帘布,忽闪一明,忽闪一暗。再看大河湾村的这八人似乎刚上酒桌坐下屁股,肚子里的酒虫才缓过神,正大嘴小嘴地张开等酒喝呢。

　　武书记头脑呼啦一下闪开亮,知这八人是跛拉精心挑选的酒鬼,专门冲着这场酒来的。

　　隔天一早,武书记没找祁乡长商议,自作主张派出派出所的人,还带两辆白一道蓝一道的警车,呼啦啦开进小煤窑。武书记交代说,今个天大河湾村人再去围小煤窑,捡领头的抓上十个八个的来。

　　这天上午,武书记哪地场不去,屁股坐在办公室里不挪窝。等一刻,等两刻,还不见警车开回头,武书记的一副屁股坐不住,打电话去小煤窑问是怎么一回事。

　　武书记手下的人回话说,这天早上大河湾村没有一个人来围小煤窑。

　　武书记不相信,说,大河湾村人一围围几天,连吃饭都不愿回家吃,今个天怎么说不围,一个人都不来了呢?

　　武书记更加不安心,吩咐手下人,这原因一定得查清楚,莫不会出大乱子?

　　不一会,武书记手下人从小煤窑把电话打过来,说原因查清啦。

　　武书记连忙问,是怎么一回事?

　　武书记手下人回话说,大河湾村人说今个天要下雪,他们在家准备火盆烤火呢。

武书记松下一气，又憋上一股火，说，这些个刁民！武书记扔石头一般砸下电话筒。

一般凉风趸进来，武书记扭头望望门外，还真有几片雪花扭着跳着落下来。

25. 小煤窑还能开多久

小煤窑最终还是停下来。

这年冬，小煤窑开得好好的，一下陷出个大洞。洞孔正冲塌陷区的水塘里，塘水哗啦啦无头无脑可足劲往里灌。小煤窑紧连国家的大煤矿，塘水灌饱小煤窑就往大煤井里跑。这一来惊动不少人，人群黑鸦鸦地围在水塘边。洞口只得半间屋这么大，动静却很大，四周塘水漩开涡，斜拉身往里飞。面对这境况，围观的人想招惹，手不敢伸。这些人只得撤离开，返回大矿井，从地底下堵。塘水灌不进大煤矿，势头降下来，一些涌进洞口的塘水只得委委屈屈往回撤。结果，大煤矿没伤着人，小煤窑有五具尸体漂出来。死者有两人是大河湾村人，两人是其他村的人，另一人是大煤矿退了休聘来当师傅的老矿工。死者家人的哭声黑烟一般聚集在小煤窑，经久不散。

淹死的这五人跟懒瓜同一班。懒瓜是自个爬出来的，莫说淹着水，浑身上下连个水滴都没沾着。因着什么呢？还是他的懒，没想这一懒救上他的一条性命来。

懒瓜说，俺一人躲在巷道一旁取下矿灯，想一会头脑里的大河湾风景，刚迷迷糊糊地睡下来，就见有条白头蛇，张着红嘴，撩出红芯子朝俺爬过来。俺激灵一下醒透，打开矿灯，没见有蛇，却照见远处的巷道里有水铺天盖地压过来。俺这觉还能接着睡吗？俺撒开两腿朝井口跑吧。俺一边跑一边猛然清楚，这梦里的白蛇不就是这水吗？这水要是淹漫头顶不比蛇咬上几口还厉害？俺一口气跑到竖井梯,它个小舅子的水撵到脸跟前。俺蹬上几节木梯,它个小舅子的水还不想放过俺,顺木梯一截一截地往上涨。它个小舅子的水哪能有俺爬木梯爬得快,俺往上爬几大截停脚,瞧见井底下一时三刻汪汪的都是水。俺一只脚踩住木梯,另一只脚悬空朝水摇几摇,说,你们来淹吧,怕是连俺的脚是什么臭味都闻不着……

懒瓜就这么一摇一晃地走上井。

井底热,冬天的地底闷得穿不住衣服。干起活,懒瓜是脱去长裤,脱去上衣,光光地留条裤衩子。懒瓜歇下来,躲一旁睡觉没穿裤子,没穿褂子,被水撵着往井上爬还是没穿裤子,没穿褂子。井上人瞧见懒瓜走上来,光着上身,一条裤衩吃不住井口的寒风,浑身一抖一抖的。懒瓜哇啦一声蹲在井口哭起来。

井口准备救护的,赶紧要把懒瓜装上救护车,说懒瓜这是井下受了大惊吓,怕一天两天难清醒。

不想懒瓜停下哭,说,俺看你们的头脑没受到惊吓才糊涂呢。俺哭是丢掉井底的一条新毛线裤。它是俺老婆兰英给打的,今个天穿头一回呀。

懒瓜进小煤窑干的是不折不扣的扒煤工。每天当班是头顶矿灯下矿井,风锤打眼,炸药放炮,握锹撺煤,煤再顺煤溜子淌出去。至于煤装上歪歪车的怎么绞上井的,懒瓜就不知道了。懒瓜在煤井下,只管眼面前的活,干活还是那么一股猛劲。懒瓜不惜气力,脱下衣褂裤子光着脊梁,两手鼓足劲哗啦哗啦一锹一锹把煤撺出去。懒瓜干得两胳膊发酸,额头一层层汗珠痒出来便扔下手里的锹,退一旁找处干地方歇起来。懒瓜等胳膊歇得不酸了,额头的汗珠退回去,力气攒得能把一把煤锹舞得上下翻动,再去干二趟活。懒瓜这么干活虽是歇歇停停,一班下来却比别人干得还多,没人能讲出什么闲话。

懒瓜人歇下,眼不歇,随头顶的矿灯灯光东西南北地瞎瞧着。灯光照亮棚柱,他能瞧见坑木一排一排列队伍似的架过去。煤井靠着这木棚架支撑,才能掏出巷道、掏出煤。棚顶夹缝里是一块一块的大矸石。大矸石灰头灰脑的离不开煤,就像地里杂草离不开庄稼。有些矸石也黑也亮,混迹煤堆里让不懂煤的人还真分辨不出。可矸石总归是矸石,它与煤还是有不一样的地方。一块矸石扔火炉里它能着起火吗?灯光照着身旁的大巷壁,一块一块斜立的才是煤。这些煤连成整体像座山。有煤块孤零零地悬空头顶上,掉不下来,不会砸到人头上。为着什么呢?它的根和整座煤山合丁合卯地相连着,只有用炸药才能分开它。地面上,人们瞧见的煤只是地底整座煤山的一部分。

懒瓜开始下井还不能适应井底下的环境,一颗心被煤井扭曲得难受。随着灯光照射,懒瓜觉得这棚架、这矸石、这煤块长着腿一点一点地向他挤压过来。懒瓜的气一口比一口喘得短。他干脆关掉灯,让这棚架、这矸石,还有这煤块哗啦一声消失去。

懒瓜这时候还能干什么呢?他说井下黑咕隆咚的离地面上百米,他能瞧见天空,还能听见鸟叫。

懒瓜瞧见的是蓝色的天空。天空有一团白云舒展着腰身跑过来。懒瓜还瞧见这团云像只棉花做的狗,奔跑中它身上棉花一丝一丝消失掉,变得干干净净的什么也不剩,像是天空一口把这只狗吞下肚。懒瓜还瞧见近处大片大片翠绿绿的庄稼地,还有不远不近处影影绰绰的树木掩映下的村庄。这该是暮晚时分,村户人家的烟囱里冒着丝丝缕缕的柴烟。这些柴烟渐渐地与暮气混合一团,像低垂着的乌云盘绕于村庄的上空。村庄的再远处呢是一溜山,这溜山就是八公山。除此,懒瓜还能听到太阳光照射到庄稼上,庄稼噼叭噼叭炸裂的成熟声,还有太阳光里各种昆虫的嘶叫声。懒瓜紧闭眼还能从庄稼地随风吹来的气味里知道庄稼成熟到什么程度,还差多长时间能收割。懒瓜瞧见的这些景色、听到的这些声音、闻见的这些气味,无疑都是属于大河湾的。确切地说,这些是懒瓜大河湾田地劳作歇休时端坐地头看见的。

现如今懒瓜把这些装进头脑里带进小煤窑的井底下,像一本画书时常翻看着。

从这一点可以看出,懒瓜还是一个两只腿深深插进庄稼地里没能拔出来的扒煤工,也许懒瓜把下井扒煤看成是下地种庄稼了。

小煤窑出事故,还连着国家大煤矿,一下子惊动省里的人,也惊动中央的人。这件事,上了省电视,上了中央电视。电视上说,这事故是乱开滥采地下煤炭造成的,中央跟省里派出调查人员,将查它个水落石头出。

调查人员下来的头件事是抓起两个人,一个是乡里的祁乡长,另个是大煤矿多种经营公司的赫经理。村人就猜测,说乡里抓一个,煤矿抓一个,下个抓的该是跛拉。跛拉说村人,你们动动脑筋想一想,祁乡长跟赫经理都是小煤窑的头头脑脑,抓俺干什么?俺想蹲班房还不够格呢。

跛拉的心不安,小煤窑透水死去的五人中有两个是大河湾人。此刻,这五具死尸就白花花地躺在村委会的院落里。死者家人的哭声一小会紧一小会松,哭得天地都不安。调查人员抓完人,来大河湾村处理这五具尸体。死者家人停断哭声与调查人员讨价还价,像做一宗买卖。时间过去三四天,尸体还是没处理掉。最后,调查人员咬紧的牙松开,价码一下抬上去,五具尸体顺顺当当被运走火化,调查人员才离开大河湾村。

乡里武书记是最后走的,作为地方父母官,他留大河湾村是想多安慰死者家人一程。武书记这次来乘坐的还是大红小宝车,车如一团火似的停放在村路口。

这种场合乘坐这么一种颜色的车,村人谁个瞧着都不顺眼。大河湾村有一个叫蔫爷的老头最先把一双眼盯住这辆车,他说,就是这辆头顶红盖头找不着婆家门的新娘车往大河湾村跑才惹出的晦气。蔫爷这么说只是顺口编排的,并不显得十分气愤,他说完话抬起一只老脚随便地踹上一脚。这辆红车上的漆光亮亮的,能七歪八扭地照出人变形的嘴脸。蔫爷的这一脚正踢在自己凸鼓的大肚皮影子上,还留下一个完整的脚印。蔫爷觉得这一脚踢的不是车,是自己,还是自己的肚子。蔫爷下回没把脚抬那么高,连着照车又踢两脚,还骂,你这车有晦气,说得还真对呢。

其他村人听蔫爷这么一骂,看蔫爷这么一踢,都相跟着动嘴骂,动手打那车。有的伸手拍,有的吐唾沫,有的抬脚踢,这些都伤不着车的皮肉。不知不觉间村人的举动一步步升级,七手八脚地掀翻车,黑漆的底盘露出来。后来,一窝锹锨及锄头这些侍弄庄稼的家伙变本加厉围攻过来,粉碎玻璃,砸瘪车壳。红漆像红雪似的纷纷脱落下来,"血"染一地。

最先制止这一行动的是大河湾村支书跋拉,他听见村路口村人的吵闹声,听见"打呀、打呀"的助威声,还心想是村人滋事打架呢。他赶快趋至现场,见大红的小宝车已"血"烂一地。跋拉的脸色一下煞拉白,冲着人群喊,赶快住手,这是犯法的事呀!

几个手脚凶猛的村人当场被乡派出所逮住。手铐咬住他们的手腕,锄锹锨什么的还倔强着往一堆废铁上砸。这几个村民没被带出村,又当场被放开。这是乡里武书记自己下的口令,他冲一群持枪的民警说,放开他们。

此时的武书记已不是平常的武书记。突发的透水事件逼得他面目全非,他不想再因着车子的事节外生枝地弄出一些不好收场的麻烦事。

最终,五具死尸变成五盒骨灰,五盒骨灰变成五堆土,这五堆土就埋在小煤窑近旁的大河湾村土地里。

这件事是挨近年节的腊月天发生的。相隔不到一年,村人对事故的枝枝梢梢还记得很清楚时,又风言风语说小煤窑将要重新开工了。

起先俺还不信,俺说,事故调查人员不是说大河湾的小煤窑紧靠水塘、紧挨淮河不能再开吗？

政德说，你翻开眼皮好好地瞅着这世道，现如今下面的有谁还听上面的？

这一天小煤窑真的派人来喊懒瓜上班，说是先把井底的积水抽出来，地下的煤才能扒。

这一回，兰英是头一个反对懒瓜再下小煤窑。她一下变得很明白事理，说，这人世上，是钱好呢，还是人好呢？俺看是人好。兰英肯定是被小煤窑事故的五具死尸吓得不轻，她说，懒瓜再下小煤窑万一有个三长两短，让俺跟铁蛋娘两个怎么过日子呀。

兰英一双眼一惊一恐地落下几滴泪。

经兰英这么一说道，懒瓜去还是不去小煤窑自己就很为难。末了他走过来，想听听俺跟政德两人怎么说。

这一回政德说话却很干脆，说，去。不去下小煤窑，赶明个地没了你指望什么养活老婆孩子？老婆孩子跟着你吃什么喝什么呢？

大河湾村这些年变化很快，地是一年年地少，村里的人指望不上土地收庄稼吃饭、收庄稼穿衣，就把一双眼往土地以外的事体上瞄。村里有人买拖拉机去煤矿跑短途运输挣钱，有人家开拖拉机运煤炭去附近短缺煤又需要煤的地方去赚钱。更有胆大气粗的人往淮河滩里卸下上百吨上千吨的煤，再雇几条水泥船运往江南赚大钱。赚到大钱就扒掉原先红砖红瓦的平房盖起两层小楼，闲暇里站在楼顶上两眼瞅望得很远，风光又自在。赔了钱的人家停下运煤炭，去江南讨债，回来家又要躲债，睡觉是一夜一夜大睁两眼睡不着。有人家不买拖拉机，又缺胆量贩炭去江南，就去附近的小煤窑下井，要不就去国家大煤矿干协议工。总之，大河湾村没有多少地可种了，每家每户都得找到一条养家糊口的门路。俗话说，靠山吃山，靠水吃水。大河湾村紧挨煤矿，就运煤、贩煤、下井当扒煤工，靠矿吃矿，靠煤吃煤。

最逍遥自在的是一群小媳妇，她们口袋里有男人挣回家的钱，现如今一家比着一家不愿意隔条淮河再去地里种蔬菜,一颗心飘浮着离土地越来越远。这些人家不种菜吃什么呢?清早里结一帮一队的,去煤矿的菜市场买,嘻嘻哈哈的,半天的时间打发掉,还鲜活着耳目逛街赶店走一遭。这些小媳妇甚至连清早饭也不愿烧,男人买着吃,孩子买着吃,自己买着吃。村里有些头脑活络的人家,房前屋后摆上吃食摊,油炸的、锅蒸的,你要吃什么口味,他们就摆弄出什么口味。这些个小媳妇不种菜,不烧饭,不缝衣,整天洗手剔指甲像个大家少奶奶。瞧着这些人扭动一副屁股满村里窜过来窜过去,俺的头是一阵阵地晕,俺的眼是一阵阵地花。俺拉扯衣褂襟往眼角上蘸一下,又蘸一下,怎么都觉得这些小媳妇不像大河湾村人,甚至连大河湾也不再像大河湾。

俺知道俺是老啦,政德老啦。一个人,你要是瞅着眼前的世道什么都不顺眼,那你就老下了,尽管等着死吧。

八月初八是个好日子。天蓝蓝,地阔阔,秋风悠悠地吹,秋云漫漫地卷。重开大河湾小煤窑选的就是这一天。

这日子是陆乡长定下的。原先的祁乡长逮住没法办。调查组撤离,风气松动,祁乡长与陆乡长对调一个乡照样当乡长。大煤矿多种经营公司的赫经理连窝都没挪,一屁股还是拍在原先经理的座位上。现如今重开小煤窑还是乡里与矿上的多种经营公司联合开。先前小煤窑花了那么多钱还没见大效益,自然舍不得丢弃下。这一回是健全手续,领回执照,有红通通的大印支持着,可以理直气壮想怎么挖就怎么挖。复工动员会在大河湾的村委会院里开。这里是个好地场,一切与大河湾相关的会都可在这里开,一切与大河湾相关的事都可在这里办。这一天,具体开会的头脑人物有乡里的陆乡长、大煤矿多种经营公司的赫经理和大河湾的村支书跛拉。

跛拉这一回没顶小煤窑扒煤的事,他想顶也顶不住。八月初七这天挨晚里,思来想去的跛拉走出家门,去了一个叫家俊的人家里。家俊的小儿子安心就是上回透水死的,跂拉顺手从商店提上几瓶孬酒。家俊辈分长,岁数大,跂拉凡事见他都显出几分敬重。跂拉问家俊,小煤窑要开,你听说啦?家俊呆愣愣的眼想转不转地说,他们正经能耐没有,不就会扒扒扒。跂拉叹口气说,时辰转悠得真快,转脸你家安心都死一年了。

家俊答话说,是呀,不知阴间里可也过得这么快。跂拉的话开始往家俊的疼处戳,说,俺听乡里说准备把安心的坟往别处迁,说是堆那地场碍眼碍心的。家俊的呆愣一下消失去,人手人脸人嘴都变得哆嗦起来,说,他们敢!安心死得这么惨还不让他安生,你说这理能讲通吗?跂拉劝家俊说,这件事俺再跟乡政府协商一下,明个天村委会里开复工会,看他们怎么说。家俊说明个早里俺就去安心的坟地看着,看谁敢动一锨土!跂拉感觉事办得差不多,想往回走。跂拉跟家俊说,这事俺只跟你一家说了的,其他人家俺一个书记不好随便讲。家俊说,你怕俺不怕,五家明个天去几十口人,说理到哪里都敢去。

八月初八的秋风爽爽地吹着,摇摆人们的衣褂襟,也拨动人们的激动情绪。乡里陆乡长代表乡政府讲话,立志要把大河湾人救出贫困,带领着他们奔往小康大道。陆乡长瘦高个头,一副尖尖细细的娘娘腔,话音叽了叽了地刺咬人们的耳朵,像夏伏天的知了。赫经理代表他们那一帮人讲话,他首先肯定陆乡长带领大河湾人奔小康的正确性,又补充说,大河湾的小康就深埋在地底下,是煤炭,现如今俺们就是要早一天挖出来。国家的大煤矿扒几十年了,这地下剩下的煤炭七零八落的,你大河湾村不扒,别的村扒去,你们大河湾人莫说小康,连一个糠渣渣也不剩。

赫经理肚大腰圆,一头一脸油水光光的,他说话底气足,嗓音大,话音里像藏着一茬小手,抓挠得人心痒痒的,很具有煽动力。

最后说话的是跂拉。跂拉说,今个天是八月初八,俺总觉得不如初六顺当。跂拉自己笑了,笑后说,这扒煤也是扒(八),怎么这么巧呢？陆乡长听出趿拉话音里有刺，就截断趿拉话头说，时辰不早了，俺们去小煤窑开工吧。

小煤窑在大河湾龙脊地的不远处，一群人前呼后拥慌乱地往那里赶，腿离龙脊地还好远，便瞧见烟雾缭绕一团一团不愿消失的青烟，还有一串一串凝重的哭声。哭声最响的是个老女人：

"俺那短命的孙子呀……奶奶夜夜都能梦见你黑头黑脸还在一个黑地方。奶奶明白你死在矿井底，魂出不来呀……俺那苦命的孙吖……"

风吹烟低，现出不少跪在坟上的人头。一叠一叠黄表纸舞弄出几缕青烟，几点火花，几声哭泣。

矿工们慌乱的脚步不再慌乱，嚓啦停住，谁还愿靠近那场面？陆乡长脸色苍白，知道这些人肯定是趿拉指使来的。陆乡长对人群说，愿意下井的，就跟俺去下井，不愿下井的你们就回家。陆乡长自己带头往井下下，小煤窑矿工哪个敢不随着陆乡长下呢？

这天懒瓜从小煤窑回来家说，不知是怎么一回事，他在井底下再也瞧不见蓝天，瞧不见白云，听不见太阳光照射庄稼上的炸熟声和昆虫的欢叫声，更闻不见庄稼的气味。

懒瓜问，这是怎么一回事呢？

26. 结尾　静听淮河的述说

奶奶，你说说原先大河湾是个什么样子的？

铁蛋已长到十来岁，常缠着俺讲些事情给他听。俺除了讲讲大河湾原先的那些人和事，还能说些什么呢？

俺说，奶奶这一回跟你说说大河湾门前这条河吧。

这条河叫淮河，它上游的尽头在一个叫桐柏山的山泉里。这眼泉的水流下山，一路汇合着千山万壑的水，流着流着流成一条大河。俗话说,七十二水归正阳。淮河经过这个叫正阳关的地方后,一下凶猛起来,一扯气跑到凤台这地方,淮河变成直南直北,从南向北流。天底下的河流一般都是从西向东流,要是不这样,肯定是有因由的。淮河在这地段憋着一股不顺畅的气,河水越大,这股气憋着越难受。你想想,一条河憋着这么一股气,直南直北的河道还能流多久?终究,淮河经过硖山口一下甩过头,朝正东流下去。硖山口东边是一片平整的土地,无山无土岗,淮河流到这片平原后这股气还是顺不开,怎么办呢?结果一条河分成两条,一下流去四十里,淮河才在一个叫田家庵的地方收住野性,归依成一条河。后来的淮河才顺顺畅畅东去洪泽湖,流进长江,汇入大海里。

　　淮河从硖山口岔开的地方,东西四十里,南北宽展处有五里,这片土地有淮河水一年四季地不断滋润,是长杂草的好地方,也是长庄稼的肥沃土地。这块地,人们叫它河湾地。

　　早先的早先,淮河两岸的人只在河湾地里种庄稼,不住家。隔着一条淮河种庄稼、收庄稼费事费力,后来人们干脆把家搬进河湾地。河湾地紧依淮河,无遮无拦的河水高兴爬上来,高兴落下去,怎么能住安稳呢?闲暇里,人们就挖土垒能盖房屋的庄台。人们住家的房屋简单,简单成一个茅草庵。淮河水落下,茅草庵能住人。淮河水长起来,茅草庵就漂在淮河里顺水淌走。

　　庄台垒多高,淮河水才淹不上呢?一年又一年,一代又一代,庄台越来越高,越来越宽,住家的人就越来越多。淮河水轻易爬不上去的时候,住家的人们开始垒堤坝围拦河湾的土地了。

　　垒了堤坝,堤坝又真能拦挡淮河水的时候,庄台上住着的人家就能连成一片一片的村庄。因为俺们面前的这道淮河汊宽展些,就叫个大河。俺们的这个村庄,就叫个大河湾。俺村庄的土地,就叫个大河湾土地。

　　这样的大河湾会是个什么样子呢?人们要来大河湾肯定得先过

河。渡船是个木划子,五尺宽,两丈长,能装十来个人。过罢河,走上河岸码头,平展眼前的是一绺河滩地,河滩地南北宽有十来丈。河滩地北面是坝塘,坝塘是取土垒庄台留下的,浅处长芦苇,深处成水塘。坝塘一片连一片,坝塘与坝塘之间的土埂是淮河连结庄台的路。走过坝塘的这条土埂还是一片土地。这片地紧挨庄台,能种菜,能堆柴火,能盖猪圈喂猪。这片地已是庄台上的一部分,是大河湾人衣食住行不可缺少的一处场所。这块地连着庄台坡,不知哪来的这么多柳树,粗的、细的、高的、矮的,一下连成一层厚厚的浓树荫,遮挡住庄台的房屋,遮挡住人,还有鸡鸭狗什么的活物。因有这么多的柳树,大河湾变得不能穷尽起来,也神神秘秘的了。

大河湾的房屋一律是土坯屋、土坯墙、柳木梁、秫秸笆、麦草顶。庄台窄处盖一溜泥坯屋,宽展处盖三溜泥坯屋,几百户人家上千口人就这么一家挨一家住在这些土坯屋里,生儿育女、过日子。

站在庄台上往北面看,便是平平展展、绿色浓厚的庄稼地了。庄稼地少长树木多长人。庄稼人,稀稀落落点种在这么大的一片土地里,不动是个小黑点,动还是一个小黑点。

大河湾土地空旷,风吹来舒展又流畅,云飘来逍遥又自在;鸟飞来无拘又无束;人走来呢,只管启开一张嘴,呼吸这浸泡过浓浓庄稼绿的新鲜空气。

淮河湾能有这样一个村庄,经过了不少代人,少说也有上千年了吧。可因煤矿拆迁,毁掉它似乎只是一夜间的事。拆迁后的大河湾不再有村庄的模样,像遭受一场毁屋、毁人的瘟疫,更像是经过乱兵乱马的战争。大河湾的土地塌陷、庄台塌陷,淮河只用翻身打滚的时辰就侵吞掉河滩地、侵吞掉坝塘,一下抵近堤坝根。原先的大河湾村庄还留下什么呢?几棵柳树。剩下的几棵柳树长在河滩地里,长在浅坝塘的芦苇丛里。大河湾人搬迁过淮河,住进新村庄。这些没人经管的柳树,有根须的牵扯,想跟随主人也走不动路呀。这几棵柳树随地面塌陷,随淮河水浸入,一棵一棵倒在水里。倒在水里的柳树并没死。枝杈卧着,头却昂向天空的地方,接着长。有行船人家至这里,因这几棵躺在河水里挣扎的柳树,他们知道这里曾是一个村庄。老的行船人会跟新的行船人说,这里就是原先的大河湾。

原先的大河湾村渐渐地成了人们头脑里一段可有可无的历史记忆。

现如今的大河湾村,俺住了十几年怎么还都觉得自己像是个客人似的。夜晚里,俺人躺床上,灭下亮灯,原先大河湾的模样清清晰晰展示脸面前。谁家的堂屋挨着谁家的堂屋,谁家的锅屋比谁家的锅屋高,甚至谁家的女人窝在屋门口是个什么姿势,至今俺还能记得一清二楚。活在俺头脑里的大河湾人还是原先的模样,怎么也不见着老。谁家的狗还是那样的白尾巴梢,谁家的公鸡还是凤头芦花鸡。这只鸡的叫声在大河湾最响最亮,跟随它的母鸡也最多。连俺睡梦里梦见的大河湾都是原先的大河湾。一个村庄,它要是连你的梦都走不进去,那它怎么能是你的村庄呢?你又怎么能是这个村庄的人呢?

煤矿人垒妥堤坝,垒妥庄台,一帮人拍拍屁股撤离大河湾。挖过土的土地变成大水塘,一汪一汪地积满水。现如今的庄台垒得比原先的高,比原先的宽。这些庄台土缓过神,一下长满草。草是巴根草,一下旺旺嫩嫩地盖住庄台。大河湾的牛呀羊呀最先想起这片地方,它们早出晚归过淮河,自由自在沿着庄台东边吃往西边,再西边吃回东边。一条一条的缰绳随意搭在牛角、羊角上。庄台南是淮河,庄台北是坝塘,这牛、这羊想去吃庄稼够不着。

牛羊喧闹一春一夏加一秋,把大河湾人的一颗颗心闹腾活泛了。道理最简单,这片煤矿垒妥的庄台还是归大河湾。庄台是大河湾的,就得像土地一样,一家一户分开来。大河湾人也不叫分地,就叫分庄台。怎么个分法呢?谁家原先是三间房屋的地点,现在还分三间房屋的地点。原先是张三家住李四家东边,现如今还是张三家分在李四家东边。大河湾村人一家一家的老房屋长几米、宽几米还真有不少人记得一清二楚呢。

大河湾人家分到庄台以后似乎不用谁个吱吭一声,一家挨一家整理出一块一块的春地,点花生。大河湾人荷锄锄花生的时辰,眼睛又盯上庄台北的坝塘,说庄台都分开了,这坝塘也得分开。

庄台分开种花生,坝塘里汪满水分开能干个什么呢?

这么大个大河湾还能缺少能人吗?这一天就有人想起在坝塘水里养鱼。水是家连家一大片,鱼怎么个养法呢?这话俺问政德,政德不愿告诉俺,说,空闲时,你自个去看看不就知道了?俺过淮河、上庄台、进坝塘,才知一家一户的坝塘被渔网从水里拦隔开。坝塘如果是土地,这拦着的渔网就是一道一道的地堎沟。坝塘被渔网拦隔开,谁家还是谁家的,谁家的鱼还是养在谁家的地面上。

大河湾村祖祖辈辈吃鱼都是指靠淮河自然生养,这水塘里边养鱼是头一遭。

这里养上鱼,也就养上件心事。养鱼是年轻人的事,这看鱼塘的活却落在老年人头上。鱼塘边简单地盖个茅草庵,地上铺层麦秸草,麦秸草上扔条被,老年人挨傍黑过淮河北边来,夜晚里睡觉、看鱼两不误。这样一来二去的,就有年老人老胳膊、老腿嫌不方便,带上风风雨雨跟自己一辈子的老太婆,带上锅、碗、瓢、盆,干脆搬回老庄台住起家。俺家的一片水塘没人养鱼。懒瓜整天忙着下小煤窑腾不出手。政德养不好鱼,他说,那是年轻人干的事,什么科什么学的,俺哪能学得会呢?

政德不会养鱼,俺家的一片水塘空着,可他想搬回老庄台上住,他说,这些年,俺是一天没忘下老大河湾呢。

就这么着,俺跟政德两个人还是搬回大河湾的老庄台上住。白天,俺随政德下地侍弄地里的庄稼。夜晚,俺睡在床上,耳朵里能听见一浪一浪的淮河水声。现如今的淮河离住房只有两三丈远,它一声一声的波浪响,像是絮絮叨叨没完没了的家常话。

赶星期天下学,铁蛋过淮河来同俺跟政德两人过。铁蛋搬两个小板凳并排放稳当,自己脸朝淮河坐下来,另一个小板凳是给俺留下的。

铁蛋喊,奶奶,你快来呀!

俺知道他又要缠俺说一些大河湾过去的事情给他听。俺屋里忙完烧锅,忙着刷锅,得不着空闲。俺岔开铁蛋的话,问铁蛋,你清早来时,你大在家干什么呢?

铁蛋说,俺大他去下小煤窑,今个天赶早班。

俺还问铁蛋,你娘在家干什么呢?

铁蛋说,俺娘她打扮得漂漂亮亮准备上矿赶街买菜呢。

俺还是接着话问,俺问铁蛋,你说你爹爹(爷爷)干吗去了呢?

铁蛋答话,下地干活去了。

俺还问铁蛋,你奶奶干什么呢?

铁蛋笑了,说,俺奶这一会忙刷锅,待一会要给铁蛋讲故事听。

俺还是问铁蛋,铁蛋你自己干什么呢?

铁蛋哈哈哈地笑,不再愿意答俺的话。

《大河湾》创作札记

献词 献给一位母亲似的的女人,她无名无姓,是一位土生土长的大河湾人。想象里,我端坐在淮河岸边,借用她的嘴叙述了大河湾近二十年的一些人和事。她给了我信心和勇气,并领着我的笔写完这部书的最后一句话。

构思 确定用这种结构写这部作品,是 1998 年 6 月 24 日深夜。这部作品从农村分地开始,时至当下结束,时间跨度二十年。具体写作时是把这二十年切割成若干块面来完成。我称这种结构为块状结构。

线索 以政德一家三口人为主要线索,以政德老婆这位无名无姓女人的视角叙述这些故事。

"我"还应该有个小儿子叫闹虫,还有个女儿或孙女叫苋菜。后来这两个人物被删除是考虑到篇幅太长,否则会接近三十万字。

结构 我用块状结构来完成这部作品,是由我个人性情决定的。巴金《家》《春》《秋》有曹雪芹《红楼梦》可借鉴;陈忠实《白鹿原》有加西亚·马尔克斯《百年孤独》可借鉴;余华《活着》有威廉·福克纳《我弥留之际》可借鉴;而我至今还没有看到一部块状结构的作品。

我想《大河湾》也该是千百种长篇小说结构形式上的一种吧。

性情 作家创作怎样的作品肯定是由作家自己的性情而定,也只有写出最能体现作家自己性情的作品,这作品才能征服别人。因而,我说作家创作的过程,也是认识自己性情的过程。

这些年,我主要从事短篇小说的创作。只有把自己的这一长处融进《大河湾》,才能写出属于自己的东西。因而,《大河湾》缺少大开大合的事件过程,缺少大悲大喜的人物命运展示。想象里,我自己始终端坐淮河岸边,一边听着淮河波浪的微微细语,一边听着老女人不疾不缓的叙述。她讲的语言是平和的。一抹阳光灿烂地照在她多皱的脸上。她有时会突然停下来叙述,笑笑对我说,俺还得做点别的事,明天再接着跟你说吧。

章节 全书五章,二十六节,二十万字。

第二十六节与第五章似乎相关联,又不相关联。它既是全书的结尾,也是对大河湾地貌的简单介绍,更是大河湾自身命运流程的简短展示。

分地 这是第一章的题目。新时期改革开放政治上的标志人人皆知,我以为农民心里的新时期应该从土地责任到户算起。其实,农村土地分到一家一户之前,还有个包产到组的过程。原先生产队四十来户人家分成六七组,有些家门大的,也就是一组一个门户了。

搬迁 因煤矿掏煤造成地面塌陷而搬迁,是矿山郊区农村区别于其他农村的特殊所在。搬迁是生存环境的变化,更是心理环境的变化。

背景　现实时间在作品里是隐含着的,它始终像是一缕太阳的亮光从清早照射到傍晚,又从春天照射到冬天。

第三章对应的时间是 80 年代末到 90 年代初。从这时起,大河湾人的眼光开始从土地的束缚里伸展开来,衣食住行不再只是单纯地依赖土地了。这一点似乎跟全国其他农村也是同步的。但由于大河湾土地渐渐塌陷的特殊性,这一点显得更加突出而迫切。

买卖　这章是全书写得最紧凑的一章,只是结尾处,我才把笔足稍微放开一点。

走向市场经济是国家的一个努力方向,但它的艰难性、曲折性,是我们这个传统农业国家不可避免的,肯定需要一个相当长的时间。

吃煤　这章似乎是煤矿郊区农村不可绕开的一条路。它与外界那些利用自然资源盲目开采的所谓乡镇企业一样,最终是以给子孙后代造成无穷后患(环境的、资源的等)为代价。

自然,这路是条短命之路。

人物　"我"是作品的叙述者,笔墨用的却不多。——这是我构思作品有意所为的。农村毕竟还是个男权社会,女性一直是从属的。一些大事的定夺,还是男人说话算数。

作品里的人物无大善与大恶之分。善与恶是相对的,现实生活里往往是善与恶同时集存于每个人身上,不同的情况下体现出的善与恶只是多与少罢了。——这可能就是所谓人物性格的多重性。文学作品里的人物恶与善的绝对化,我称之为"新闻式"人物。专注于新闻式人物的写作,作品肯定会虚假不堪。

语言　作品里的语言力争口语化,少书卷气很浓的词汇,少成语、官话,少"因为、但是、虽然"等关联词语。

人物对话不加引号。叙述与对话相交相融。

我企图通过这样一种叙事获得属于自己的叙述方式和叙述语感。

方言 毫无疑问,作家必须用标准的汉语进行写作。我们的标准汉语属于北方语系,与淮河流域的语言相差很大。为此淮河流域自身的语言只能沦为方言。

写作时,语言的口语化追求与书面表达之间的差异常常令我笔下的人物张口结舌。但我还是适当地选用了一些方言。当这些方言从笔下人物嘴里说出来时,我感到一种难以言传的亲切之感。

风俗 作品中很少展示淮河流域的民风民俗,偶或牵扯也只是一笔带过。

越是民族的就越是世界的,这句话本身是没有错误的。问题在于怎么理解民族性,怎么展示民族性的东西。

其实人类所关心的还是自身的生存境况。作品能展示出人类普遍的生存环境才是最民族的。

风格 追求汉语化写作应该说是这部作品的风格。所谓汉语化写作,是与语言上欧化相对的写作方法。我理解汉语化写作应体现两个层面,一则是汉语化的语言思维,再则是汉语化的叙述语感。

汉语化语言思维与汉语化的叙述语感,具体到作品里就是人物怎么说、怎么做。因而人物的语言及故事的选择都要非常民间化,力争呈现出民间的机智以及融入期间的毛茸茸的细微质地来。

记忆 这还是一部关于记忆的书。这本书的结构确切地说应该来自于对时间的感受。记忆里的时间非现实的时间,呈现作品的记忆时间不是单线条的,更多的是交叉出现。

记忆是一条流动的河水,当我们站在上游往下游眺望时,我们能从逝去的人和事里感到幽默与温暖。

智慧　作家写作无疑是需要智慧的。谋篇布局、人物设置等处处都能体现出一个作家的智慧。写作时,往往有些人物或事件不听从作者安排,就像你天晴时挖出的一条顺水沟,下雨天的雨水偏偏不往水沟里淌。——这就是小说自身的智慧。

小说的智慧是超自然的,是不为小说家的信念、道德所左右的。米兰·昆德拉说:"所谓真正的小说家都聆听过这超自然的声音。因此,伟大的小说里蕴藏的智慧总比它的创作者多。"

米兰·昆德拉还说,小说的智慧就是上帝的笑声。

愚昧　我理解的愚昧是对某件事或某个人不加思考的盲从,以丧失自己的人格(思想)为代价。愚昧与无知相通联,知者,知识也。

写作间隙,我常走出家门,去农田里找年老的农民闲聊。我觉察他们对人世间的认识和把握远非书本能负载。

我生怕别人草率结论,说我写了一群愚昧无知的农民。

文明　农业文明与工业文明的对峙,似乎是人类发展所遇到的共同问题。

我在书中也写了这方面的一些人和事。农业文明与工业文明的对峙不是敌对的,更不能站在农业文明的立场上,对工业文明采取否定态度,但工业对农业强暴、粗野、蛮横的态度肯定是文明发展所不足取的。反之,农业盲目地向工业妥协也是文明发展所不足取的。

死亡　美国作家海明威是举世公认擅长描写死亡和暴力的专家。

可能是海明威说过这样一句话,一个人死亡了,他(她)的故事才算结束。

作品构思时,安排有政德的死亡,还安排有懒瓜的死亡。政德贩炭掉进淮河淹死,懒瓜肯定是因小煤窑透水事故而死亡。但当笔写到这些地方时,叙述者"我"迟迟不愿开口。我蓦然明白,"我"是不愿讲述自己亲人的死亡。转念又想,一部不写死亡、暴力、性爱的长篇小说,还能就不是长篇小说了吗?

只得罢手,让书中人物活蹦乱跳地继续活着。

重复　书的章节是按春、夏、秋、冬的顺序写的,轮回往返,四季更替。但每章里的春夏秋冬绝不是同一年的春夏秋冬。

一年一年的时间在这种不断重复里,不知不觉流水一般过去二十年。

劳作　写长篇小说,作家得耗费超量的脑力和体力。身体的消瘦、情绪的烦躁,以致某些时段近乎呆痴的状况都是常有的。一天数小时伏案下来,常感到双肩酸痛,似担着重担走了半天的路。

我明白,我写大河湾的这块土地,与我父母种大河湾的这块土地是相同的。只不过他们拿手里的是一把锄,我拿手里的是一支笔罢了。

心境　长篇小说写作付出大量的体力与脑力,是靠毅力和自信支撑的。但光有毅力和自信似乎还不够,还得有作家自己随时随地走进走出的创作心境。

当下,世人的心态是浮躁的。人们选择做某件事,首先是伸出手量一量哪件事离钱最近。舍"远"而求"近"似乎是一种普遍的社会价值取向。

经济意识在国人头脑中的日益强化，本身是件好事。但作家进入创作时，还应该"两耳不闻窗外事"。

能够在一个较长的时间内始终保持良好的创作心境，得靠作家自身的人格力量。做一名作家，是需要时时修炼自己独立人格的呀。

自信　写作要有自信，要有创作当代精品，并能流芳百世的大自信，这是调动作家自我创作激情所不可缺少的。很难想象一位对写作缺乏自信的作家能写出好作品。

有自信，并不能保证"下笔如有神"。我写第一、二两章时，可以说困难重重，觉得有上千上万个难题摆到笔下候着一个一个去解决。赶写第三章时，我手里的笔突然轻松起来。

可以说这部书调动了我小说创作的大部分积存。它肯定是我目前所能达到的最高水准。

视角　构思作品时，作者要站在一个相当的高度去俯视要写的每个字。当把每个字连成句、句连成段、段连成节时，我没用全知的视角（上帝的视角）。实际上，作家对他所写的人和事并不比读者了解得多。

借用一位老女人的嘴叙述作品，我找到了一种较为理想的叙述视角。

作品由这位老女人叙述（回忆），亦不等于说所有人事都是她所做、所见，一部分还是属耳闻范围。

当我站在马路旁边听一群老人津津乐道中央领导人关于国家大事是怎么决策时，我知道笔下该怎么处理"我"眼中的乡领导。

细部　阅读一部作品，我注意到的常常不是作家思想是否深刻，也不是书中展示的故事是否离奇，而是一些独特的细部。

因而，我的写作也喜欢呈现一些精微的细部。它是一缕飘浮不定的雾，作家看到后把握起来却不容易。这种精微细部融有大量的民间情态、民间机智。我能感觉出它是怎么通过我的笔端悄悄流到文字当中去的。

现实　近日读书看到一位作家发出这么一番感慨：一个人画一大堆领袖像，如果这些画像不具备艺术品格，这人照样不是画家或好的画家。而文坛上图解政策的小说家却频频走红，连连获奖。——这里牵扯到的核心似乎仍是小说创作的老问题，即作家创作怎样反映现实的问题。

作家余华说，一些不成功的作家也在描写现实，可是他们笔下的现实说穿了只是一个环境，是固定的、死去的现实。他们看不到人是怎样走过来的，也看不到人是怎么走过去的。这样的作家是在写实在的作品，而不是现实的作品。

余华还说，作家的使命不是发泄，不是控诉或者揭露，他应该向人们展示高尚。这里所说的高尚不是那种单纯的美好，而是对一切事物理解之后的超然，对善和恶一视同仁，用同情的目光看世界。

经历　创作这部小说历经数月时间。初落笔时，天热得屁股生满痱子，板凳上坐不住。完成初稿时，天早进冬天，头场雪已匆匆落下，冷得手指抖抖地捏不住一支笔。

结尾　《大河湾》创作札记共计三十条。落笔于一九九八年十二月九日，于八公山下小刘庄。

后　记

　　《大河湾》是我的第一部长篇小说。2000年春,由安徽文艺出版社出版。

　　1998年初,我由淮南陶瓷厂调进淮南市文联工作。当时,市文联领导跟我说,你的工作就是写作。按照我们国家的体制惯例,地市级文联不设专业作家,我算是名不正言不顺的一个破例,至今回想起来仍心存一份不易言表的感激。这一年,我花力气,不知天多高地多厚地写起这部长篇小说,从夏至秋,从冬至春,初稿,修改,定稿,前后花费去一年整时间。眼一眨,间隔十八年,当年的写作情景大部分烟消云散,少部分被我记录在《〈大河湾〉创作札记》一文中,再版时一并附录书后,算是一份补救与回望。今日阅读之,或许显得浅显,或许有些天真,但一份探究与锐气是我应该倍加珍惜的。

　　在这里我愿意重复说一说的有两点:一是民间化写作;二是主观时间与客观时间。春夏秋冬一轮是一年,这是现实世界的客观时间。在小说中,春夏秋冬一轮不一定是一年,这是作家创作虚构世界的主观时间。《大河湾》的每一个章节,都是按照春夏秋冬的时序来写的,全书五章二十六节写下来,时间已过去近二十个春秋。所谓民间化写作,往简单里说就是故事形态择选的民间化。力争呈现出民间的机智以及融入其间毛茸茸的细微质地,是我择选故事的标准,也是我努力的向度。写作这种融有大量民间情态、民间机智的故事时,我能感觉出那种独属淮河才有的东西是怎样通过我的笔端悄悄地流入文字之中去的。我的小说语言力争口语化,少书卷气很浓的词汇,少成语,少官话。人物对话不加引号,叙述与对话相交相融。我企图通过这样一种叙事获得属于自己的叙述方式和叙述语感。适当地保留一些方言词语。当这些方言从我笔下人物嘴里说出来时,我感到一种难以言传的亲切之感。

20世纪80年代初始,各种文学流派葳蕤丛生,像一阵飓风,刮过来,拧过去。当年我花力气阅读的有两类作品:一类是国外的现代派,一类是国内的寻根派。阅读现代派文学作品,好像是阅读充斥里边的各种西方哲学思想。因此在阅读西方现代派文学作品的同时,需要配套阅读西方各种思想的哲学著作。寻根派文学企图创作中国独有的文学式样,哪里偏僻落后去关注哪里,哪里没有受到现代文明侵蚀去关注哪里,哪里乡风民俗怪异奇特去关注哪里。实事求是地说,阅读这么两类文学作品,只能是一知半解地去理解,生吞活剥地去接受。但当我结合这两类文学作品,摸索我自己写作的一条路线时,找到了民间化写作,走进了大河湾。

扩大地说,我笔下的大河湾是指整个淮河流域。狭小地说,我笔下的大河湾专门指那个生我养我、四周被淮河水围困的小村庄。这片土地被淮河水冲刷淤积形成了多少年,我不知道。我的祖辈在这片土地上刀耕火种了好多年,我不知道。这个小村庄的一切历史,不见实物,不着文字,全被一场连接一场的大水淹没去,消散在一代一代人的记忆里。在这片土地上,垒堤坝阻挡淮河发大水,打庄台盖房屋住家过日子,形成一个小村庄,最终由于煤矿穿过淮河扒煤,村庄搬迁消亡,这段历史很短暂,时间段落应该是20世纪30年代至80年代,前后只有五十年。

《大河湾》呈现的是从大河湾土地分到户至20世纪末的近二十年历史进程。这是我个人的记忆。这是我个人的思考。大河湾土地塌陷，村庄搬迁，逼迫着村人早早把眼光从土地中抽离，走向一条依附买卖、依附城市的生存之路。这是其后中国绝大多数农民的生存路线。只是村庄消失、土地塌陷的大河湾村民显得更早醒、更迫切罢了。这一预言或预感的呈现，正是我决定再版《大河湾》的一个主要因由。

是为后记。